失われるのは、ぼくらのほうだ

野田研一

失われるのは、ぼくらのほうだ

自然・沈黙・他者

水声社

ecocriticism collection
エコクリティシズム
コレクション

名づけられた事物よりも、名づける行為のほうに関心が向かうのだ。そして名づける行為のほうが、事物よりもリアルになる。かくして、世界はふたたび失われる。いや、世界は残る。……失われるのは、ぼくらのほうだ。またしても、はてしない思考の迷宮《ラビリンス》をめぐる堂々めぐり――迷路《メイズ》。

――エドワード・アビー『砂の楽園』

目次

序論　自然という他者——声と主体のゆくえ

内面生活はたいていい他愛のないものだ。エゴイズムで自分の目と耳をふさいでしまう。想像力でかってに自分中心の話を紡ぎ出す。西風が〈自己〉に吹きつけるのも、木の葉が〈自己〉の足元に落ちるのも、偶然ではないと空想する。また、みんなが自分を注目しているのだと空想する。だが、想像力をふくらませすぎると、本当は何も知らないことがバレてしまう。理性が本当になすべきことは、たとえときおりでも、想像力を使って実際の世界を把握することではないか。

（アニー・ディラード『アメリカン・チャイルドフッド』、三五）

I

二〇一〇年一月九日（土）〜一〇日（日）の二日間の日程で、国際シンポジウム、「エコクリティシズムと日本文学研究——自然環境と都市」が立教大学において開催された（主催：立教大学大学院文学研究科日本文学専攻、共催：青山学院大学文学部日本文学科およびコロンビア大学東アジア言語・文化学部）。日本文学をエコクリティシズムの視点で読み直す、あるいは再検討することの可能性を目標に掲げた同シンポジウムは、日本文学におけるエコクリティシズム的アプローチとしては先駆的な試みとして記録されるに違いない(1)。

文学における自然環境の問題に焦点を当てる、あるいはそれを中心化する文学研究、批評理論として、エコクリティシズム（ecological criticism の短縮形）が注目されつつある。最近出版される英米の文学理論入門書には、必ずといってもいいほどエコクリティシズムのセクションが設けられている。一九九〇年代初期のアメリカで動き出したエコクリティシズムをめぐるアカデミックな動きは、爾来およそ二〇年、アメリカ文学研究においてもっとも新しく台頭してきた批評理論として注目を浴びる一方、英文科スタッフにエコクリティシズムの専門家を積極的に配置する動きもある。

また、二〇一〇年度は、東アジアでも動きが目立った年である。まず、一一月上旬、韓国の成均館大学（ソウル市）で、「第二回 ASLE-Korea & ASLE-Japan 合同シンポジウム」が、「エコロジー、消費、他者性」をテーマとして開催された。ASLE というのは Association for the Study of Literature and Environment の略で、エコクリティシズムを専門とする学会のことである。一九九三年にアメリカで創設され、日本では ASLE-Japan ／文学・環境学会としてその翌年一九九四年に発足している。国際的には、この種の学会としてはアメリカに次いで二番目に古いのが日本である。(2) この ASLE-Japan と、韓国で二〇〇一年に設立された ASLE-Korea とが共同開催を開始したのが二〇〇七年。昨年は、その二回目であった。（第一回は石川県金沢市で開催された。）日韓ではすでに研究交流と人的交流が進んでおり、来年二〇一二年には日本・韓国・台湾の三カ国による合同開催が決定している。

それから約一カ月後の一二月中旬、今度は台湾の淡江大学（淡水市）において、「第五回　エコロジカル言説《ディスコース》に関する淡江大学国際会議」が開催された。淡江大学は英文科を拠点として、「エコロジカル言説」をめぐる国際会議を毎年、すでに五年にわたって継続している注目すべき大学である。テーマは「アジアのエコクリティシズム——近代性の再定位、自然の回復」であった。さきの日韓シンポジウムにも若干名、アメリカ合衆国や中国、台湾の研究者が参加していたが、台湾の場合は、日本、韓国、中国、フィリピン、マレーシア、インド、オーストラリア、トルコ、アメリカ合衆国、スペインなど、じつに多彩な国からの研究発表が聴かれた。なかでも、話題の中心のひとつが、かつて「われわれはアメリカを引用するが、アメリカはわれわれを引用しない」と批判した韓国・成均館大学教授キム・ウォンチャン氏の発言であった。エコクリティシズムにおけるアメリカ中心的な風潮への批判として、この発言を採りあげたのはほかならぬアメリカの文学・環境学会初代会長を務めたスコット・スロヴィック氏（当時ネヴァダ大学、現在アイダホ大学）である。ある意味で、テーマどおり、「アジアのエコクリティシズム」の始まりを宣する言葉だったかも知れない。中国からもきわめて多数の参加・報告があり、エコクリティシズムや環境文学への関心の広がり具合を感得することができた。

エコクリティシズムをめぐる動きは、もちろん、きわだってというわけではないが、国際的に確実に広がりを見せている。管見のかぎり、過去数年のあいだに、アルゼンチン、トルコ、オーストラリア、フランス、イギリスなどでエコクリティシズム関連の国際会議が開催されている。

現在、関連学会はイギリス、カナダ、韓国、台湾、インド、オーストラリア、ニュージーランド、そしてヨーロッパに存在する。この動きの背後にあるもの、このような動きを支えているものは何なのか。

このような動きをたんなる文学研究の「政治化」あるいは「社会化」という脈絡のみで捉えることには大きな躊躇がある。なぜなら、エコクリティシズムに関与する研究者がすべて通有の環境保護論者であるとは限らないからだ。また、文学の問題を「政治」の言語のみで語ることをめざしているわけでもないからだ。むしろ、エコクリティシズムの登場は、これまで傾向的に排除されてきた二つの問題を照射する新たな視座をもたらしたものと言ったほうが適切だろう。それは、アメリカにおけるエコクリティシズムがネイチャーライティング研究と踵を接するかたちで始まった点に看取される。ネイチャーライティングという新しいジャンルの発見がそれである。

ネイチャーライティングとは、「自然をめぐるノンフィクション・エッセイ」を指すジャンルだが、アメリカにおけるエコクリティシズムはこのジャンルへの注目とともに醸成されていった。一般的に言って、文学研究において、ノンフィクション・エッセイというジャンルが、詩、小説、演劇といったジャンルに較べたとき、きわめてマイナーなジャンルであることは事実であろう。言い換えれば、エコクリティシズム登場の基盤のひとつとしてネイチャーライティング研究の動きがあったとすれば、それは間違いなく文学史・文学研究における「正典」（カノン）再編の問題にかかわっている。非正典としてほとんど無視され続けてきたネイチャーライティングというジャンルを「発掘」すること、そして、それに基づいてノンフィクションというジャンル、あるいはノンフィクショナリティそのものを文学研究における問題として提起すること。この二点がネイチャーライティング研究の大きな動因であった。そのとき、大きな後ろ楯となったのは、ヘンリー・D・ソロー『ウォールデン』(一八五五年)という、唯一(なぜか)正典化されていたテクストの存在であったこと、そしてこの作品を先駆とするネイチャーライティング史の構築が進められたことはいうまでもないが、これはかなり皮肉な出来事であったに違いない。非正典を正典化するという発想は、そもそも「正典」批判というよりは、たんなる文学史的秩序の組み換えを通じて新たな序列を形成しただけかも知れないという意味で。

II

ノンフィクション文学におけるジャンル論にかかわる正典性とノンフィクション性の問題に加えて、自然の〈他者性〉の問題を提起し続けたこともネイチャーライティング研究の意義であった。このジャンルのノンフィクション性の重視は、表象とリアルのあいだを揺れ動きながら、自然の他者性や異質性の問題に向かってみずからを積極的に開こうとする志向性にある。あるいは経験的なリアリティが、それを対象とする言語を含む表象性の枠組みを問い直す契機を生み出す。〈他者性〉との遭遇という物語化を含め、たとえばウィルダネスの問題、あるいは野生性《ワイルドネス》の問題、さらには擬人化＝レトリック論的な問題、そして人間中心主義批判にまで至る複雑かつ本質的な問題群を随伴させることになるのである。他者論的スタンスは当然ながら人間中心主義批判に連繫する。ところが、エコクリティシズムがアメリカにおいて本格化した頃、あるアメリカのロマン主義研究者は次のような状況認識を示している。

他者理解の理論を作り上げることは今世紀〔二〇世紀〕の哲学と文学批評の中心的な推進力だった。とりわけこの数十年、このことが顕著になった。しかし、このような問題意識の持ち主（たとえばレヴィナス、デリダ、フーコー）をざっと眺めてみても、他者の概念はいずれの場合も人間だけしか想定されておらず、個としての他者、人種としての他者、文化としての他者の異質性（foreignness）が問題になっているだけである。環境保護論者の著作や、直接的ではないがハイデッガーの「存在」（Being：この場合の「存在」とは人間のみとは限らない）に関する著作を除けば、自然界一般、とくに動物の〈他者性〉（the Otherness）は看過されてきた。環境の権利や動物の権利の問題について語る人々が、〈他者性〉という抽象的で人間中心的な観念が内包する倫理的、政治的意味を利用することはあるものの、じつのところエコロジー的な関心を持つ人たちと、政治や文学の領域で、排除され、抑圧された声に耳を傾ける人たちとのあいだに学問的な対話が成立したことはない。

(Onno Dagga Oerlemans, “‘The Meanest Thing That Feels’: Anthropomorphizing Animals in Romanticism,”. 1)

著者オノ・ダガ・オールマンズは、二〇世紀思想とは他者論の方向への顕著な展開であると理解しながらも、なぜか、主要な他者論は自然を対象化しない（つまり排除する）思想であることへの疑義をここで提示している。「政治や文学の領域で、排除され、抑圧された声に耳を傾ける人たち」がなぜ、自然環境の問題について無関心なのか。それは自然環境が人間ではないからだ。「自然と沈黙――思想史のなかのエコクリティシズム」の著者クリストファー・マニスの言葉を借りるならば、この無関心の根底には、自然は〈主体〉ではないとする暗黙の認識があるからだ。〈主体〉ではない証拠に、自然は「語らない」からだ。自然は「声も主体もない」存在だからだ。その結果、「エコロジー的な関心をもつ人たち」と文化的他者に思いを馳せる人たちとのあいだに対話が成立していない。オールマンズは、自然は一個の他者ですらないという思想が、依然としてこれまでの他者論＝自然論の先端的部分を浸しているという事態を見つめている(3)。

自然ははたして「声も主体もない」存在なのか。他者論的な範疇に属さない、思想的圏外者なのか。人種的他者や文化的他者について思考する者たちは、こうした他者がかつて、あるいはいまも、「声も主体もない」存在として位置づけられてきたことに疑義を呈してきたのではなかったか。声と主体を奪われた他者。しかし、それが人であれば「共感」の基盤があり、自然であれば想像することもできないというのであろうか。周知のとおり、環境史学者ロデリック・ナッシュの『自然の権利』（一九八九年）がこの問題をめぐって基本的に描き出している構図は、抑圧された他者の「民主化」（democratize）というアイデアに基づいている。つまりデモクラシーの対象を誰にまで拡張するのか。このシンプルな発想を自然にまで拡大したとき、「自然の権利」の問題が発生する。しかしながら、一般的には、自然を他者化すること、つまり固有の「声と主体」を保持する他者として定位することが困難な思想的状況は依然として解除されていない。

ネイチャーライティング研究が提起し、それをエコクリティシズムへと接続した課題の一つは、このような自然他者論の問題であろう。自然の他者化、それは自然を「声も主体もある」存在として認識する思想的な構えのことだと考えるが、この作業そのものがまだ終わってはいないのだ。いいかえれば、人間中心主義の時代は終わってはいないのだ。それどころか、人間が中心で何が問題かという居直りの声のほうが、自然の声よりもボリュームが大きい状況は変わっていない。(しかもそのような声が、反自然派ならぬ、自然派からも発せられる。)

ふたたび、自然は「声も主体もない存在」なのか。このように問うことが荒唐無稽であると感じるならば、たとえば社会思想史家、今村仁司の晩年の仕事がこの問題、すなわち自然と人間のあいだの「相互行為」を真率に問い直す思索の痕跡を示していることは、もう少し知られて良いであろう。

相互行為はけっして人間と人間の関係だけに還元されるのではない。たとえば、人間は、神々とも相互行為をおこなうし、この種の相互行為は歴史的現象としては圧倒的に多いのである。記号やシンボルの交換はたしかに人間と人間(個人であれ集団であれ)の間で起きる。

しかし人間は記号とシンボルだけで生きるのではなくて、神々や自然との相互行為を想像的に生き抜いてきたし、いまもなおそうしている。

人間と自然の関係もまた独自の相互行為ではないだろうか。なるほど自然は神々と同様に人間のようには言葉を発することはないだろうし、言語がないのだから対話的交渉ではないだろうが、たとえ自然が沈黙していようと人間は沈黙のなかで自然との相互行為をしているのである。

（今村仁司『交易する人間（ホモ・コムニカンス）――贈与と交換の人間学』、五二）

「相互行為はけっして人間と人間の関係だけに還元されるのではない」、あるいは「人間と自然の関係もまた独自の相互行為ではないだろうか」と今村があえて言わねばならない点に、自然をめぐる状況が〈他者論〉的に開かれてこなかったことへの認識の強度が語られていよう。今村には、他者としての自然の〈声〉に向かおうとする顕著な姿勢がうかがえる。自然との「相互行為」、コミュニケーション論的認識と行為。「たとえ自然が沈黙していようと」、自然は「声も主体もある」存在者ではないのか。そのような存在者との「相互行為」を、人間は「想像的に生き抜いてきたし、いまもなおそうしている」のではないか。このような、まさしく想像的「相互行為」のダイナミズムこそが、かつてもいまも、自然との根源的な関係を指し示すものではないか。そうした思想的な構えを今村仁司という思想家がその晩年の重要な仕事として温めていた点に注目しておきたい。

詩人にして作家、小池昌代のエッセイ集『黒雲の下で卵をあたためる』(二〇〇五年)に「川辺の寝台」という短いエッセイ作品が収められている。ノンフィクションとしてのネイチャーライティングにカテゴライズされる作品に違いない。この作品は、じつになにげない日常的なエピソードによって成り立っている。友人の運転する車で移動中、タイヤがパンクする。(場所は東京都内と思しい。)仕方なく修理工場に立ち寄るが、一時間ほど待たされることになり、時間潰しに近所を「やみくもに」歩く「行き先のない散歩」を開始する。すると川のほとりに出る。そこで川沿いの緑道を歩き始める。歩いて行くうちに突如、川の水音が激しい音に変わる場所に差しかかる。作者はその「不安感をあおるような」水音に、「自然による無言の脅し」を感じる。しかし、少し行くと、緑道は途切れ、駅前の日常的な風景の世界に戻る。作者は日常に帰還したのだ。このとき作者は、いささかざわつくような不安な感覚に捉えられる。しかし、その心のざわつきは、川の水音の残響というよりも、むしろ、都市の一角で不意打ちにも似た自然のざわめき、いやノイズに襲われたことによって、みずからが自明としていた日常そのものが揺さぶられた、その出来事のリアリティをめぐる残響といえるものである。

この作品は、作者の言葉を使えば、日常/非日常(川＝自然)というプロットで構成されている。舞台が都心であり、その日常が不意に川の激しい水音で揺さぶられるという「経験」をテクスト化したものであり、そのような自然との接触によって認識論的な解釈行為が行われている。この「経験」（じっさいには不安感であり、脅威でもある）のプロセスそのものは、自然とのの〈交感〉的な出来事であるともいえるが、そうであるとすれば、そのような〈交感〉的出来事そのものが、自然の〈他者性〉の認知を媒介として語られているという事態に、ネイチャーライティングにおけるノンフィクション性の働きを見ることができる。先の引用で今村仁司が述べていたように、この短いプロセスのなかに、自然との相互行為を「想像的に」に生き抜く人間のけっして抽象的ではないあり方、およびそこに浮上する自然の「声と主体」のまぎれもない存在感を読みとることができるだろう。

小池昌代の心のざわつきは、倫理を語っているのでもなければ、自然保護の精神を語っているのでもない。存在としての自然とのあいだに交わされた「相互行為」の経験的な重さを語っているのである。他者としての自然と遭遇する物語としてのネイチャーライティングは、他に向かってみずからを開くその志向性の強度によって、自然の「声と主体」のありかを探るかのように、絶えざるざわめきの渦中に立とうとする。今村仁司からの引用にあったように、「たとえ自然が沈黙していようと人間は沈黙のなかで自然との相互行為をしている」のである。

ネイチャーライティングというジャンルの帯びる看過すべからざる意味とは、沈黙する自然との相互行為であり、さらには沈黙する自然の根底にある「声と主体」の発見、認知、そしてそこに生起する対話性の開示にほかならない。忘れてはならないのは、このとき向き合うべき自然は自己の投影としての自然ではないということ。あくまでも他者としての自然であること。その根源的他者性と向き合うべきだということ。

本稿では主に学界的な動向と、ネイチャーライティング研究からエコクリティシズムへの接続が、ノンフィクション性と他者性の問題を浮き彫りにしてきた経緯を簡単に辿ってみた。このプロセスは、表象とリアル、表象と現存の乖離を作家自身が意識化する過程でもある。本稿冒頭に引いた、「西風が〈自己〉に吹きつけるのも、木の葉が〈自己〉の足元に落ちるのも、偶然ではないと空想する」と語るアニー・ディラードのアイロニーは他人事ではない。これこそが表象世界(ハルオ・シラネに倣うならば、「二次自然」化された文化コード)の魔に違いない。クリストファー・マニスは言う――「五百年間、西洋においては「人間」が対話の中心であった。この虚構的キャラクターは、自然界を声も主体もないままにすることで、これを閉塞させてきた」と。私たちが試されているのは、〈他〉=自然に向かってみずからを開く能力ではないのか。自然はそのような他者ではないと、この問題を回避しようとするとき、私たちはまぎれもなく表象の魔に捉えられているのである。つねに私たちは、表象と現存のあいだに立っているに違いない。

そして、今村の言葉が示唆しているように、自然に向き合おうとするとき、私たちが直面するのは「想像力」の問題という、文学にとって古くて新しい問題なのだということにも改めて気づいておく必要がある。これは他に向かって言っているのではない。何よりも自分自身に向かって言っているつもりである。なぜ、文学が環境問題に向かおうとするのか。それは、まさしく想像力の問題を内包しているからである。沈黙する他者、声も主体もない他者、をめぐる想像力。自然を、その強いられた沈黙から解放し、その声と主体を呼び返す、そのような想像力のことである。

第一部　失われるのは、ぼくらのほうだ

1　世界は残る……失われるのは、ぼくらのほうだ
――〈いま／ここ〉の詩学へ

われわれのつくりだす表象のこうした彼岸、この永遠に抑圧されてあるものを、有限性と呼びましょう。（イヴ・ボンヌフォワ『現前とイマージュ』）

Ｉ　現存の彼岸性

かつて事物＝自然は永遠をめざし、永遠を語ろうとしたという。いや、正確にはこうだ。詩人たちは、事物をして永遠を語らしめようと試みた。事物を介して永遠に接近する方法、その精錬――ロマン主義的交感の原理。

いうまでもなく、永遠を語るとはたんに単独の事物を語ることではない。その存在を根底から基礎づける全体を語ることであり、さらにいえば、事物と永遠と〈私〉のあいだを結ぶ根源的な紐帯＝表象体系（representation）を探索する行為であった。

しかしながら、ロマン主義終焉ののち、事物が語るのは、有限性であり現存（presence）であ

り、しかるがゆえに全体性＝表象体系を喪失した断片である。現存には永遠性との紐帯も全体性も無縁だ。いや、事物の現存そのものは、同じく有限性の内部にある他の諸存在とのエコロジカルな紐帯を保持しているのだが、それを代償とするかのように永遠との超越論的関係は薄れていく。

かつて、ロマン主義詩学においては、事物は永遠の表徴であった。いや、永遠の表徴としての事物が見出され、それを語ることばは、事物を指し示すのみならず、その彼方を指す特殊なことばとして遇され、文字どおり聖別された。かくて、事物は超越性＝無限性を賦与され、同時にことばもまた同じ特性を賦与された。あるいはそれを切に願った。

フィジックスがメタフィジックスに転轍される、このあまりにもロマン主義的な機制は、その変換を通じて、上方へ向かう垂直的な思考運動を活気づけた。それは、諸存在とのエコロジカルで水平的な連繋ではなく、メタ＝フィジックスすなわちフィジックス（自然）を上方へ向かって超出するための垂直的運動であり、そこに宗教つまりキリスト教を構造化していた。

超自然への垂直的な運動——それこそが、ロマン主義に内在する自然神学（natural theology）の要請によるものにほかならない。かくて、ウィリアム・シェイクスピアの次の言葉がくりかえし強調的に語られ、ロマン主義的交感の構造と様態を指し示す慣用句として反復された。

木々に言葉を、流れる小川に本を、

石に法話を、そして万象に善を見出す　（『博物学の黄金時代――異貌の十九世紀』、三二）

たとえば、アメリカ風景画を取り巻く知的状況をめぐって、美術史家バーバラ・ノヴァックは言う――「一九世紀初期のアメリカでは、神が存在しなければ自然はありえなかったし、どうやら神も自然を必要としていたらしい」（『自然と文化――アメリカの風景と絵画　一八二五―一八七五』）と。フィジックスがメタ＝フィジックスに転轍・変換されるとはまさしくこのような事態にちがいなく、またそれを前提としてこそ、自然＝フィジックスは文学的あるいは美学的な記述の対象となりおおせたのである。

自然詩は自然詩か、あるいは風景画はほんとうに風景画であるのかと問うこともけっして荒唐無稽ではない。自然詩も風景画も、フィジックスを介して垂直的にメタ＝フィジックスに向かう機制であるという一点によって辛うじてその存在が正当化されるジャンルでありえたのだし、これを逆にいえば、フィジックスの存在意義は、メタ＝フィジックスとの関係によってのみ測られることが示唆されている。そのかぎりでは、自然も風景もいわば転轍・変換可能態つまりは表象として出現するのであって、かならずしも固有のフィジカリティとして提示されるわけではない。だからこそイヴ・ボヌフォワはくりかえし述べたのだ。「永遠に抑圧されてあるものを、有限性と呼びましょう」と。「有限性」はいつも「表象の彼岸」にあった。「有限性」、つまり、フィジックスのフィジカリティは、抑圧され、「彼岸」に遠ざけられていた。メタ＝フィジックスへの階梯が此岸に置かれることにより、可感的なる世界としての自然は「彼岸」へと押しやられることになったのだ。

なおざりにされたのは有限性であり、現存であった。永遠や不死、あるいは普遍や体系という名の下で、表象はあたかも大理石の墓石に刻まれた装飾文様のように、現存を抽象化した記号すなわち概念と化す。ふたたびボヌフォワを引用するならば、「概念は《首尾一貫した思想》の中で実現される。体系とは死に対する防波堤の完成である」（「詩の行為と場所」）と。

そう、交感原理とは、体系すなわち《首尾一貫した思想》を希求するロマン主義詩学の表象論的本性に基盤を置くものにほかならない。詩人たちは、孤立した事物がその背後に体系を秘匿していること、その体系の一環として事物が存在していることの発見を通じて、世界を《首尾一貫した思想》すなわち全体論的視座のもとに把捉し、事物と、さらにはみずからの生をもその超越論的な布置のなかへ位置づけてようとするのだ。問題は事物にあったのではなく、このような布置の中へ自らを定位しようとする〈私〉にあったのだ。

なぜなら、このような機制と布置の成立は、〈私〉の成立の問題とも不可分の関係にあるからだ。事物を介して超越者が見出される構造は、なによりも超越者によって析出される〈私〉＝自己なるものの定位をめざす営みにほかならない。

残念なことに、《首尾一貫した思想》とは、たんなる類比と類推の思考にすぎず、全体論的表象体系が語られれば語られるだけ、事物の現存から遊離した虚構性を強めていく。このことをだれよりも明敏にとらえていたネイチャーライターがエドワード・アビーである。

名づけることによって、知ることが可能になる。ぼくらが対象を認識するのは、それに名前を与えるからだ。ヘンション、プリヘンション（把握）、アプリヘンション（理解）。そんなふうに言語によってぼくらはひとつの世界を創造する。その世界は外部にある世界と対応している。あるいは少なくともぼくらはそう思っている。あるいは、ドイツの詩人〔リルケ──引用者補注〕のように、ぼくらは対象に意を払うことをやめてしまう。名づけられた事物よりも、名づける行為のほうに関心が向かうのだ。そして名づける行為のほうが、事物よりもリアルになる。かくして、世界はふたたび失われる。いや、世界は残る。……失われるのは、ぼくらのほうだ。またしても、はてしない思考の迷宮をめぐる堂々めぐり──迷路。

（『砂の楽園』）

なんというきわどい場所をこの作家は通過しようとしているのだろうか。「名づけられた事物よりも、名づける行為のほうに関心が向かうのだ。そして名づける行為のほうが、事物よりもリアルになる」と語るこの作家は、言語化という事態、そして表象という出来事の陥穽を指し示そうとしている。言語を通じて創造される「ひとつの世界」（テクストとしての自然）と「外部にある世界」（現存としての自然）は釣り合っているか、対応関係を保持しえているか、と問い返すとき、事物の現存が彼岸に放逐され、言語と概念による表象体系のみが此岸に置かれてしまうロマン主義的倒錯が明晰に提起される。

詩人たちはそこに《首尾一貫した思想》＝全体論を発明するだろう。そして、それが「ことばの世界」(a world of words〔『砂の楽園』〕)に過ぎないこと、そのようにして創造された「ひとつの世界」と「外部にある世界」とのあいだに横たわる決定的懸隔が存在することを忘失するだろう。「名づける行為のほうが、事物よりもリアルになる」——ここに断裂の存在を見いだすこともなく、結果的に事物それじたいから遠ざかるばかりのロマン主義的思考——そのような事態への懐疑をアビーは隠さない。「かくして、世界はふたたび失われる」。だが、ほぼ同時に、こう付け加えることを忘れない。「いや、世界は残る。……失われるのは、ぼくらのほうだ」と。

世界を失うかわりに、「ことばの世界」への接近を選びとる思考への懐疑的な自意識をいかに回復させるのか。表象すなわちテクスト化された自然を、現存としての自然、諸存在のざわめきのほうへいかにして編み直すのか。ポストロマン主義の問いはそこにある。

二 〈いま／ここ〉への憑依

ポストロマン主義的交感のかたちが、事物の表象ではなく現存のほうへと向かうことであるとするならば、それはどのような様態によって可能なのか。ここにひとつの視座がある。アビーとほぼ同時期のネイチャーライター、アニー・ディラードもまた現存としての自然へと目を向ける作家のひとりである。

わたしが、夏の桃園を通りぬけながら、秋から冬、そして春の森のなかを何年も探し求めたのは、この木〔「なかから光ってる木」〕だ。そしてある日、ティンカー・クリークのほとりをなにも考えずに歩いていたとき、なかから光る木を見た。裏庭の、ナゲキバトのねぐらになっている杉の木を見た。力に満ちて、変形し、ひとつひとつの細胞がめらめらとわき立っていた。わたしはなかから光っている草の上に立った。全体が炎となって燃え立つ草むらを、わたしは見つめていた。しっかり焦点が合っていながら、同時に夢を見ているようだった。それは見るというよりも、はじめて見られている、力強いまなざしに打ちのめされて息もつけずにいる、そんな感じだった。

（『ティンカー・クリークのほとりで』）

アニー・ディラードがこの作品で反復的に語る「なかから光る木」とは、視覚が光なしには機能しえず、そもそも「見える」とは、事物に光が宿っている事態を指すのだと考えることに発している。つまり木を見ている状態とは同時に光を見ている状態にほかならず、事物と光とは、視覚に関するかぎり、不可分の関係に置かれている。ただし、人が事物を「見ている」というとき、それが同時に光であるということを意識することはほとんどない。それを強く意識するのは画家、とりわけ印象派の画家たちであろう。

なぜ、木を見ながらも、同時に光を見ることが意識されないのか。それは「見る」ことが惰性化しているからだとも言えるし、そもそも「見ていない」からだとも言える。私たちは見ていても「見ていない」ということが少なくない。なぜなら、対象物は「見る」対象であるよりは、「認識する」対象であればすむからだ。目の前の一本の木を「概念」としてとらえればそれでいいからだ。

アニー・ディラードにおける「なかから光る木」のモティーフは、認識の枠組みたる概念としての対象把握を超出しようとする試みにその起源を置いている。それは、ミッシェル・セールのいう「概念をこえる試み」(『生成――概念をこえる試み』)にほかならない。そのとき、本質的に「見る」ための試みは、ちょうど印象派の画家のように、事物のかたちとともにある光をとらえるのである。ディラードの視線は、そのとき、「しっかり焦点が合っていながら、同時に夢を見ているようだった」という。このとき、事物は概念ではないために、明確な形態と輪郭を持ちながらも、あまりにも事物そのものであるがゆえに、夢のなかの形象のような印象をもたらす。

しかも、このような〈視〉(seeing)の体験は、主客の顚倒をも惹起している。「それは見るというよりも、はじめて見られている」という印象ほどに強烈な体験である。なぜなら、交感が本源的であればあるほど、主体と客体という区分は解体されるからだ。ただし、注意したいのは、この主客合一的な場面がけっして永遠への入口ではないことだ。もしもこれが入口であるとしても、その〈視〉はあくまで〈いま／ここ〉という瞬間への入口であって、概念や表象としての

「見ること」を超出して、〈いま／ここ〉の現場において、事物それじたいを「見ること」である。ディラードは、〈いま／ここ〉（Now / Here）が、「どこにもない」場所（Nowhere）、どこにも見いだせない場所である可能性をも含め、そこに開かれる世界を「大いなる扉」と呼んで見せるのだが、それゆえに一層鮮明に〈視〉の「瞬間」が、テクスト化された表象としての自然を、現存としての自然の方へと不意に開いてみせるさまに気づくことができるのだ。

それにしても、やはりなんと美しい交感の瞬間であろうか。杉の木は、「力に満ちて、変形し、ひとつひとつの細胞がめらめらとわき立って」おり、また草むらは「全体が炎となって燃え立って」いる。この美しさは、不意打ちの美の現出であって、あらかじめ仕組まれたものではない。そこには、通常の意味での描写はない。つまり杉の木も草むらも描写されているわけではない。ただただ燃え立つ「炎」のイメージで、メタフォリカルな説明が与えられているだけである。とはいえ、それはたんなるレトリックではない。〈いま／ここ〉の瞬間の美は、継起的な時間を欠いているがゆえに、描写できるものではなく、辛うじて類比的なイメージにしたがって語るしかないのだ。「しっかり焦点が合っていながら、同時に夢を見ているようだった」とはまさしく至言であって、そこではきわめて逆説的ながら、事物とは眼前に生起する出来事の総体を指すのであって、けっして知覚から切り離された対象（オブジェクト）のみを指すわけではない。むしろ対象を含む知覚の全体をひとつの出来事として経験しているのである。そのために、「描写的」とはなりえないのだ。そして、「ことばは直接性であるものからなにひとつひきとどめておくことはできないからだ」(「詩の行為と場所」)。

じつのところ、「描写的」な記述は、見る主体と見られる客体という明確な二分法に基づく遠近法視点を必要としている。ロマン主義を産み出した記述様式である。だが、この一節の場合、見る主体たる作者は、対象について、たしかに「しっかり焦点が合っていながら」、「同時に夢を見ている」状態にある。これは主客合一というよりも、より正確には主客溶解の状態にあるといったほうがいいが、いずれにせよ、この状態はいわば事物(それも特定の場に置かれた特定の事物)つまりは〈いま/ここ〉に憑依しているのであって、象徴性に憑依しているのではないことは明らかだろう。

III　フネス的世界

ホルヘ・ルイス・ボルヘスの『伝奇集』(一九四四年)のなかに、作品「記憶の人、フネス」がある。落馬事故を境に異様な記憶力を持ってしまったイレネオ・フネスという一九歳の若者をめぐる回想だ。「世界が始まって以来、あらゆる人間が持ったものをはるかに超える記憶を、わたし一人で持っています」と告白するフネスは、「記憶のイメージのすべてをふくむ無益な意識のカタログ」を抱え込んでおり、その「ゴミ捨て場のような」記憶の集積と「あまりにも豊饒かつ鮮明」な「現在」に圧倒されて眠ることもできず、二一年の生涯を閉じた。

さて、この物語は過剰な記憶力に耐ええなかった男の物語ではあるのだが、ほんとうのことをいえば、かれの抱え込んだ重荷は莫大な過去の記憶の量にあるのではなく、まったく逆に、「あまりにも豊饒かつ鮮明」な「現在」にあった。

忘れてはならないことだが、フネスは普遍的なプラトン的観念を持つことはおよそできない男であった。包括的な「犬」という記号が、さまざまな大きさやかたちをした多くのことなる個体を含むということが理解しがたいだけではない。三時十四分の（横から眺めた）犬が、三時十五分の（前から眺めた）犬と同一の名前を持つことが気になったのだ。〔……〕彼は、多様で、瞬間的で、耐えがたいほど精緻な世界の孤独かつ明晰な傍観者だった。

（「記憶の人、フネス」）

フネスという人物が置かれた状態とは、アニー・ディラードと同じように、〈いま／ここ〉の出来事に憑依した状態だといってよい。「包括的な」概念、つまり多を一に還元する概念化の能力を欠いてしまったがために、この記憶力がやむをえず獲得されてしまったのであって、そのようなかれを取り囲んでいたのは、まさしく「多様で、瞬間的で、耐えがたいほど精緻な世界」そのものにほかならなかった。物語の語り手は、作品の冒頭でこう述べている。「濃いトケイソウの花を手にして、初めて見るもののように——一生のあいだ、夜のしらしら明けからたそがれどきまで眺め暮らしているにもかかわらず——眺めていた彼を記憶している」と。

イレネオ・フネスとは誰か。トケイソウの花を、「初めて見るもののように」眺めている人物であり、三時十四分に見た犬と三時十五分に見た犬が同一であることについに気づくことのできない人物である。これは、「なかから光る木」に魅了され、「全体が炎となって燃え立って」いる草むらを目撃してしまったアニー・ディラードと寸分異ならない。もしも異なるところがあるとすれば、それは、フネスにとっての日常がディラードにとっては非日常であり、〈いま／ここ〉はつねに"nowhere"となる危険を孕む場所であり、同時に現存としての自然への「大いなる扉」となる点にあるだろう。

ボルヘスはなにゆえにフネスの物語を書いたのであろうか。「概念の助けを全然借りずに、多そのものを語ることが私にできるだろうか」と書いたミッシェル・セールのノイズ論（『生成——概念を越える試み』）を参照するならば、フネスの物語とは、〈多〉とノイズとカオスをめぐる物語であることが分かる。もちろん、アニー・ディラードもまたそうだ。概念を欠き、「直接的な細部」（「記憶の人、フネス」）しか存在しないカオス的世界。〈いま／ここ〉とはそのような充溢であり、豊饒であり、次の瞬間には消滅するほかない死を孕む諸存在の場所である。〈多〉とノイズとカオスによって成り立つ諸存在の世界。それこそが自然ではないのか。その世界は言語や概念的思考や表象体系がそこにおいて見事に断ち切られてしまう世界。〈多〉にして〈他〉なる世界。ボルヘスは書いている——「われわれはテーブルの上の三つのグラスをひと目で知覚する。フネスはひとつのブドウ棚の若芽、房、粒などのすべてを知覚する」。この三という数字と一という数字の差異に、世界＝自然の異なる見え方が映し出されている。じつのところ、アビーにせよディラードにせよ、アメリカのネイチャーライターたちは、無限の、フネス的〈いま／ここ〉を放擲してはいない。それどころか、自然とはこのようなノイズ的世界であることへの確信を深めつつ、その言語化という困難に向き合っているのだ。

Ⅳ　他者としての自然

交感が、まぎれもなく自然という他者と向き合うプロセスであり、そのような他者を読む認識論的プロセスでもあるとすれば、他者を他者として明確に定立する思想的な構えが不可欠である。フネス的〈いま／ここ〉とは、まぎれもなく表象体系の外部へと逸脱し、それゆえに自然を他者として措定する関係の可能性と不可能性を指し示している。だが、あいにく、ロマン主義が定立した自然との交感関係はかならずしも他者論となりえていない。それを環境思想のことばは「人間中心主義」と呼び慣わしている。自然への驚異の感覚やこの上ない敬意がロマン主義を突き動かしたことを疑うものではない。にもかかわらず、自然の他者性はどこかで自己へと回収される、この構図を免れていないのだ。

交感論を主軸としてその自然論を定式化した一九世紀の思想家ラルフ・W・エマソンは、その『自然』（一八三六年）にこう書きつけている――「静かな風景のなかに、そしてとくにはるかな地平線に、ひとはおのれ自身の本性＝自然（nature）に劣らず美しい何ものかを見ている」

(『エマソン論文集　上』)と。(のちにヘンリー・D・ソローが『ウォールデン』(一八五四年)で、これをそっくりなぞって見せた。)これこそがロマン主義の綱領であり、またその限界を指し示す言説にほかならない。外部自然＝風景が、内部＝「自然」と並列的な関係に置かれ、同期的にとらえられる。ここからは、外部は内部であり、内部は外部であるというアナロジーの原理が動き始める。自然は私であるというロマン主義の究極的なテーゼとは、ついに他者としての自然を見失った瞬間の言説である。ロマン主義的交感論は、他者としての自然への目を見開いた瞬間に、その他者を見失うというパラドクスを演じたのである。

いま、ふたたび、いや改めて、問うべきは、他者としての自然である。アラン・ロブ＝グリエは、文学的表象の世界における自然＝事物の人間中心主義的＝ヒューマニズム的処遇をめぐって次のように述べている。

ものに埋まったこの世界にあっても、人間にとってはそれらのものは、彼に際限なく彼自身の映像を送りかえす、鏡にすぎなくなってしまう。飼いならされて、ものしずかに、ものは人間自身のまなざしで人間を眺めるのである。

(「自然・ヒューマニズム・悲劇」)

この評言が、フランシス・ポンジュの『物の味方』(一九四二年)への批判として発せられたことを忘れるべきではない。人間にとっての「鏡」と化し、「人間自身のまなざしで人間を眺める」に至る事物を、それ自身の世界、それ自身の〈いま／ここ〉へ送り返すこと。それこそが、交感論に他者論を導入することにほかならない。それを私は、試みにポストロマン主義的交感論と呼んでおきたい。

ちなみに、アメリカ風景画論においても、〈いま／ここ〉の不在という観点から、同様の問題提起がすでに行われている。美術史家アンジェラ・ミラーは、ナショナリズム表象に回収されてしまう一九世紀アメリカの風景画を問題として提起しながら、もうひとつの風景画の可能性を語っている。名づけて「自己の風景」(landscape of self)。その風景は、「非植民地的な場所、自由と潜在的な無秩序を表現する場所」であり、「その輪郭は知覚する主体を映し出すのであって、いかなる意味でも所与の共同的アイデンティティを反映するものではない」(“Everywhere and Nowhere”)と。国家という表象体系への抵抗を主旨とする発言ではあるが、もうひとつの風景へのまなざしがここにもある。

2 〈風景以前〉の発見、もしくは「人間化」と「世界化」

親しいものに距離を置くことで逃避と自己画定を行おうとする現代人の欲求は、ウィルダネスというこれまでにない新たな現実を要請するイデオロギーを産み出した歴史に深く根差したものである。そのような現実に出会った自我は、新しいものと思いがけぬものから成る世界で、独自の存在者として自由を回復することができる。このようなイデオロギーが生まれたのは、まさに歴史がウィルダネスという新たな現実の可能性をおおかた終結させた頃である。

（エリック・リード『旅の思想史』、六九—七〇）

I もはや、風景でなかった

自然をことばでとらえ、描こうとする試みの前に立ちはだかる問題とは、自然と人間の知のあいだに巨大な裂け目が存在することだ。すでに風景化され、馴致された二次自然（ハルオ・シラネ）とのあいだであれば、この問題はあらかじめ解消されている。(1) つまり、〈風景〉という二次自然を対象とする場合には、それはすでに風景以降の表象的世界であり、あらかじめ記号化され、常套化され、「文化化」されているため、このような裂け目はすでに消滅している。命名＝言語化という観点から言うならば、風景がすでに名づけられた自然であるのに対して、風景以前の自然は分節化以前の前言語的カオスと言えるだろう。その点で、同じ自然を対象としても、風景以前と風景以降とでは根源的な差異が存在する。そして、この根源的差異が自然記述をめぐる最大のプロブレマティックスを形成する。(2)

たとえば、エドワード・アビーは『砂の楽園』(一九六八年)を書く準備段階で、なぜ砂漠なのかについて、日記にこう記している。

砂漠では、人間は直接世界と出遭う。それは人間の意識の投影としての世界ではない。そうではなく、それまで芸術や科学や神話による解釈を受けたことのない世界、その上に人間の足跡のない世界、あの自閉した人間の世界といかなるつながりも持たない世界だ。砂漠では、ひとは直接向き合う。あの存在の骨格、あのむきだしの、理解不能な、絶対的な「在る」という状態(*is-ness*)に。

(Edward Abbey, *Confessions of a Barbarian*, 185)

この無媒介性、直接性。「人間の意識の投影としての世界」ではない、世界そのものと出遭うこと。これこそアビーという作家が砂漠に魅惑され、砂漠をめぐって書き続けた理由であることが率直に表白され、またそこに大きな裂け目のあることが語られている。「人間の意識の投影としての世界」から私たちは逃れきることができるのか否か。端的にいえば、ここにこそ、本稿の主題、〈風景〉を越えるというモティーフが示されているが、それは後述する。

このような裂け目に遭遇する体験はけっして珍しいものではない。たとえば、太宰治『津軽』（一九四四年、昭和一九年）はこの裂け目を実に印象的かつ典型的に次のように記述している。少し長くなるが、この問題にかかわるきわめて明晰な文章なので該当部分を引用する。

> 二時間ほど歩いた頃から、あたりの風景は何だか異様に凄くなつて来た。凄愴とでもいふ感じである。それは、もはや、風景でなかつた。風景といふものは、永い年月、いろんな人から眺められ形容せられ、謂はば、人間の眼で舐められて軟化し、人間に飼はれてなついてしまつて、高さ三十五丈の華厳の滝にでも、やつぱり檻の中の猛獣のやうな、人くさい匂ひが幽かに感ぜられる。昔から絵にかかれ歌によまれ俳句に吟ぜられた名所難所には、すべて例外なく、人間の表情が発見せられるものだが、この本州北端の海岸は、てんで、風景にも何も、なつてやしない。点景人物の存在もゆるさない。強ひて、点景人物を置かうとすれば、白いアツシを着たアイヌの老人でも借りて来なければならない。むらさきのジヤンパーを着たにやけ男などは、一も二も無くはねかへされてしまふ。絵にも歌にもなりやしない。ただ岩石と、水である。ゴンチヤロフであつたか、大洋を航海して時化《しけ》に遭つた時、老練の船長が、「まあちよつと甲板に出てごらんなさい。この大きい波を何と形容したらいいのでせう。あなたがた文学者は、きつとこの波に対して、素晴らしい形容詞を与へて下さるに違ひない。」ゴンチヤロフは、波を見つめてやがて、溜息をつき、ただ一言、「おそろしい。」

大洋の激浪や、砂漠の暴風に対しては、どんな文学的な形容詞も思ひ浮ばないのと同様に、この本州の路のきはまるところの岩石や水も、ただ、おそろしいばかりで、私はそれらから眼をそらして、ただ自分の足もとばかり見て歩いた。（「津軽」、八六―八七、傍点引用者）

太宰治がいかなる機略のもとに津軽の〈風景〉をこのような場所として描き出そうとしたのか、きわめて興味をそそられる一節であるが、いずれにせよ、この作家がいかに明晰に〈風景〉とよばれるものの本質をとらえていたかが分かる文章である。故郷・津軽への旅で遭遇した風景、「それは、もはや、風景ではなかった」という。それは〈風景〉ではなかったから、「ただ、おそろしいばかりで、私はそれらから眼をそらして、ただ自分の足もとばかり見て歩いた」と。ここに語られている事態を要約すれば、「風景の発見」ならぬ、〈風景以前〉の発見ともいうべき事態であろう。その「異様」とも「悽愴」とも形容されている津軽の自然から「眼をそらして」歩き続ける太宰は、〈風景以前〉の発見を介して、先述した裂け目に遭遇しているのである。そして、この場合、〈風景〉とは、「檻の中の猛獣のやうな、人くさい匂ひ」、すなわち「人間化」＝記号化＝翻訳が介在したのちに初めて成立するものだと定位されている。

「檻の中の猛獣」とは明快な譬喩である。本来的な自然、〈風景以前〉の自然が見事に囲い込まれ、「眺められ形容せられ」「人間の眼で舐められて軟化し」「人間に飼はれてなついてしまって」いる状態、これこそが風景の本質であると語る太宰は、そのような「人間化」された風景感覚がとどきえない裂け目として、〈風景以前〉の世界の存在を発見しているのである。そして、そのような視点が可能となるには、おそらく、太宰のなかに「野生」の自然という観念が胚胎していなければならない。本稿冒頭に引用しているように、エリック・リードは、この「野生」の観念について、「ウィルダネスというこれまでにない新たな現実を要請するイデオロギー」だと指摘しているが、太宰による〈風景以前〉の発見はそのようなコンテクストのなかで理解されるべきものであろう。

当時の辺境であり、みずからの故郷である「津軽」という場所を、太宰は「人間化」されない、つまりは〈風景〉化されない「悽愴」な世界としてとらえ、その剥き出しの他者性に戦慄を覚えている。「それは、もはや、風景でなかつた」と語りうる太宰の認識は、自然を前にする人間が抱え込む、裂け目をめぐる避けがたい〈葛藤〉を直截に指示している。そうすることによって、太宰は辺境「津軽」を〈風景以前〉の戦慄の世界として定位し、おそらくは、「アイヌの老人」への言及を通じて、日本の歴史における葛藤への視座をも示唆しているのである。

II 未知を既知で

北極航海の途上、氷山の威容に心うたれたバリー・ロペスは、ただこう記した――「それは怖いほどの美しさだった」（『極北の夢』、二四五）と。あるいは、アメリカ南西部の砂漠に惚れこんだエドワード・アビーは、「ここは地上でもっとも美しい場所だ」（『砂の楽園』、一三）と書いた。太宰が引くゴンチャロフがただ「おそろしい」のひとことしか発せられなかったように、〈風景以前〉の自然を描こうとするとき、作家たちはいわば記述を放棄するかに見える。太宰の「異様」や「悽愴」も、ロペス、アビーの「美しい」も、ゴンチャロフの「おそろしい」もなにも語りえていない。むしろ、このような凡庸なことばを以てすることで、語ること、記述することの放棄を示唆しているかにさえ見える。

事実、かれらは放棄しているのだろう。なぜなら、北極にせよ砂漠にせよ、かれらの目の前にあるのは「野生」の自然、極限的な他者としての自然なのだから、既成の認識や美学の枠組みに還元されえない。津軽もまたそのような他者性を露わにする場所として定位されている。そのため、記述そのものが不能をさらすほかないのだ。「野生」の自然とは人間の匂いのしない自然であり、それゆえに〈未知〉の世界であるからだ。もちろん、エリック・リードが指摘するように、野生の自然という観念が近・現代社会に特有の一種のイデオロギー装置であるとしても、野生の自然そのものがこの世界に存在しないというわけではない。したがって、作家たちは自然をめぐる思考の最前線で言語化と記述の問題に直面することになるのだ。

バリー・ロペスは『極北の夢』(一九八六年)において、この問題にしばしば測鉛を降ろしている。とくに、一九世紀アメリカの風景画家フレデリック・エドウィン・チャーチ(一八二六〜一九〇〇)が極地の風景を描いた「氷山」("The Icebergs," 1861)という作品をめぐって、ロペスは興味深い挿話を語っている。それは、チャーチが「氷山」を仕上げて、ニューヨークで初展示に供した際の話だ。大作を仕上げて出品したにもかかわらず、この作品の評判がいまひとつ芳しくなかった。考え込んだチャーチは、その作品がそれまでの自分の作品と異なる点のあることに気づいた。そこには人間の痕跡が欠けていたのだった。この「過誤《ミステイク》」に気づいた画家は、作品をスタジオに持ち帰り、描き加えた。何を加えたか。北極の氷山を、ナチュラリスト的な厳密な観察に基づいて描き込んでいたその画面に、本来そこにはなかった難破船の残骸を描き込んだのだ。この挿話に強く惹かれたロペスは、この加筆について次のように語っている。

どれほど努力しても、自然を理解するにはこのような工夫に訴えるより仕方がないのだ。［フレデリック・エドウィン・］チャーチのように、十字架の形をしたマストのようなもので人間の存在を示したり、精神的な存在を物語る曖昧で隠喩的な手段——対照、想起、類比——を駆使したりして、私たちは未知の風景に耐えるためにそこに自分の世界を持ち込み、それが自分にとって何であるかを明らかにしようとする。そうする以外におそらく手はないであろう。危険なのは、最終的な拠り所を土地に求めず、隠喩に求めてしまうことだ。遠く離れた土地の風景の複雑さを知ろうとするということは、自分の内なる風景をめぐる想念を呼び起こし、身近な記憶のなかの風景を呼び起こすことである。（『極北の夢』、二四二）

風景画家チャーチが加筆という行為によって示したこと、それは、私たちは「未知の風景」に耐えないということだ。ナチュラリストとしての強い資質をもつチャーチは、加筆以前の段階では、そこに存在する氷山をそのままに描ききろうと努力し、仕上げてみせたのだが、観る側はその「未知の風景」に馴染むことができなかった。なぜなら、それは太宰の言うように「風景ではなかった」、すなわち〈風景以前〉の世界であったからだ。チャーチは展示会での不評の原因がそこにあることに気づき、そこにあったはずもない難破船の残骸を描き込むことによって、「人間化」＝風景化を試みたのである。「人くさい匂い」を付加したのである。[3]

「未知の風景」を理解するためには、いったんそこに「自分の世界」を持ち込み、既知を以て未知を語る。そうするほかないのである。私たちは自然それじたい＝〈風景以前〉をとらえることに耐ええないのである。それを自然の「人間化」と言ってもよいし、人間の観点から自然をとらえるほかないという意味で、広義の「擬人化」(anthropomorphism)の一端だといってもよい。そうすることで自然は〈風景〉に変換される。また、ここで記憶を喚起しておいたほうがいいが、近代ヨーロッパ風景画の理論的基底には、「連想」をめぐる思想(associationism)が強力に作用しており、自然の事物・景物はそれじたいで意味や価値を構成するのではなく、べつの何かとの連想関係を形成することによってはじめて意味や価値を賦与されるという意味論的構造を前提としている事実である。[4] その連想関係こそ「人間化」、人間の視点＝意味との結合にほかならない。〈風景〉とはそこに在る自然ではない。「人間化」を経て表出された自然であり、まぎれもなくそれは〈表象〉＝二次自然にほかならない。したがって、〈風景以前〉の野生に対抗するには、既知によって変換を加えるか、さもなければ記述を放棄するほかないのだ。

Ⅲ　自然を翻訳すると

風景画家フレデリック・エドウィン・チャーチが、作品「氷山」でほどこした加筆とは、〈風景以前〉の自然を風景に変換する行為であった。その行為を指して、ロペスは「私たちは未知の風景に耐えるためにそこに自分の世界を持ち込み、それが自分にとって何であるかを明らかにしようとする」ほかないと解説したわけだが、それはべつの言い方、いや夏目漱石の言い方を借りれば、「自然を翻訳する」という行為にほかならないだろう。作品『三四郎』（一九〇九年、明治四二年）に次のような一節がある。


　廣田と三四郎は取り残された様なものである。二人で話を始めた。

「東京は如何です」

「ええ……」

「廣い許で汚い所でせう」

「ええ……」

「富士山に比較する様なものは何にもないでせう」

三四郎は富士山の事を丸で忘れてゐた。廣田先生の注意によって、汽車の窓から始めて眺めた富士は、考へ出すと、成程崇高なものである。ただ今自分の頭の中にごたごたしてゐる世相《せそう》とは、とても比較にならない。三四郎はあの時の印象を何時の間にか取り落してゐたのを恥ずかしく思った。すると、

「君、不二山《ふじさん》を翻訳して見た事がありますか」と意外な質問を放たれた。

「翻訳とは……」

「自然を翻訳すると、みんな人間に化けて仕舞うから面白い。崇高だとか、偉大だとか、雄壮だとか」

三四郎は翻訳の意味を了した。

「みんな人格上の言葉になる。人格上の言葉に翻訳することのできない輩には、自然が毫《ごう》も人格上の感化を与へてゐない」

三四郎はまだあとが有るかと思つて、黙つて聞いていた。所が廣田さんは夫で已めて仕舞つた。

(『三四郎』、八七―八八)


夏目漱石は、「自然を翻訳すると、みんな人間に化けて仕舞う」という問題を知悉していた。翻訳された自然、これが風景という概念の成立を支えているのだ。画家フレデリック・エドウィン・チャーチが遭遇したのと同じ問題だ。自然は「人間化」されなければ、すなわち、「人格上の言葉に翻訳」されなければ、人間を「感化」することはないのだ。広義の擬人化、すなわち

アンスロポモフィックな主題が〈風景〉という概念と不即不離の関係にあるものとして認識されている。広田が例示する「不二／富士山」があまりにも典型的で、かつ過剰な〈風景〉であることはたしかだろう。そこにはほとんど避けがたく人間による「翻訳」＝解釈行為がつきまとい、むしろ私たちはつねに「不二／富士山」を翻訳しながら眺めているのだ。いや、正確には、「翻訳」された「不二／富士山」を。

〈風景〉とはそのようなものとしてある。「崇高だとか、偉大だとか、雄壮だとか」という廣田の言明からは、一九世紀英文学を身を以て学んだ漱石が、当時一世を風靡した風景画における「崇高」（the Sublime）美学に言及していることがわかる。また、『三四郎』執筆に先立つ明治三〇年代が、日本における「崇高」美学の形成期であったことにも注目しておいていいだろう。[5]ちなみに、フレデリック・エドウィン・チャーチの「氷山」という作品も、まさしくこの「崇高」美学の規範に沿うアメリカ風景画の傑作であった。チャーチの「氷山」とは、漱石のいう「翻訳」を超え出ようとして、超え出ることに挫折し、「翻訳」としての表象世界にとどまった作品なのである。

太宰治の『津軽』から検討を開始した本稿がここまでで明らかにしたのは、〈風景以前〉の発見という主題である。「風景の発見」という表現が柄谷行人の有名な議論にかかわることはいうまでもないが、本稿が検討しているのは、いわば「風景の発見」以降の事態である。いったん風景が発見されたあと、その風景表象は所定の様式として存在し始めるが、同時に、そのような様式的規範性を超えようとする指向性が〈風景以前〉への意識として胚胎する。この〈風景以前〉を、本稿では「野生」という概念あるいはエリック・リードのいう「ウィルダネス」の概念に対応するものと想定しており、そのような想定がまったく的外れであるとは考えていないが、この場合、注意を要するのは、この問題があくまでも認識論的なそれであって、けっして「野生の自然」や「荒野」の実体化と直結するわけではないことを留保しておきたい。むしろこれは、自然の〈他者性〉の発見という出来事として理解しておくべきだろう。(6)

Ⅳ　多数多様な存在者たちの多声が

自然をとらえる、あるいは接するとき、ひとは対象としての自然を〈人間化〉＝翻訳する指向性があること、これを〈風景以前〉＝他者性の発見という観点から検討してきた。対照的に、自然を介してみずからを〈脱人間化〉する指向性の存在をこれから検討してみたい。この場合、〈風景以前〉の発見が契機となって、チャーチのように風景のほうへ引き返すのではなく、むしろ、〈風景以前〉の他者性へと超え出てゆこうとする指向性である。太宰治が「この本州の路のきはまるところの岩石や水も、ただ、おそろしいばかりで、私はそれらから眼をそらして、ただ自分の足もとばかり見て歩いた」と記したとき、そこに〈風景以前〉の自然の発見は確認できても、その後かれがどこに向かったかをうかがい知ることはできない。

〈風景以前〉の発見のそのあと、そこでひとは立ち止まってしまうのであろうか。断念とともに風景のほうへ帰還してしまうのであろうか。〈風景以前〉にむかって超え出てゆくことは不可能なのであろうか。ほとんど自明のことのようだが、ひとの世界は自然の存在、それとの関係の上に成り立っている。こう言ってしまえば、「人間も自然の一部にすぎない」といった環境論的言説とほとんど異なるところはないが、たとえば、中沢新一の「対称性人類学」的思考、つまり人間と自然の関係がバランスを欠いた「非対称的な関係」に陥るとそれを補正するように否定し、乗り越えようとする「神話的思考」を一方の極に見据え、ハルオ・シラネの「二次自然」＝表象論を他方の極に置きながら、自然と人間をより根源的に架橋する仕組みを考えようとするとき（筆者自身は〈交感〉もしくは環境コミュニケーションという概念を想定している）、教育学者・矢野智司が精力的に展開している〈世界化〉＝「脱人間化される生の技法」と呼ぶ問題設定をここで参照することは無駄ではないだろう。矢野は『動物絵本をめぐる冒険—動物——人間学のレッスン』という近年稀に見る好著において次のように述べている(7)。

〔宮沢〕賢治の作品のなかには、宇宙と交感する人の姿がしばしば描かれている。この宇宙は多岐に亘っており細やかなリストに仕上げることができるだろう。星座、銀河系、植物、昆虫、動物、さらに雲・霧・雨・風・雪といった大気の諸相……。この交感の体験を表現しているのが、賢治の擬人法である。動植物のみならず、鉱物のような無機物でさえも、賢治の世界ではまるで人間のように言葉を話すのだ。賢治の擬人法は、通常の擬人法のモノローグとまったく正反対のポリフォニー（多声法）の語りを可能にする生の技法である。

　賢治の擬人法は、人間の声だけが語る世界を、多数多様な存在者たちの多声がたがいに響きあう世界に変えてしまう。この技法は賢治によって「心象スケッチ」と名づけられた実験的な生の技法によっている。しかし、それは人間中心主義にたって、世界を主観化＝人間化＝擬人化することではない。反対に、人間の方が世界化＝脱人間化される生の技法と言い換えたほうが適切である。

（『動物絵本をめぐる冒険』、八二）

　矢野のいう〈世界化〉とはひとが自然に向かってその存在を開くことであり、それは、他者としての自然を認知することにほかならない。この場合、自然はむろんのこと〈私〉ではなく、〈私〉の一部でもなく、〈私〉に同化されるものでもない。〈私〉にけっして同化されえない、固有の存在という意味での厳然たる他者。そして、〈世界化〉とは、「人間の声だけが語る世界」（人間中心主義）から、「多数多様な存在者たちの多声がたがいに響きあう世界」（環境中心主義）に移行することであり、自然があくまでも他者のまま、なおもそこに呼応する関係＝「交感の体験」が生じる事態を指している。

　引用した一節には、矢野の議論の最大のポイントが隠されている。それは擬人法のとらえ方である。擬人法は、通常、自然の「人間化」の行為にほかならないが、矢野はそれとあえて区別さるべきものとして「賢治の擬人法」に着目する。それは、形式的には同じ擬人化でありながら、最終的に「人間の声だけが語る世界を、多数多様な存在者たちの多声がたがいに響きあう世界に変えてしまう」脱人間中心主義的な擬人法だという見方を提起し、それを別言して「逆擬人法」と命名する。[8] この矢野の問題提起は、擬人法をもっぱら人間中心主義的なレトリックとして排除する一般的な指向性とはまったく異なっている点で、より繊細で魅力的な立論である。この「逆擬人法」、すなわち形式的には（言語である以上）人間中心主義を免れないレトリックが、「人間化」の顕著な例であるのは当然としても、他方で人間を「世界化＝脱人間化」する可能性と契機を秘めてもいるとするのである。

　矢野によれば、「賢治の擬人化」＝逆擬人法は、「多数多様な存在者たちの多声がたがいに響きあう世界」をめざして、他＝自然に向かってみずからを開くことを可能にするという。ここでふたたび注意しなければならないのは、あくまでもこれは「他」（the other）に向かって開くのであること。「他」を〈私〉に同化・同致させるのではない。それは「人間化」に過ぎない以上、そうではなく、どこまでも「他に向かう」ものであること。これが「開く」ということであり、たとえ類似性・近似性を見いだしても、自＝他を同一視せず、対象を（この場合、自然）を「他」としてあらしめ続けること。自然の「他性」（alterity）を寸分も損なってはならないこと。そこに「多声」と「他性」の世界が言語的に出現するのである。この「多声」の世界を、〈風景以前〉の世界に対応するものと見なしても不都合はないだろう。その意味で、矢野が提起する「世界化＝脱人間化」とは、〈風景以前〉の世界に向かって超え出ること、そしてその言語化の可能性を指し示す重要な理論的指標となる。

Ⅴ　鳥の本能なんて世界に

梨木香歩は、エッセイ集『ぐるりのこと』（二〇〇四年）に収められた「境界を行き来する」というエッセイで、図らずも、この「他に向かって開く」試み、すなわち「世界化」とその可能性を語っている。この書評的エッセイで、梨木は加藤幸子の作品「ジーンとともに」（『心ヲナクセ体ヲ残セ』所収）および『長江』をめぐって、加藤の「不思議な方法」「違う次元の視点の存在」に「目を奪われた」ことを記している。梨木のタイトルが示す「境界」とは、まさしく「他に向かって開く」ときに超えゆくべき「境界」であり、しかもそれは「行き来する」、つまり往復運動として語られている。イギリスからドーバー海峡を望む断崖に立つ梨木は次のように語る。

危ない、もっと後ろに下がって。連れが声をかける。私は下降していったカモメを見ようと、断崖の際に寄っていたのだった。素直に下がって、さっきの「彼の位置」に戻る。
そう、例えばここから、自分を開く、訓練。
私たちの経験してこなかった相手の歴史に対して、そしてもしかしたらそれが自分のものになっていたかも知れない可能性に対して、自分を開いていく。

加藤氏の文学的手法を、つまり、他者の視点を、皮膚一枚下の自分の内で同時進行形で起きている世界として、客観的に捉えてゆく感覚を、意識的なわざとして自分のものにする。それは、観念的なものとしてでなく、プラクティカルなものとして。思考されるものとしてでなく、体感されるものとして。(「境界を行き来する」、『ぐるりのこと』、四六—四七)

ここで梨木が語るのは、〈他者〉の世界(「私たちの経験してこなかった相手の歴史」「もしかしたらそれが自分のものになっていたかも知れない可能性」)に向かって「自分を開いていく」姿勢あるいは行為である。「他に向かって開く」試みの、その「方法」を、みずからが加藤幸子の作品にまぎれもなく発見した驚きに触発されたエッセイであるが、それを指して梨木は、「他者の視点を、皮膚一枚下の自分の内で同時進行形で起きている世界として、客観的に捉えてゆく感覚」という何とも晦渋かつ抽象的な表現で語っている。晦渋なのは、通常対立的に切り分けられてしまう主観性と客観性、つまり「皮膚一枚下の自分の内」と「他者の視点」を撚り合わせるようにして、自分を開き、他者に接近しようとする認識＝方法を語ろうとするからである。

しかし、いささか晦渋とはいえ、じつのところけっして不分明なわけではない。晦渋だとすれば、そもそも「他に向かって開く」という事柄じたいが晦渋だからである。しかし、まさしくこのとおりの事柄が、加藤幸子の「不思議な方法」あるいは「文学的技法」なのであり、梨木がめざすという「自分を開く」方法なのである。加藤は、擬人化を否定して、みずから「擬鳥化」小説と名づけた実験的作品「ジーンとともに」において、人間の視点を可能な限り排除し、鳥の視点に立って鳥の世界を描き出すという離れ業を演じている。

なぜ、加藤はそのような鳥の視点を獲得しえたのか。梨木は問う――「鳥の本能なんて世界に、言語が入り込むことが可能なのだろうか。それこそ『境界の向こう側』の世界ではないか?」。そして、その答えににじり寄ろうとしているのだ。それを根拠づけるのは、加藤におけるナチュラリストとしての素養だけではない。梨木は加藤の作品を介して、「他者の視点を、皮膚一枚下の自分の内で同時進行形で起きている世界として、客観的に捉えてゆく感覚」こそが、そのような視点を可能にしたのだと考える。むろん、梨木はみずからの経験を踏まえてそのことを重く語るのだが、私自身もここに便乗して、これこそ矢野智司のいう「世界化」の方法なのだと付け加えてみたい。そこには、主観／客観の二分法で截然と区分できない、つまり主／客を撚り合わせる世界が登場する。ちょうど矢野智司の提起する「逆擬人法」がそうであったように、加藤幸子もまた旧来の擬人法と見まがうばかりの方法で、鳥の他者性の世界に降り立とうとするのだ。ここで、矢野智司が区分していた「人間化」と「世界化」の二項対立はゆらぐ。いや、ゆらぐのではなく、それこそが「世界化」の場所なのだ。そういえば、先に引用したバリー・ロペスもその文章の末尾でこう述べていた――「遠く離れた土地の風景の複雑さを知ろうとするということは、自分の内なる風景をめぐる想念を呼び起こし、身近な記憶のなかの風景を呼び起こすことである」。内的風景を外的風景に投影するのではない。内的風景と外的風景の相互参照――このきわどい一線が「世界化」という技法に繋がるのであろう。(エドワード・アビーならばこれにどう応答するだろうか。）
水俣病患者の内面に分け入ったルポルタージュとして評価の高い、石牟礼道子『苦海浄土——わが水俣病』を解く鍵もまたここにあるかも知れない。石牟礼のこの作品は、水俣病患者の身体的、精神的受苦を根底からとらえ、私たちを震撼せしめるに充分な作品であり、日本の環境文学の代表作として国際的にも認知されているといっていい。（日本のレイチェル・カーソンという言い方をされることが多いが、見当違いも甚だしい。）しかし、もうすでに有名な話ではあるが、講談社文庫版の解説を書いている渡辺京二は、石牟礼道子が患者たちに「聞き書」といえるほど面談してはいないのではないのかと疑念を懐き、本人に問い質したという。すると、石牟礼はじつにあっけなくそれを認めた。彼女は、「だって、あのひとの心の中で言っていることを文字にすると、ああなるんだもの」と[9]。

このことから渡辺京二は、『苦海浄土』という作品は、インタビューに基づいたルポルタージュなどではなく、石牟礼道子の「私小説」であると指摘する[10]。これは彼女の作品を貶めるために暴露された事実などではない。「他者の視点を、皮膚一枚下の自分の内で同時進行形で起きている世界として、客観的に捉えてゆく感覚」を、石牟礼道子もまた駆使する能力を持った稀有の存在だったのではないか。主／客を撚り合わせる世界がそこにも成立しているのではないか。『苦海浄土——わが水俣病』の冒頭は次のような「描写」で始まる。

湯堂湾は、こそばゆいまぶたのようなさざ波の上に、小さな船や鰯籠などを浮かべていた。子どもたちは真っ裸で、舟から舟へ飛び移ったり、海の中にどぼんと落ち込んでみたりして、遊ぶのだった。

(『苦海浄土』、一〇)

なぜ、さざ波が「こそばゆいまぶたのよう」なのか。逆に言えばこうだ。この「こそばゆいまぶた」という表現に、思念のある重量、あるいは強度が秘められているのではないか。ただし、意味的にも像的にもかならずしも分明でないこの譬喩がどこから来るかは、作品の中から探索するほかない。考えられるのは、静穏でいかにも平和な入江の情景をいとしげに眺め入る視線の存在が〈描写〉に割り込んでいるという事態である。この「割り込み」こそが、この冒頭の印象深い〈描写〉なるものを構成する大きな要因である。「さざ波」が「こそばゆいまぶた」なのではない。「こそばゆいまぶた」で「さざ波」を眺め入るひとが(おそらく)いるのだ。転移形容辞。さらには、「まぶた」が「こそばゆい」という感覚にも譬喩が潜んでいて二重化されている。そして、このように記述する視線は、石牟礼道子の視線であるだけでなく、まったく同時に湯堂部落の人びとの視線、コミュニティが共有する、海と子どもたちへの視線として仮構されているのではないか。そこにまた「こそばゆい」という感覚の起源するところがあるというように。

石牟礼道子は、本作品中最初に登場する水俣病患者、「山中九平少年」との「出遭い」の場面、つまり独りで、不自由な身体を懸命に動かして「野球のけいこ」をしている少年を、離れたところから見つめる自分についてこう書いている――「地面から息をはなっている草々や、樹々や、石ころにまじって私も呼吸をあわせていた」と。(11) この文章の「異様さ」「異貌ぶり」に気づけるだろうか。草や樹や石ころにまじって、少年と呼吸を合わせている〈私〉の異様さが分かるだろうか。草や樹や石ころにまじっている、という確信がこの作家にあるスタンスを与え、この〈世界化〉の視線を構成している。それこそが、『苦海浄土』という作品と、そして石牟礼道子という作家にある構造を与えているのだ。

主／客はかくも複雑に入り組む。自然に向かって「開く」、他者の視点に立つ、〈世界化〉。人間化と世界化という二項対立によって他者性を保持しながら、なおかつ、そこにあざなわれてゆく主／客の複合。どうやら、私たちの前にある自然描写の問題とは、ロマンティシズムとリアリズム、幻想と現実、フィクションとノンフィクションといった二分法的設定では解き明かせない問題として現出するようだ。既成の文学諸ジャンルの枠組みを超えた、しかし、けっして特殊なものではない「想像力の問題」として、この問題はさらなる検討を要するだろう。〈風景以前〉の発見をめぐる問いから始めたこのエッセイが逢着した場所は、依然として〈風景以降〉の問題でもあるようだ。「多声」と「他性」を語る言語はいかにして可能か。問いは依然としてそこにある。そして、そこには安直な解答などない。自己矛盾と葛藤に耐ええない精神、環境（問題）とは実践であり、実践とは運動であり、運動とは行動であるとする程度の、サルトル以前にまで退嬰した、粗雑なアンガージュマンの思想、あるいはただ威勢がいいだけの思想とはここで訣別しょう。真に政治的な問いは政治のことばでは発されない。そんなことも知らぬ者は去るがいいのだ。

3　都市とウィルダネス——ボーダーランドとしての郊外

山々は砂漠を補完する。砂漠は都市を補完する。ウィルダネスは文明を補完し、完成させる。
（エドワード・アビー『砂の楽園』、二一四）

I　郊外というトポス

都市から郊外へ

「マンハッタンでいい仕事に就いていたのですが、辞めました。どうしてって、森や野生動物がどんな存在なのか知らないような《シティボーイ》を育てたくはありませんから」(Duncan, 131)。

この女性の発言は一九九〇年代に行われたある調査に対するコメントである。ニューヨーク市から四八マイルほど北にある郊外都市ベッドフォードに住むこの女性は、子どもの健全な教育と発達を願い、せっかくの仕事を捨て、大都市ニューヨーク市を離れ、郊外に転居したという。都市生活によって自然環境との接触機会が減少すれば、子どもの身体と精神の発達を阻害する、と

考える危機感がここにはうかがえる。（図１）

　ここに表明されているのは、子どもを「森や野生動物」＝自然に親しませる教育上の必要があり、そのためには都市に対する郊外というトポスが必要だとする価値観である。教育の観点から郊外居住を選択するこのような価値観。とりたてて特殊な発言ではない。しかし、都市から郊外へ離脱しようとする、このような発想はいつごろから、どのようにしてかたちづくられたのだろうか。そして、郊外というトポスはなぜこのような発想の起点となったのであろうか。

　かつてこんなことが、都市に暮らす子どもについていわれた。就学期児童の九〇パーセントがニレの木のことも、麦畑のこともわかっていない。綿や皮革がどうやってできるのかも知らない。八〇パーセントの児童は近隣のよく見かける木の種類を見分けることができない。六〇パーセントが、日常見かける動植物のことをまったく理解できていない。七〇パーセントの児童は四季の変化をきちんと理解しておらず、六五パーセントは水泳の経験がない。都市の子どもたちは、肉は地面から掘り出すものだとか、牛はネズミほどの大きさだとか、ジャガイモは木から摘み取るものだと考えている。

　以上は、ボストンで実施された就学期児童の意識調査の結果の一端を引例したものである(Schmitt, 78-79)。ただし、現代の調査結果ではない。この調査が行われたのは、いまから一〇〇年以上も昔、一九世紀末、一八八〇年のことである。これを見ると、自然に無知な子どもたちにおとなが抱く不安は、もう一〇〇年以上、いっこうに薄れていないことがわかる。しかも、よく

図1　ニューヨーク州ベッドフォード市のシンボルとなっているオークの樹。「ベッドフォード・オーク」と愛称され，樹齢500年として手厚い保護対象となっている。

図2　「明日への活力」を謳う雑誌『郊外生活』（Suburban Life）1915年3月号より。

考えてみれば、そんな子どもたちがおとなになって、数世代にもわたりこのような危機感を反復しているのである。マンハッタンからベッドフォードに転居した先述の女性は、それを地球環境問題が顕在化した二〇世紀末ならではの危機感だと考えているかも知れない。しかし、じつのところ、アメリカ合衆国においては、このような価値観と危機意識には、すでに一〇〇年以上の歴史がある。本章では、このように、郊外というトポスが都市からの避難所として機能してきた、その歴史的経緯に注目する（**図2**）。

野生の出現

二〇世紀を代表するネイチャーライターとして知られるアニー・ディラードによるノンフィクション短編「イタチの生き方」（一九八二年）は、散歩の途次、繁みから顔を出したイタチとのささやかな遭遇劇を描いた掌編である。ほとんど古典的ともいうべき動物遭遇譚というジャンルが、二〇世紀末においても可能であることを示した現代ネイチャーライティングの代表作だが、そこに語られ描出される野生との出遭いには二〇世紀末的徴候がきわめて微細に織り込まれている。一見すると一九世紀ロマン主義的な野生との一体化願望として語られているようでいながら、そのじつ、根底にあるのはポストロマン主義的かつ二〇世紀的な二つの主題である。

その一つは、この物語が、人間の脳＝意識＝言語過程が孕む問題を前景化することによって、人間＝自然の一体化の根源的困難を示唆している点にある（野田、二九─三二ほか）。もう一つは、より微細な視点として、郊外（suburbia）というトポスの問題が挙げられる。イタチとの遭遇、すなわちきわめて強調的に語られる野生との遭遇はどこで起こったか。それは郊外というトポスにほかならない。そのことが次のように記述されている。

> ここは町の郊外（suburbia）。だから三方向に五分も歩けば、家並みにぶつかる。もっとも近辺には何もない。池の片側には時速五五マイル制限のハイウェイが通り、その反対側ではウッドダックのつがいが巣をつくっている。繁みにはジャコウネズミの穴もあれば、ビールの空き缶もある。さらに奥は、草原と森が替わるがわる続いており、いたるところにバイクの轍の跡が交差している——そのわずかな粘土質の場所に野生の亀が卵を産んでいる。
>
> （ディラード、七八）

「イタチは野性的（wild）だ」という印象的な一文で始まるこの作品は、まぎれもなく、野生との遭遇の可能性を語る現代ネイチャーライティングの名品であるが、ここでは、その遭遇の場が郊外というトポスであることが明示され強調されている。いいかえれば、野生が出現する場所は、けっして人間の手の加わらないウィルダネスではなく、人間の世界と野生の世界がいわば交錯する地点としての郊外に設定されているのである。

右の引用文はそのことをきわめて強調的に語っている。作家自身が散歩の途中でくつろぐホリンズ池、そこでは水面が「六千もの睡蓮の葉」にびっしりと覆われ、花を咲かせている。豊かな自然＝ウィルダネスのイメージに満ちている。だが、そこは五分も歩けば住宅地に出てしまうような場所でもある。池の片側にはハイウェイが走り、その対岸にはウッドダックの営巣が見られる。野生生物の生息域であるらしい場所にビールの空き缶やバイクの轍の跡がある。ジャコウネズミとビールの空き缶、亀とバイクがほとんどシュールリアリスティックに対応・結合される、微苦笑を誘うような中間領域の現実がそこに描出されている。

都市と郊外、そしてウィルダネス

このような交錯状況は、もちろん、都市域の拡大によって野生の領域が侵食されたものと読むことも可能だが、アニー・ディラードという作家のネイチャーライターとしての特性は、このような二つの世界の境界領域、周縁部、コンタクトゾーンへの視点の据え方にこそある。この作家はけっして「純粋自然」(pure nature) としてのウィルダネスを描く作家ではない[1]。むしろ極論すれば、都市の只中にも野生を見出す作家であって、それゆえにこそ、ここでも、イタチという小動物の野生性、および郊外という中間的トポスが意味を有するのである。

郊外というトポスで生起する野生との遭遇劇。これは先にも述べたように、きわめて二〇世紀的な設定だといっていいだろう。ともすれば大自然＝ウィルダネスへの強い指向をもつアメリカのネイチャーライティングの一般的伝統と照合するならば、このアニー・ディラードの郊外的なものへの指向、そこに出現する〝小さな野生〟への指向は、二〇世紀後半の高度に都市化したアメリカの現実を映し出すもの、つまり、フロンティアラインの完全なる消滅に見合ったものと考えることができる。そのような場所でもなお野生は可能か、という問いを根底に潜めた作品であることは間違いないであろう。

だが、それだけではない。この作品がきわめて本質的なのは、アメリカにおける郊外というトポスが孕む歴史的かつ現実的な問題をも巧みにコンテクスト化しているからにほかならない。郊外とは都市の一部である、つまりその本質的構成要素である。もしもそのことに気づくならば、この作品は都市を主題とするアーバン・ネイチャーライティング（urban nature writing）の系譜に連なる作品であるという位置づけも可能となるはずである。そして、さらにいうならば、アメリカにおける郊外はウィルダネスとのコンタクトゾーンとして歴史的に定位されているため、翻って考えるならば、ウィルダネスもまた都市の本質的構成要素として認識する必要がある。このことを図式化すれば、これら三項の関係は次のようになる。

都市　＞　郊外　＞　ウィルダネス

都市は不可避的に郊外を包含し、郊外はまたウィルダネスを包含する。とすれば、三段論法的で、かつ仮説的ではあるが、都市は郊外を介してウィルダネスを包含する関係をかたちづくっていると想定してみたい。そうでなければ、「森や野生動物」の存在を重視するマンハッタンに住む女性が、わざわざ郊外都市に〝逃亡〟する理由はないはずだからである。アメリカにおける都市はウィルダネスと通底する関係にある。このような包含関係の妥当性について以下検討を進めることとする。ただし、ここで都市、郊外、ウィルダネスの三項の関係を採り上げながら、田園や農業地域のような非都市的領域を無視しているという指摘もあるだろう。その理由もまた、これからの検討によっておのずと明らかになるはずである。

II　郊外の世紀

郊外のアメリカ

ウィリアム・シュナイダーによれば、アメリカ合衆国は、一九九〇年の国勢調査以降、「郊外の世紀」(the Suburban Century)を迎えた。これは、郊外に居住する住民の人口が、合衆国総人口の五〇パーセントを超えたことが公式に確認されたことによる。「郊外型国家」(a nation of suburbs)、それが現在のアメリカ合衆国なのである(Schneider, 391)。

簡略に歴史的経緯をたどるならば、アメリカにおける郊外指向の歴史は古く、その先駆は一九世紀の一八二〇年代に早くも始まったと見られている。そして一九世紀後半以降、富裕層のあいだで郊外移住が一種のブームと化す。そして、二〇世紀、とくに第一次世界大戦後、その傾向はさらに顕著なものとなった(Duncan, 129-148, Stilgoe, 17)。以降、新築住宅全体の八五パーセントは郊外に建設されるという時代になり、郊外の「大衆化」が進む。第二次世界大戦後の一九五〇年には、アメリカ人の二五パーセント以上が郊外居住者となった。その一〇年後の一九六〇年には三〇パーセントを超える。そして、さらに三〇年後の一九九〇年、ついに過半数に達したのである。これは、郊外住民が選挙民の多数派を占め、政治的な動向を左右する存在となったことをも意味する。(Duncan, 13, Schneider, 391-393)。

アメリカ合衆国の総人口に対する郊外人口の比率を三〇年ごとの統計で見るならば、一八五〇年はわずか三・二パーセント、一八八〇年にわずかに増えて三・三パーセント。ここまでが一九世紀の郊外人口である。なぜならこの時期の郊外化(suburbanization)は富裕層に限られていたため、全体的な比率は低いのである。しかし、二〇世紀に入ると郊外の大衆化現象が徐々に顕著となり、一九一〇年には六・九パーセント、一九四〇年代に倍増して一三・四パーセント、一九七〇年代になると一気に増えて三七・一パーセント、そして二一世紀を前にして五〇パーセントに達する。ただし、総人口も一八五〇年の二三〇〇万程度から二〇〇〇年にはその十倍以上にあたる二億八〇〇〇万人にまで増加しており、郊外人口は一億四〇〇〇万を超える計算になる(Nicolaides & Weise, 2)。

郊外とは?

それでは郊外(suburb)とは何か。都市(urb)に対する対立項でないことは、その言語的関係からも看取できる。むしろ、対立的であるどころか対(つい)的・補足的関係として、不可分の関係にある。若林幹夫によれば、英語の suburb は、「都市的な城砦施設を意味するurbと、『下に、近くに』を意味するsubが結合した、『都市の近くのところ』を意味するラテン語のsuburbiumを語源としている」という。つまり英語の郊外の本質的な含意は、それが都市との「関係において成立する場を指示する」点にあり、郊外とは都市に付随するその一部であって、それなしには成立しえない非自立的な地域である（若林、三九〇—三九一）。郊外論の専門家はその歴史的経緯を次のように説明している。

郊外の起源は一〇〇〇年前まで遡るが、近代におけるルーツは一八世紀半ばにある。大英帝国およびその諸植民地、そしてその後、アメリカ合衆国などの諸国に郊外が出現した。郊外は、新興勢力である上・中流階級の住宅地域として形成された。そこはブルジョアジーが都市化と資本主義化の悪影響、つまり騒音、犯罪、不道徳、汚染、工場、貧困、労働者大衆から逃れるための場所であった。都市の外れにある落ち着いた緑豊かな場所に、かれらは郊外地区（suburbia）を構想した。そこに、かれら独自の階級文化を育み、かつ、豊かな都市生活の恩恵も受けようとしたのであった。（Nicholaides, 2）

郊外とは田園ではない。あくまで都市の補完物としての機能を本質とするため、非都市でも反都市でもありえない。まぎれもなく、都市に帰属するその一部にほかならない。都市の反対物を挙げるならば、例えば農村のような存在がそれだろう。それは産業の構造も生活形態もまったく異にする自立的な存在である。だが、郊外はそうではない。何よりも「経済的に都市に依存する」空間である（Fishman, 5)。まさしく都市の周縁部としての特性が重要だからである。ウィリアム・シュナイダーは、郊外とは、「都市の外縁部（urban fringe）であると同時に田園の外縁部（rural fringe）である」と指摘している（Schneider, 391, Duncan, 13)。都市と田園の中間地帯、それが郊外というトポスなのである。

郊外を「ブルジョワ・ユートピア」と名づけ、「ブルジョワジーの記念碑」と呼ぶロバート・フィッシュマンは、特にアメリカにおける郊外の概念が、前近代の伝統的な都市概念と「ラディカルに」対立するきわめて近代的な所産であることを強調し、「郊外革命」とも呼んでいる（Fishman, 516)。この「ブルジョワ・ユートピア」は、「余暇と家族生活と自然との合一」をめざして、それまでの都市生活に存在したものを排除・疎外することになった。例えば、家庭から仕事が排除された。下層階級の住民が排除された。猥雑で不衛生な都市的環境が排除され、女性を「権力と生産性の世界」から排除した（Fishman, 4)。こうして郊外の発展とともに、近代的な「核家族」の住環境がかたちづくられたのである。

郊外と自然

右に挙げたように、郊外という「ブルジョワ・ユートピア」の目標は、「余暇と家族生活と自然との合一」とされている。つまり、郊外の成立にとって、自然とのつながりはきわめて重要な要素であった。郊外は本質的に都市の一部である。したがって、農業の場である田園とは鮮明に区別されねばならない。このことは、後述するように、歴史的に見ても明らかである。都市との地理的布置関係で見るならば、郊外はそれに隣接する外縁部であり、それに田園が隣接する関係にあるだろう。そして、ウィルダネスは田園のさらに外縁部に位置すると考えられる。だが、このような地理的位置関係には、都市とウィルダネスとのある種の親和性がつねに保持されている。そこに、アメリカ独自の郊外形成史が深くかかわっている(2)。

ちなみに、郊外の基本的定義を確認しておきたい。アメリカでは郊外研究が盛んに行われているため、じつに多様なアプローチがある。したがって、その定義も一様ではない。次に挙げる二例は、郊外研究の代表的な研究者によるものだが、ややニュアンスもしくは視点の異なる定義である。ケネス・ジャクソンのそれは、郊外それじたいの特徴を要約しているのに対し、ロバート・フィッシュマンのそれは、都市との関係に言及している点および周囲の自然環境に言及している点が注目すべきであろう。

低人口密度の住宅地域、中・上流階層が定住し、住民は家を自己所有し、居住地から離れた場所に通勤する。

(ケネス・ジャクソン、Nicolaides, 7)

郊外とは、中産階級の住宅コミュニティであり、都市の中心部より外部に位置するが、経済的には都市に依存しており、その特徴は低人口密度の環境にあり、単一世帯の家が多くを

占め、周囲は開放的かつ公園的な緑の多い環境にある。（フィッシュマン、Nicolaides, 7）

この二つの定義から、郊外の特徴について、概ね次のようなことがわかる。すなわち、人口密度が低い、中産階級以上の住宅地であり、一戸建て住宅を所有する核家族が住まい、主要生計者は都市部に通勤し、周囲には豊かな自然環境がある。とりわけ本章では、フィッシュマンが最後に言及している、「周囲は開放的かつ公園的な緑の多い環境にある」とする、郊外における自然の意味に焦点を当てる。歴史的に見て、自然の存在こそが都市と郊外を結合する重要な役割を果たしているからである。

Ⅲ　土地回帰から自然回帰へ

自然回帰運動（Back to Nature Movement）

一般に、アメリカ文化における自然の問題を考える場合、レオ・マークス『楽園と機械文明』が語る「中間的景観」論、ヘンリー・ナッシュ・スミスの『ヴァージンランド』における西部神話・象徴論、あるいはロデリック・ナッシュ『ウィルダネスとアメリカ精神』のウィルダネス論などと並ぶ重要な研究書として、歴史学者ピーター・J・シュミットによる『自然回帰――アメリカ都市におけるアルカディア神話』（一九六九年）がある（ジョン・スティルゴーによる「序文」、Schmitt, viii 参照）。シュミットは、「ウィルダネスへの逃亡こそが都市の圧力に対する中産階級の対処法だった」と指摘し、アメリカではは都市こそがウィルダネスをいわば「必要」としたことを歴史的に解明している（Schmitt, 175）。そうだとすれば、都市中産階級がめざしたウィルダネスはどこにあったか。いうまでもなく、郊外がそこに深くかかわっている。

シュミットの議論は、一九世紀末（一八八〇年）から二〇世紀初期（一九二〇年）の四〇年に焦点を当て、この時期にアメリカにおける自然観が根本的に変質したことを指摘するものである。周知のように、アメリカにおける自然志向は、少なくとも独立革命期のトマス・ジェファソンにまで遡ることができ、一九世紀にはアメリカ・ロマン主義の全面開花によって、ラルフ・W・エマソン、ヘンリー・D・ソローをはじめとする自然思想のアメリカ的展開が見られた。シュミットは、しかし、一九世紀後半の知識人たちが示した自然志向は、それ以前とは大きく異なるものであることを示唆している。その差異をシュミットは、「土地への回帰」（"back to the land"）から「自然への回帰」（back to nature）への変化として提示している。（Schmitt, xix）。

興味深いことに、アメリカにおける多様な郊外論を集成した『郊外論集成』（二〇〇六年）は、その最初の文献資料として、ラルフ・W・エマソンの『自然』（一八三六年）を挙げている。つまり、エマソンの『自然』という哲学的・ロマン主義的著作を一九世紀を代表する郊外論の最初期のものと専門家はとらえているのである。『自然』は、「土地」（land）から「風景」（landscape）への視点転換を誘ったロマン主義的マニフェストの書であり、アメリカ文学の形成それじたいに大きな影響力のあったエッセイであるが、その意味では、一九世紀ロマン主義的な知的思潮がいかにアメリカにおける郊外（観）成立に寄与したかを語っているのである。『郊外論集成』の解説は、このエマソン思想に基づく郊外（観）を、「ロマンティック・サバーブ」（Romantic suburbs）と呼び、「自然は――危険なもの、脅威的なものではなく――恵みと徳に満ちたものだと再定義することによって、ロマン主義者は、エリート層による郊外への移住にかかわるイデオロギー的な基盤を提供した」と説明する（Nicolaides, 14-16）。

農の論理から自然の論理へ

シュミットが検証する一九世紀末期、アメリカの自然志向は、それ以前に中心的であった「土地回帰」の思想から、新しく登場した「自然回帰」の思想へと転換したのである。この二つの思想の差異は、農本主義あるいは農業の有無にある。「土地への回帰」は、アメリカの場合、トマス・ジェファソン以来、一定の系譜をかたちづくってきた農本主義的社会構想を指している。つまり土地の私的所有を前提とする独立自営農民的なライフスタイルと社会構想である。これに対して、「自然への回帰」は、このような伝統的・農本主義的自然観からの根本的な思想変更を表現しているとシュミットは見る。

この新しい世代には農への回帰、あるいは農を基盤とする社会構想は希薄になっていた。この時代の知識人たちもまた、エマソン、ソロー以来の超越主義的・ロマン主義的自然観の衣鉢を継ぐ「自然愛好者」（nature lovers）であったことは確かながら、前世代と大きく異なっていたのは、かれらがもはや「ノスタルジックな農業社会」を夢見る存在ではなくなっていたことである

(Schmitt, xviii)。このように、回帰すべき場所が「土地」ではなく、「自然」といいかえられたことは、自然観における革命的な変化であった。自然の問題が一気に抽象化されたからである。きわめて興味深いが、農の論理を脱却したがゆえに、「自然」保護の論理がより強力に正当化される時代が拓かれることになったのである。農の論理から自然の論理への転換、これは、きわめて根源的な思想転換であり、そこにこそ「自然保護」の論理が成立する基盤が構築された。

そしてこのような転換の背後にあってそれを促したのは、じつは一九世紀末以降顕著となる「都市化」という現象にほかならない。シュミットは、このような思想転換の背後にあったのがあくまでも「都市の視点」であったことを次のように説明している。

一八八〇年代から一九二〇年代にかけて、中産階級のジャーナリストたちは田園生活と都市文化を結合しようと考えていた。彼らの書くエッセイは都市部に住む読者を念頭に置いたものだった。書き手もけっしてジェントリー的農業者ではなかった。大学教授であり、商人であり、官吏であり、どう見ても都市の視点を持った者たちであり、彼らはアメリカの田園地帯を都市社会の余暇の場として位置づけようとしていた。
(Schmitt, xx)

このシュミットの説明は、ほとんどソロー以降に興るネイチャーライティングの出発点を論じているに等しいが、それはあとで検討しよう。急激な「都市化」へ向かう時代と社会の動き——

これがアメリカの自然指向にまったく新たな様相を与え、変質を促した。特にこの引用からわかるように、この当時の自然回帰運動の担い手は、都市に仕事を得ながら郊外に住まう知的・社会的エリート層であった。「都市化するアメリカこそが野生の呼び声を求めている」とシュミットは指摘する（Schmitt, xxii）。そのうえ、この「都市化」の影響によって新たに位置づけ直された自然が、郊外という新しいトポスを基盤としつつ、同時に郊外というもののありかたを決定づけていった。つまり、「野生の呼び声」のありかとして、郊外が出現することとなった。郊外はたんに都市への通勤者用のベッドタウンとして、都市計画的に発展しただけではない。なによりも（道徳的要求さえ含む）理念的要求として、すなわち「野生の呼び声」のありかとして発展したのである。(3)

自然回帰としての郊外

それでは、そこにどのような理念的要求があったのか。この時代の自然回帰運動の主導的思想家の一人に、自然教育に関する先駆的著作『ネイチャー・スタディ論』（一九〇三年）の著者リバティ・H・ベイリーがいる。かれの最大の関心事と懸念は、「都市化による」子どもたちの自然との接触機会の減少にあった。今日の環境教育の歴史的出発点ともいうべき思想がこのとき稼働を開始する。自然回帰運動、特にベイリーが主導する環境教育的な「ネイチャー・スタディ運動」は、このような「都市化」による「郊外」の出現に焦点を合わせた画期的なものであった。ベイリーは、次のような発言をしている。

図3 自然観察する子どもたち（1866年）。

近年、われわれは自然により近い場所で生きる必要がある、という気持ちがいや増しに強まっている。それもまず何よりも子どもから始めねばならない。

（Bailey, 14）

都市の学校、サマーキャンプ、あるいはボーイスカウトなどの青少年グループ、さらには自然エッセイやウィルダネス小説などを通じて施される自然の正確な知識によって、まず子どもたちが変わり、その結果として社会変革をすることをベイリーは構想していた。ここで注目すべきことは、このような教育の対象はあくまで「都市」の子どもたちであって、田舎の子どもたちは対象とされなかったという点である。ベイリーは、将来のアメリカ人は、適切な教育を施されるならば、「田舎育ちでもなければ、都市育ちでもない、両極を併せ持った郊外育ちの人間となるであろう」と述べている（Schmitt, xxiii）（図3）。

ここに、郊外というトポスが教育論的な意味を帯びて登場したのである。本章冒頭に挙げた女性の、子どもを「森や野生動物」のことを理解できる人間に育てたいという発言の淵源は、このベイリーの発言に遡ることが可能であろう。さらにもう一点注目すべき点を加えるとするならば、「自然エッセイやウィルダネス小説」というジャンルが「自然教育」の有力な手段だと見なされていた点であろう。これらはいわば郊外がもたらした文学、郊外文学とでもいうべきものとして布置されることとなったのである。(4)

ネイチャーライティングの登場

すでに言及したように、シュミットは「都市化するアメリカこそが野生の呼び声を求めている」といい、また「ウィルダネスへの逃亡こそが都市の圧力に対する中産階級の対処法だった」と述べている。こう考えるとき、郊外というトポスが都市に対して果たした役割が見えてこよう。郊外とは、都市住民にとって「野生」と「ウィルダネス」に接触することの可能な空間として設定されているのである。事実、その根拠は、自然を語り描く文学ジャンルとしてのネイチャーライティングの生成を検討するとより明瞭になる。例えば、ピーター・シュミットは次のように書いている。

新しい文学ジャンルが、博物学やカントリーライフに関するくだけた調子の書きものの周辺に生まれ、それが〈ネイチャーライティング〉と呼ばれるようになった。この自然回帰運動の偉大なる鼻祖は、エマソンでもソロ一でも、いわんやギルバート・ホワイトですらない。その人物とは、政府官吏転じて農園主となり、ウッドチャック狩りに耽ったジョン・バロウズである。

(Schmitt, 23)

ここで誰がネイチャーライティングの始祖であるかという論議を進めようというのではない。ただ、ネイチャーライティングに関する文学史的了解の中で登場するエマソンやソローが、かならずしもそれに相当するとはいえない可能性をここでは考慮に入れておきたい。じっさい、右の引用でシュミットが暗默裡に強調しているのは、世代の移行と時代の変化であり、エマソンでもソローでも、ギルバート・ホワイトでもなく、バロウズであるとする含意は、「ネイチャーライティング」というジャンル登場の歴史的な背景として、「土地」から「自然」へという自然観の根本的な変容があり、さらにその背後に、都市の変容、具体的には郊外の成立が必然的に浮上するからである。

ネイチャーライティングという文学用語の歴史にも触れておこう。その成立経緯を研究したダン・シーズによれば、自然系文学の作者を意味する「ネイチャーライター」(nature writer) という用語が最初に使用されたのは、一九〇二年のフランシス・W・ハルシー (Francis W. Halsey) のエッセイ「ネイチャーライターの登場」(The Rise of the Nature Writers) においてであるという。しかしながら、このエッセイではジョン・バロウズ、ジョン・ミューア、アーネスト・T・シートンなどの名前が言及されているものの、ジャンル定義そのものはなされていない。次いでこの用語が登場するのは一九一〇年、自身ネイチャーライターであったダラス・ロア・シャープ (Dallas Lore Sharp) のエッセイ「ネイチャーライター」("The Nature Writer") である。これは雑誌『ニューアウトルック』(*New Outlook*) に掲載された。このエッセイでは、「ネイチャーライター」という言葉は「ネイチャー・スタディ運動」(nature study movement) と関連性があると指摘され、またネイチャーライターとは「科学者のように、自分に距離を置き、事実のみに従う」存在ではなく、つねに自然と自分自身とを関連づける作家だという見解を表明している (Scheese)。

ダン・シーズは「ネイチャーライティング」という用語が登場し始める時期、つまり一八八〇―一九二〇年という時期が、ピーター・J・シュミットのいう「自然回帰」カルトの時代に当たっていると同時に、アメリカにおける自然保護運動の黎明期に相当している点にも注目している。じっさい、当時の代表的ネイチャーライターたちのうち、例えばジョージ・B・グリネルは「オーデュボン協会」(一八八六年設立)、ジョン・ミューアは「シエラクラブ」(一八九二年設立)

といった、現在にまで続く重要な自然保護団体の創設にそれぞれかかわり、それぞれの団体の指導的立場にあった。シーズはこう述べている――「ネイチャーライティングが政治的性格および論争的性格を帯びたのはこの時期のことである」。この時期から、自然はたんなる記述の対象ではなく、保護の対象としてとらえられるようになったのである（Scheese）。

先に引用したピーター・シュミットが述べているように、「ネイチャーライティング」というジャンルは、歴史的にはエマソンやソローの時代に帰属するのではなく、一八八〇〜一九二〇年代に登場したナチュラルヒストリー系の「自然回帰運動」に連動する都市インテリゲンチャを担い手として登場したのである。したがって、先のシーズの発言――「ネイチャーライティングが政治的性格および論争的性格を帯びたのはこの時期のことである」――は、むしろ逆転させたほうが正確だろう。例えば、「自然への関心が政治的、論争的性格を帯びたがゆえに、ネイチャーライティングという分野が登場した」といったように。「政治的、論争的性格を帯びた」という表現は、各種自然保護運動や自然教育運動など具体的な動向を指すものであろう

ボーダーランド　ロマン主義的な文学思潮、それを修正主義的に継承した「自然回帰運動」が、肥大化する都市、悪化しつつある都市環境への否定感情と連携して、郊外というトポスを強く求める時代が一九世紀末に訪れた。さらにそこには、さまざまなファクターが重層的に重なり合い、「独自の階級文化」が生み出された（Nicolaides, 2）。学校や子どもに対しては、アメ

リカにおける環境教育の出発点となる「ネイチャー・スタディ運動」、シートンなどが深くかかわったボーイスカウト運動、文学に対しては、反都市あるいは脱都市を希求するナチュラルヒストリー／ネイチャーライティング系の文学、そしてウィルダネスに対しては、自然保護運動と自然保護団体。つまり、郊外というトポスの成立は、じつに多様な、しかし根底ではひとつの大きな「自然回帰運動」の所産であり、あるいは原因を成していたといえよう。自然をめぐるアメリ

図 4　郊外移住後に始まる家庭生活（1910 年）。

カ的な制度——環境保護団体、環境教育、ネイチャーライティング——は、郊外という「ブルジョワ・ユートピア」の夢とその現実化の全過程に関与しているといって言い過ぎではない。「余暇と家族生活と自然との合一」という夢は、また、核家族という近代的なありかたも可能にした。家庭における男性のありかたも女性のありかたもまた大きく変容させたのである（図4）。

郊外というトポスの背後にあった思想を、シュミットはアメリカにおける「アルカディア神話」と呼んだ（Schmitt）。また、地理学者ジョン・R・スティルゴーは、特に郊外が自然と接触する界域を「ボーダーランド」と名づけている（Stilgoe）。このボーダーランドへの夢は、ペリー・ミラーのいう「自然国家」（Nature's nation）としてのアメリカの歴史的特性を具象化したものであると同時に、そのまま「アメリカン・ドリーム」のひとつのかたちだといっても言い過ぎではないだろう。（Miller, 201, Nicolaides, 46）[(5)]。

一枚の版画がある。「シティ・オブ・ニューヨーク」と題され、副題として「ブルックリン・ハイツより」とある（図5）。これは一八七四年に刊行された、アメリカ最大のピクチャレスク本『ピクチャレスク・アメリカ』の第二巻巻頭に配されている。右隅に対岸のマンハッタン島とブルックリンを結ぶブルックリン橋（当時建設中、一八八三年完成）らしき姿が見え、遠景にぎっしりと建築物で埋まったマンハッタン島が描かれ、中景には大型蒸気船が数隻とおびただしい数の帆船がイーストリヴァーを往き交っている。一八七〇年代のニューヨーク市の活況がよく伝わる絵である。だが、その都市の賑わいと対照的に、右側手前に描かれている事柄に注目したい

図5　「シティ・オブ・ニューヨーク：ブルックリン・ハイツ」より。

図6　読書しながら散歩する女性と子ども（図5の部分拡大）。

（図6）。そこにはやや陰影の深い緑の領域があり、丈の高い樹木の姿があり、そのあいだを縫うように曲折する散歩道があり、女性が一人、そして少年と覚しき人物が描かれている。その左方にも鉄柵越しに川のほうを眺める子どもが二人いる。

この緑の領域がこの版画の副題に示されているブルックリン・ハイツである。この地域こそは、なにを隠そう、「アメリカで最初の郊外コミュニティ」といわれる地域であった。そのことをこの版画は明瞭に示唆している。都市の賑わいとは隔絶されたような、ある意味で内に閉じたような印象さえ与える緑の領域、木立のあいだを抜ける曲がりくねった散歩道（これだけで充分ピクチャレスクだ）、そして母親と子どもの世界。その母親は歩きながら読書している。ここに父親がいないのはいうまでもない。マンハッタンが職場だからだ。この絵には、「余暇と家族生活と自然との合一」としての郊外生活、「ブルジョワ・ユートピア」の一端が描き出されている。

それから、およそ一〇〇年以上が経過し、すでに二〇世紀をも跨ぎ越してしまったが、大都市シカゴの郊外に生まれ育った若手ネイチャーライター、ピーター・フリーデリチは、一〇〇年という時間が、アメリカの郊外生活者にもたらした内化の時間とでもいうべきものを、つぎのように鮮やかに書き記している。

ぼくはいま南西部に暮らしているが、一日に何回か、毎日、ちょっとしたことから、子どもの頃住んでいたイリノイ州北部の家のことを思い出す。ナゲキバトの鳴き声、光の色合い、五月の長い夕暮れの柔らかい湿気を帯びた空気。そんな記憶が頻繁に甦るので、これはたんなる偶然じゃないと確信する。こういう思い出は、ぼくという存在にとって欠くことのできない要素なのだ。こういう経験が、かつてぼくが初めて意識した時に、その場所で出遭った世界というものをそのままかたちづくっているのだ。ぼくの一部なのだ。二度とその場所を訪れることがなくても、思い出が消え去ることはないだろう。これは知の問題などではない。根の深いつながりの感覚、精神の問題、そして血の問題である。（Friederici, 7）

かれもまた、田舎の少年だったわけではなく、郊外育ちの少年だった。ベイリーが理想化した未来のアメリカ人にほかならない。一九九九年に出版されたかれのエッセイ集（ネイチャーライティング）のタイトルは、『サバーバン・ワイルド』である。「郊外の野生」とでも訳すほかあるまい。これがけっして逆説的な表現ではないことに私たちはすでに気づいているはずである。郊外とは、都市に欠如する自然＝ウィルダネスを補完するための装置だからである。(6)

4 『もののけ姫』と野生の〈言語〉——自然観の他者論的転回

古い神がいなくなれば、もののけ達もただのケモノになろう。森に光が入り、山犬どもが鎮まればここは豊かな国になる。もののけ姫も人間に戻ろう。

（エボシ御前）

私たちの文化においては、自然は沈黙しているのである。

（クリストファー・マニス、三六）

Ⅰ 《シシ神の森》＝ウィルダネス説

宮崎駿監督『もののけ姫』（一九九七年）は、人間と自然の関係を考える上できわめて示唆的かつ刺戟的な作品である。この作品の登場は、個人的にも一種の衝撃であったが、その最初の印象は、「非日本的」というべきものであった。アメリカ研究者、なかでもアメリカのネイチャーライティング研究に携わる観点からすれば、その印象はさらに増幅され、端的に「アメリカ的」と言いたくなるものであった。

この作品を観て「非日本的」かつ「アメリカ的」という印象を抱くのはやや的外れに聞こえるかも知れない。なぜなら、物語はおおよそ日本の中世・室町時代に擬されており、宮崎の代表作

『風の谷のナウシカ』や『天空の城ラピュタ』のような架空世界、それも「非日本的」な匂いのする世界ではなく、むしろ、網野善彦の中世歴史学の影響を随所に鏤めた、そのかぎりではきわめて日本的な印象を与えても不思議ではない設定となっているからである。このように、この作品が日本の歴史を直接的な素材にしているにもかかわらず、どこかで「非日本的」な印象を与えるのはなぜか。この問いから出発したい。

このような印象を私が強く抱く理由は、この物語の主舞台であり、人間と自然がある種終末的な攻防を展開する場として設定されている《シシ神の森》にあるだろう。物語は、日本列島において稀少化し滅亡に向かう原生的な森として《シシ神の森》を設定している。その破壊にまつわる最後の攻防戦がこの物語の劇的クライマックスとなるのだが、こう考えるとき、《シシ神の森》が人間の介入を免れた最後の森であり、英語でいうウィルダネス（wilderness）に相当するものとして設定されていることが、何より強い印象をもたらす淵源である。

人間の介入の有無が、その自然環境をウィルダネスと見るか否かを決定するのが、基本的に英語の、とりわけアメリカのウィルダネス観念である。たとえば、『アメリカン・ヘリテージ辞典』は、wilderness の語義の筆頭に、"An unsettled, uncultivated region left in its natural condition" という説明を与えている。これは簡単に言えば、「人為の介入のない自然状態」＝野生状態が保持されている場所を指している。《シシ神の森》の設定は、アメリカ文学と文化においてしばしば強調的に語られ、その自然観の根幹を成すと語られるウィルダネスの観念にほぼ符合するものである。したがって、「非日本的」かつ「アメリカ的」という印象を最初に抱いたのは、いうまでもなく、私がアメリカ研究者であり、アメリカにおけるウィルダネス観念を連想するに容易な立場にいるという偏差に起因していると思われる。

このような見方を、《シシ神の森》＝ウィルダネス説としてみよう。このような見方は、しかし、太古の森、始源の森といった《シシ神の森》の原生性という視点だけに由来するものではない。ここで「アメリカ的」という形容の前に「非日本的」という形容を付していたことを想起しておきたい。そのような形容の理由は、この作品における里山的な風景の徹底した欠落・排除にある。この物語の中心を占めるのは、《シシ神の森》とその対抗軸としてのタタラ場の二者である。タタラ場は、森林破壊によって燃料を手に入れ、その生産と生活と社会を維持している。そしてこの物語に決定的に欠けているのは農業的・里山的風景である。

農業的・里山的風景が辛うじて垣間見える場面がある。それは、東から「タタリ神」の病いを負ってやってきた少年アシタカが、武士たちに襲われ、一戦交える序盤の場面である。水田や畑から成る一帯で戦闘が展開される。甲冑を纏った武士集団がアシタカを追う場面の背景に、農村的風景が描出されている。しかし、そこは物語の主舞台ではない。タタラ場や《シシ神の森》から観るならば遠景に過ぎない。したがって、農民と覚しき人物もわずかに登場するのみである。同時に、室町期に台頭してきたはずの武士たちの姿も希薄であり、公方と呼ばれる領主に率いられた武士集団がタタラ場の利権を横取りしようと攻め立てては来るものの、要塞化したタタラ場を屈服させることはできない。

農民と武士が遠景に配されている理由について、『もののけ姫』の「企画書」は次のように明快に説明している。

この作品には、時代劇に通常登場する武士、領主、農民はほとんど顔を出さない。姿を見せても脇の脇である。〔……〕従来の時代劇の舞台である城、町、水田を持つ農村は遠景にすぎない。〔……〕これらの設定の目的は、従来の時代劇の常識、先入観、偏見にしばられず、より自由な人物群を形象するためである。（『もののけ姫を読み解く』、傍点引用者。以下同）

「城、町、水田を持つ農村」の遠景化には、いわば時代劇の革新という目的のあったことが分かる。さらにいえば、映画における歴史観の主流を意図的に無視することがあらかじめ想定されていたといってもよい。たしかに、日本の「時代劇の常識」をこの映画は打破している。これは網野善彦の非農業民的世界および中世歴史学に関する学的業績を読み込んだ上での判断であろう。これらを前提とする《シシ神の森》＝ウィルダネス説である。「人為の介入のない自然状態」としての《シシ神の森》、すなわち「純粋自然」あるいは野生の森を設定することによって、自然と文化のより明確な対立軸が可視化されるのである(1)。

それは農業的・里山的自然が帯びる中間性あるいは二次自然性をあらかじめ排除し、自然の領域と文化の領域に明確な一線を引いてみせることであった。《シシ神の森》＝ウィルダネス説こそがこれを可能にする。こうして、きわめてアメリカ的に自然（nature）と文化（culture）の二項対立をまずは前景化し、さきの企画書の言葉でいうならば、「水田を持つ農村」という里山的、農的領域の曖昧さを後景に逐いやることにしたのである。なぜそのような操作が必要であったかについては、宮崎駿自身が明快に述べている。

木を伐ったその後に出来上がってきた風景が、今僕らが自然と言っている、日本の見覚えのある風景だと思うのですよ。それを僕らは、自然と呼んでいるけれど、実はその前に深い、恐ろしい自然があって、そのときの記憶が自分たちの心の底にある。

（「インタビュー　宮崎駿　森と人間」、七七）

『もののけ姫』が観る者に問いかけてくるのもこの一事であるといっても過言ではない。《シシ神の森》＝ウィルダネス説を設定することによって、いま私たちがそこで暮らし、自然と見なしている列島の自然は、「木を伐ったその後に出来上がってきた風景」すなわち、《シシ神の森》を焼き払ったあとの二次的自然なのではないかという問い返しを迫られる。必然的に、そこには〈自然〉とは、自明の、不変の存在ではなく、歴史的に変容したなかば実体にしてなかば観念に等しい存在ではないかとする問いが含まれている。それは、「木を伐ったその後に出来上がってきた風景」を〈自然〉と見なしているかも知れない私たちの歴史性を、列島の歴史を二分するようなスケールで問い返すことになるのだ。

II　動物たち

『もののけ姫』には、何種類かの動物が登場する。その動物たちのありかたをカテゴリー化すると次のような分類が可能だと思われる。

1　大型の動物／小型化する動物
2　人語を話す動物／話さない動物

1は、視覚的に顕著ともいえる身体サイズの問題である。山犬のリーダーであり、少女サンの養母であるモロの君と、その子ども二頭の身体のサイズは明らかに大きく違っている。モロの君の巨大さに比べて、二頭の子どもは明らかに小型である。同じことは猪の首領である乙事主と猪の戦士たちとの関係についてもいえる。この身体サイズの差異は、一面では世代間の差異だと思われるが、どうやらそれだけにはとどまらないようだ。そのことを明確に語る乙事主の科白がある。

わしの一族を見ろ。みんな小さくバカになりつつある。このままではわしらはただの肉として、人間に狩られるようになるだろう。

ここには身体サイズの大小を考える上での大きな手がかりがある。つまり、《シシ神の森》に棲息する動物たちが小型化しているという事態である。乙事主は、小さくなることと「バカ」になりつつあることとを平行的な現象として認識している。ここで二番目に挙げた、動物が人語を話す／話さないという問題が重なり合ってくる。

『もののけ姫』という物語において、人語を話す動物は誰かという問いを発してみる。答は、1の大型／小型の類別にほぼ対応している。つまり、1と2は対応関係にあり、大型の動物たちは話すが、小型の動物たちは話さないのだ。ここでもう一つ別の観点をこの問題に重ね合わせてみる。この物語において大型の動物であるということは、野生性の度合いの高さを意味するという視点である。乙事主の科白は、猪がやがては小型化し、「ただの肉」として狩られるだけの存在となると語っている。家畜化以外の何ものでもない。いいかえれば、1と2に図式化される対位関係は、野生と家畜の対位関係を物語っている。

一見するときわめて逆説的ともいえる問題が提示されている。つまり、野生の度合いが高い動物が人語を話し、家畜化の度合いが進んだ動物は話さない（「バカになる」）という問題だ。これは人間との距離の観点からいえば、むしろ逆だと考える方が一般的かつ実感的だろう。野生動物は人間との距離から考えて、理解しえない他者であり、家畜化された動物は、人間の圏域に棲みついた分だけ、他者性が薄まると考えるのが普通ではないだろうか。

しかし、この物語はきわめてラディカルだ。野生度の高さを言語能力に結びつけるという大胆な設定を行ったのだ。つまり野生こそが話す主体なのだ。そのような野生性の表象として、モロの君と乙事主が存在する。この二頭の動物が固有名を持っている点もこの言語能力の問題に繋がっているだろう。ほかの動物たちには固有名がない。ここで私たちは大変興味深く、かつ信じがたいほどラディカルなこの物語の設定を知ることになる。

動物が人語を話すという設定は、一義的にはきわめて明瞭な擬人化である。ただし、この物語では、ただ動物が人語を話すからというそれだけの理由で、それがありきたりの擬人化的手法だと勘違いしてはならないだろう。すでに述べたように、他方に人語を話せない動物も存在しており、「話す／話さない」の二分法は、「野生／家畜」の二分法に重なっているからだ。つまり、アニメ作品に動物を登場させる物語上のテクニカルな問題として動物たちは「話す／話さない」という条件を課されているわけではない。

この映画はそうしたテクニカルな制約にとらわれてはいるのではない。では、なぜ野生度の高い動物ほど人語を話すことができるのか。それは、たとえば、クリストファー・マニスがその論文「自然と沈黙――思想史のなかのエコクリティシズム」で述べているように、こうした動物たちこそが「人とコミュニケートし、相互作用できる主体」（三六）であると考えられるからである。ここでマニスの見取り図を参看しておこう。

マニスはその論文のタイトルどおり、「自然と沈黙」の問題域を提示した。それによれば、西欧近代の五〇〇年は、自然を沈黙に逐いやった時代である。本来、饒舌に語る主体(subject)であった自然は、近代五〇〇年の時間のなかで、語らない存在として位置づけられ、沈黙を強いられた。つまり、自然は、語る主体から沈黙せる客体(object)へと転落せしめられたのである。これが、私たちが現在、環境問題とその派生的結果として受けとめている環境的危機の根源であり、もしもそのような危機に対応しようとするならば、自然をふたたび語る主体の地位へと復位させるような環境倫理が必要である、とマニスは考える。アニミズムの復権に力点を置いた議論といえるが、近代における動物たちの主体から客体への頽落と沈黙というマニスが描きだすこのような図式は、『もののけ姫』における動物表象にストレートに結びつくものがある。巨大動物たちが人語を話すことができる理由は、ほかでもない。かれらがマニスのいう「語る主体」、「コミュニケートできる主体」の地歩を維持しているからだ。

逆に、山犬の子どもや猪の戦士たちは、人語を話さない(話せない)。これは、かれらがもはや主体ではなく、客体に過ぎないことを示している。客体であるとは、人間に対して従属的な関係に置かれ(その極として家畜化がある)、さまざまな意味で操作対象と化した被支配の存在であることをいう。その意味で、この物語において人語を話すか否かは、アニメ表現上のテクニックをはるかに越える本質的な問題を提起しているのである。「野生でありながら人語を話す」と解釈してはならない。「野生なればこそ人語を話す」と解すべきなのである。「野生なればこそ主体」であり、「野生なればこそコミュニケーション可能」という斬新な視野を私たちにもたらすのである。

マニスの見取図のように、自然を従属的で操作可能な対象＝客体（object）としてきた結果が現下の地球環境問題であるならば、私たちに必要な新たな環境倫理とは、自然の声を聴くことである。なぜなら、自然は「語る主体」であり、「コミュニケートできる主体」に満ちている「声も主体も」（五五）ある存在だからだ。かれらは固有の世界を生き、人間の支配を受けつけない、容赦なき他者であり主体であるからだ。ここでさらに注意しておくべきは、「野生なればこそ」とは、「他者であること」、そして、それこそが主体たる条件となるという問題構制である。

こうして、『もののけ姫』に登場する動物たちを観察すると、巨大な山犬と猪は、《シシ神の森》というウィルダネスにまっすぐに対応する存在であることが分かる。かれらは《シシ神の森》の過去と現在のすべて、すなわち野生性と他者性を担い表象する存在なのである。それとは反対に、小型化した山犬の子どもや猪の戦士たちは、焼き払われる《シシ神の森》の、いわば未来の姿（破壊と家畜化）に対応している。宮崎駿の言葉を借りれば、「木を伐ったその後に出来上がってきた風景」に対応する動物たちであるともいえよう。

ここまでで、大型の動物たちがなぜ人語を話すのかという問題について、一つの答を見いだすことができた。ただし、この問題について二点、補足的な視点を採り上げておく必要がある。まず一つ目は、これまで言及しなかったもう一種類の動物、すなわち猩々という動物の存在である。二つ目は、大型の動物たちはほんとうに人語を話すのか、という問いである。

まず第一の問いから検討する。『もののけ姫』に登場する主要な動物に猩々と呼ばれる猿たちがいる。かれらの特徴は、森が伐り払われたあとの荒れ地に木を植え続けていること、人間を食べたいと願望し、それによって人間になりたいと願望していること、そのために、山犬とは敵対関係にあること、などである。かれらはやはり人語を話す。ただし、かれらが話す言葉はカタコトである。モロの君や乙事主のような整然とした言葉の世界ではない。一種断片的である。これは何を意味しているのだろうか。

二つの異なる可能性が考えられる。一つは、かれらが言語を獲得しつつあるその途上にあるという見方である。もう一つは、その逆、かれらは言語を失いつつあるという見方である。私は後者を採る。この判断も、前述の「野生なればこそ人語を話す」という基本線からの判断である。猩々たちは一方で森の再生を願いながら、もう一方で人間になり、その力をみずからのものにしたいという欲望をもっている。つまり、良かれ悪しかれ人間の領域に接近しつつある存在なのだ。であれば、言語は徐々に失われつつあると考えられるのではないだろうか。それゆえのカタコト化と解すべきであろう[2]。

それでは、第二の問いに戻ってみよう。大型の動物たちはほんとうに人語を話すのかという問題である。映画のなかでモロの君や乙事主が「日本語」を喋っていることは間違いなく、かれらがマニスのいう「コミュニケートできる主体」であることも間違いないであろう。ただし、それがほんとうに言語であるかどうかは再検討の余地があると思われる。そのことを示唆しているのが、小野耕世のエッセイ「アシタカが押し通る」における次のような指摘である。

もののけ姫のサンは、動物の神と会話をしたり、動物同士が会話をしたりするが、それはことばというより、一種のテレパシーのような感応による通じ合いのように見える。こうした場面での、動物たちの口の動きとあえてリップ・シンクしないことばの発声を示す描写はおもしろい。

（小野耕世「アシタカが押し通る」、一一二）

小野が注目するのは、動物たちの口の動きと科白がずれているという点である。アニメ作品の制約として、登場人物の科白と画像の口の動きが「リップ・シンクしない」という問題は、きわめてテクニカルな問題に過ぎないように思える。が、小野はこの科白に同期しない口の動き（のずれ）を意図的なものと読む。その理由は、こうした場面には、いわゆる「ことば」による会話ではない会話が成立しているからだ、という見方を提示している。小野はこれを「一種のテレパシーのような感応による通じ合い」なのではないかと推量する。

この観察と洞察には感嘆のほかない。おそらくそうなのだ。すでに述べたように、「野生なればこそ主体」であり、「野生なればこそコミュニケーション可能」という認識論的な問題は依然として有効だと考えるが、そこにおけるコミュニケーションは「いわゆる言語」によって遂行されているわけではないことに気づく必要がある。もちろん、それが「言語」ではないとしても、それによって「野生なればこそコミュニケーション可能」という事態に再検討が必要なわけではない。なぜなら、そもそもコミュニケーションを「言語」という枠組みのみで捉えることそのものが本質を見誤ることになる。小野はそれを「一種のテレパシーのような感応による通じ合い」と考える。〈交感〉という概念を当てることも可能だろう。マニスであれば、「相互行為」や「対話」という言葉で語るかも知れない(3)。

今村仁司（社会思想史）は、その晩年、人間の営みの全体を「ホモ＝コムニカンス」すなわち「交易する人間」として描きだし、コミュニケーションすなわち「交感」し、「交際」し、「交換」する人間というスケールの大きなコミュニケーション観を提示したが、なかでも自然との原初的な関係＝相互行為＝交感の問題はかれの大きな関心事となっていた。今村は次のように述べている。

①相互行為はけっして人間と人間の関係だけに還元されるのではない。たとえば、人間は、神々とも相互行為をおこなうし、この種の相互行為は歴史的現象としては圧倒的に多いのである。記号やシンボルの交換はたしかに人間と人間（個人であれ集団であれ）の間で起きる。しかし人間は記号とシンボルだけで生きるのではなくて、神々や自然との相互行為を想像的

に〔傍点原文ママ〕生き抜いてきたし、いまもなおそうしている。この論点は決定的に重要であるから、いずれ後でも検討するであろうが、想像的相互行為の厳然たる実在性〔傍点引用者〕をけっして忘れてはならないことをここで指摘しておきたい。

（今村仁司『交易する人間（ホモ・コムニカンス）――贈与と交換の人間学』、五二）

②人間と自然の関係もまた独自の相互行為ではないだろうか。なるほど自然は神々と同様に人間のようには言葉を発することはないだろうし、言語がないのだから対話的交渉ではないだろうが、たとえ自然が沈黙していようと人間は沈黙のなかで自然との相互行為をしているのである。

（同右）

このような今村の発言を参看しつつ、『もののけ姫』におけるコミュニケーションの問題を再検討してみよう。まず引用文①における「神々や自然との相互行為を想像的に生き抜いてきた」人間という認識は、引用文②における「たとえ自然が沈黙していようと人間は沈黙のなかで自然との相互行為をしている」という認識と直交する。つまり、ここで今村は、人間は自然とのあいだでは、言語が共有されていないにもかかわらず、人間はそのような非言語の「沈黙」のなかでも「自然との相互行為をしている」のだと説く。それを可能にするのは何か。今村が明言しているとは言いがたい面もあるにはあるが、引用文①の「神々や自然との相互行為を想像的に生き抜いてきた」が暗示している。「想像的に」という言葉がそれである。

ひとは「沈黙のなかで自然との相互行為をしている」。どのようにしてか。「想像的に」である。と、これが今村仁司の応答である。「想像的に」と表現するほかないのは、同じ言語ゲームを共有していないからであり、またその前提として自然の他者性が想定されているからである。ここには矛盾した考え方が混在しているように見えるかも知れない。つまりコミュニケーション可能と言いながら、他者であるということは、どこか自己矛盾を孕んで聞こえる。しかし、これこそ、先に述べた「野生なればこそコミュニケーション可能」という命題に一致する。他者性こそがコミュニケーションの主体たる要件であり、それこそが世界への通路を開くのである。ただし、今村が言うようにあくまで「想像的に」なのだ。なぜなら、他者性は自然に対して主体性を保証すると同時に、人間に対しては不可知論を導入するからだ。

では、「想像的に」とはどういうことか。今村は、次のように「自然の人格化」という問題として提起する。

> 沈黙の自然を人格的存在「として」解釈し、自然に対して人格的にかかわるという場合に、人間が自然について幻想をでっちあげて、錯覚したり、倒錯した行動を起こしていると考えてはならない。自然を人格的存在として待遇するのは、相互行為としての交易をするために便利な方便であるからではない。（六四）

この論理にも一見すると矛盾が含まれていると感じられる。なぜなら、今村のいう「人格化」とはかなりの確度で「擬人化」（personification）を意味するからである。「擬人化」とは、人間の観点から自然を解釈・理解することであるとすれば、きわめて人間中心主義的な解釈行為であることは言を俟たない。「想像的に」という表現も、一義的には、他者であり、外部である存在を人間の観点から解釈可能な存在に変えるという意味にとることができる。ただし、今村はまさしくその問題について言葉を与えようとしているのだ。それが、「沈黙の自然を人格的存在『として』解釈し、自然に対して人格的にかかわるという場合に、人間が自然について幻想をでっちあげて、錯覚したり、倒錯した行動を起こしていると考えてはならない」という警告の意味するところである。

これはいうまでもなく、自然の「人格化」や「擬人化」は、けっして「幻想」や「錯覚」や「倒錯」ではないという見方である。「想像的に」遂行される解釈行為は、けっして恣意的な、一方的な思い込みではない、なぜなら、と今村は次のように言う。

自然の人格化は、自然を人間と対等にすることではない。自然の人格的存在は、人間以上の人格としてみなされる。自然の人格は、人間よりも「大きい」人格であり、ひいては超人間的な人格とみなされる。そうであるからこそ、自然は人間たちに対して、人間にはどうに

もならない「恵み」や災厄を「与える」ことができる。（六五）

自然の「人格化」や「擬人化」がけっして否定的な出来事でないとすれば、それは自然を「人間以上の人格」と見なす解釈行為だからだと今村は強調している。このあたりで、私たちはコミュニケーションにおける言語主義から離脱する必要があるだろう。そもそも今村は、自然が沈黙する存在であることを前提としており、その意味では、すでに言語から離れた解釈行為をとらえようとしており、その上で「人格的存在」としてかかわる解釈行為の意味を語ろうとしている。その際に、そのような解釈行為を「想像的に」と表現することによって、他者をめぐる〈想像力〉の問題として把握しようとしているのである。

III 野生・他者・外部

野生であること、他者であること、外部であること、これらこそが自然をめぐる〈想像力〉の問題を本質的に条件づけているとするのが今村仁司の立論である。そのような場こそが、自然とのコミュニケーションや相互行為や交感という言葉で私たちが考えている出来事の場である。『もののけ姫』に登場する大型の動物たちは、日本語を話している。しかし、かれらがほんとうに話しているのは、言語的なものではない。あえてリップシンクしないという作為があるとすれば、その理由は、そこで語られる日本語がほんとうは「言語ではない」という事実、それは「相互行為」や「交感」という言葉で私たちが呼び慣わしてきた出来事であることを制作者が暗示しているのである。

矢野智司（教育学）は、その著『動物絵本をめぐる冒険――動物―人間学のレッスン』において、擬人化の問題についてきわめて注目すべき議論を展開している。矢野は擬人化の問題を形式ではなくその内容にしたがって判断すべきことを説いて次のようにいう。

> 動物絵本は、擬人法と逆擬人法によって制作されている。この擬人法とは本来不透過で理解不能な他者である動物を、人間の秩序のうちに回収しようとする生の技法である。しかし、擬人法とよばれてきた手法を推し進めることによってベクトルが逆転し、反対にこの不透過な動物と出会う逆擬人法ともいうべき事態が出現することになる。（一一八）

擬人法は、personification であれ anthropomorphism であれ、形式的には言語的レトリックであり、自然や動物を「人間の秩序のうちに回収しようとする」行為、「人間化」の手法である。擬人化されたネズミはミッキーマウスとして人間の服を纏い、人間の言葉を話す。おまけに名前さえ有している。このような「人間化」の方向へ向かう擬人法では、いうまでもなく「動物の他者性はぐっと少なくなる」（六九）。ただし、擬人法にはもう一つのベクトルがあるのだと矢野は主張する。それをかれは「逆擬人法」と呼ぶ。これはなかなかにスリリングなアイデアである。形式的には擬人法の原理にしたがいながら、ということはすなわち「擬人法とよばれてきた手法を推し進め」ながら、にもかかわらず、「ベクトルが逆転し」、「人間化」とは反対の方向に進み出る可能性を孕む。すなわち、「反対にこの不透過な動物」の他者性と出会う可能性を開くレトリックとなる。それをかれはきわめて独創的に「逆擬人法」と名づけてみせる。卓見である。

それでは「逆擬人法」が成立する条件とは何か。矢野は、「逆擬人法」にあっては、そこにおいて「他者が出現する」ことが最大の条件であると発想する。いいかえれば、「人間の秩序のうちに回収しようとする」擬人法の動きとは反対に、それは人間を「脱人間化」し、「世界化する」ベクトルにおいて展開するのだという。形式的には同じ擬人法でありながら、人間中心主義的思考ではなく、脱人間中心主義的思考へと進み出る。この場合、「他者が出現する」とは、つまりは世界＝自然に向かってみずからを曝し、直面させる状態を指し、そのとき出現する他者とは、「野生であることの生命感や不透過であることの不気味さ」（一三九）を帯びて到来する存在者である。矢野は次のようにいう。

> 西欧の動物絵本は、古代のコスモロジーやキリスト教的人間中心主義が崩壊し、寓意やシンボリズムから解放されることによって、初めて他者としての動物を表現することが可能となった表現メディアである。（一九五）

他者性の存否が、西欧近代における動物絵本の本質を説明するのだと矢野は説く。矢野はこうした分析と議論を重ねながら、そこに明らかになる人間や文化に回収されない存在者への認識、つまり他者性、野生性、外部性との遭遇という局面を中心的視座に据えて、「動物絵本の動物学」、さらには「動物―人間学」という魅力的な構想を描きだしてみせる。矢野はそれを、「共同体の外に触れる『生の技法』」と呼ぶ。[4]（八四）

矢野は、たとえば、モーリス・センダックの『かいじゅうたちのいるところ』（原タイトルは、Where the Wild Things Are）について、次のように語る。

この絵本のテーマは、子どもが野生の存在（wild things）とかかわること、そのとき、子どもはとても深く歓喜の瞬間を生きることができるということ、そしてその世界にとどまりつづけようとすると、野生の存在に飲みこまれてしまう危険性があるということである。そのとき子どもは怪物の世界に魅せられて、怪物たちに食べられてしまうかもしれないのだ。この野生の力の危険性をよく知らないと、こちらの世界へとふたたびもどってくることができない。（一〇七）

私たちは、『もののけ姫』という映画作品が、そのような他者性を帯びた存在者、つまりは「モロの君」や「乙事主」を初めとする強力な野生の他者たちに彩られていることを知っている。

そして、そのような野生の他者たちの砦が、原生の《シシ神の森》であったことも知っている。そこはまさしく「かいじゅうたちのいるところ」(Where the Wild Things Are) にほかならない[5]。そのような場所の存在によって、鋭い緊張関係が生まれる。それは、『もののけ姫』にあっては抗争であり、戦闘でもあった。他方、センダックの作品では、「野生の力」の魅惑であり、同時に呑み込まれかねない「危険性」でもある。だが、いずれにせよ、映画『もののけ姫』が描きだした世界は、そのような「野生の力」の場であり、人間と自然との関係の場は、そのような異なる原理の拮抗する場であること、そのような他性 (alterity) の原理との緊張関係を問うことなしに、自然環境の問題は解けないことを示唆している。

環境倫理学者・鬼頭秀一の『自然保護を問い直す――環境倫理とネットワーク』は、書名に示されているとおり、「問い直す」ことを主眼としている。問い直しの一つは、「いったい、『原生自然＝ウィルダネス』の保護の理念は普遍性を持つのだろうか」(一一二) という問題に充てられている。このような問題設定は、自然保護の理念の中心的な部分が、アメリカの環境保護思想の強い影響下にあって、日本の環境思想のなかでも有力な観念として働いている点を批判的に把握しようとするためである。ある意味では、自然保護、環境保護の思想を日本的に展開しようとする際に、アメリカ的な「原生自然＝ウィルダネス」の保護の理念を、そのまま日本の環境思想に持ちこむことへの疑念から成り立っている。たとえば、鬼頭は次のようにいう。

もともと否定的な概念であった「原生自然＝ウィルダネス」概念が、一転してポジティブに転換していった過程には、ロマン主義的な心性が影響を与えていた。また、「原生自然＝ウィルダネス」をポジティブにとらえる思想は、その地域に生活し生業を立てて暮らしている人たちの思想ではなく、既に都会化した地域からの旅行者の視点に立つ思想であった。この思想には開拓者の人たちの心性はないし、ましてや先住民の自然との深いかかわりの中の生活も射程に入っていない。そのような意味で、「原生自然＝ウィルダネス」を称揚する思想は、歴史的にも、文化的な意味においても、特定の文脈の中で出現してきたものであることを認識する必要があるだろう。（一一一―一一二）

アメリカ合衆国で歴史的に形成されてきた「原生自然＝ウィルダネス」概念の問題点を的確に要約した一節である。要するに、自然をいわば「純粋自然」（ソロー）として、人間の営みと明確に分割し、抽象化した思想が「原生自然＝ウィルダネス」であり、それじたいは一種の理念型にすぎず、歴史的には、「ロマン主義的心性」、そして「旅行者」つまり外部者の視点が生みだした当事者性の希薄な観念的産物ではないかと批判するものである。鬼頭が指摘するように、たしかに「原生自然＝ウィルダネス」概念は、アメリカ合衆国という特定の場所と歴史のなかで生成されたローカルな思想であり、「歴史的にも、文化的な意味においても、特定の文脈の中で出現してきたものであることを認識する必要があるだろう」とする点についてはまったく異論はない。

そのようなローカルな思想がはたして「普遍性」をもちうるのかという鬼頭の問いかけには、一九九〇年代の日本における環境保護・自然保護の思想を語ろうとするとき、避けて通れない切実な問題のありかを知る大きな手がかりが潜んでいる。

鬼頭が問いかけるように、「人間と自然との深いかかわりあいのあり方を主軸にした新しい環境倫理」(一一三)が求められていることは間違いない。ただし、にもかかわらず、このような立論に一抹の疑念を覚えざるをえないのは、「人間と自然との深いかかわりあいのあり方を主軸にした」という条件設定にある。鬼頭は「深いかかわりあい」を主軸とすべきことを強調しているわけだが、そしてこの「深いかかわりあい」とは、人間との関係のなかの自然、つまり先の引用にしたがえば、「その地域に生活し生業を立てて暮らしている人たち」、「開拓者の心性」や「先住民の自然との深いかかわり」への重心移動の提唱として理解することができる。この場合、看過しえないのは、本稿におけるこれまでの議論から分かるように、人間との関係の外側に自立的に存在する「原生自然＝ウィルダネス」概念を排除する論理に帰結するのではないかという点である。この論理は、一種の二者択一の陥穽を免れえないのではないか。

鬼頭秀一は、さきに引用したように、「原生自然＝ウィルダネス」の観念をアメリカ的な「特定の文脈」において成立したローカルなものとして批判している。しかし、アメリカの自然保護・環境保護思想のなかには、農本主義に基づくパストラリズム(pastoralism)もまたもう一つの大きな伝統として存在していることを忘れてはならない[6]。これは「原生自然＝ウィルダネス」

概念とはおよそ対極に位置する概念であり、農業を主軸として、「人間と自然との深いかかわりあいのあり方を主軸にした」発想に近い観念の形態である。ただし、それもまた「ロマン主義」の所産である可能性大であることは、その伝統を培ってきたのがヨーロッパの思想であり、かつ「ロマン主義」的自然の主要な焦点もこの概念にあったことを考慮に入れれば、いうまでもないことだろう。むしろ、「原生自然＝ウィルダネス」概念は、このパストラリズムとは異質な原理として、いわばより近代的な歴史的条件とアメリカ的な地理的条件のなかから出現した新しい思想なのである。

鬼頭秀一は、「人間と自然との深いかかわりあいのあり方を主軸にした」環境思想の再構築をめざすその議論を、「生業と生活」の視点から捉え直すべきだと主張する。その深い読み直しと提案は、これまでの人間と自然の関係を編み直すに足る示唆に満ちているが、「手つかずの自然がほとんどないといわれる日本の自然を守っていくための考え方としては、とくにアメリカで発達してきた原生自然を保護するという思想だけでは不十分である」（二三三）というような言明は、あらかじめ他者性や野生性を問い直しの対象から排除してしまうという欠落を生むのではないだろうか。アメリカの思想について、「歴史的にも、文化的な意味においても、特定の文脈の中で出現してきたもの」として否定的な視線を向ける以上、日本の自然についてもその「特定の文脈」を再審に付さずにはいられないのではないだろうか。ましてや、「手つかずの自然がほとんどないといわれる日本の自然」であるがゆえに、「原生自然＝ウィルダネス」概念には有効性がないという議論はあまりに現実追随の論理ではないだろうか。鬼頭は二項対立を回避する努力を重ねながら、図らずも新たな二項対立をつくりだしてしまったのではないか。

宮崎駿の『もののけ姫』は、自然を他者、野生、外部とする明確な視座を提示している。「木を伐ったその後に出来上がってきた風景が、今僕らが自然と言っている、日本の見覚えのある風景だと思うのです」という宮崎の問いは、いうまでもなくきわめて理念的であり、「生業と生活」の視点からの歴史観ではないという異論も当然ありうることだろう(7)。しかし、これほど明確なかたちで私たちが〈自然〉と呼んでいる風景が、歴史性を帯びたものであることが端的に表現されたこともない。なぜなら、これはたんなる楽園幻想ではなく、むしろ「今僕らが自然と言っている、日本の見覚えのある風景」に鋭い亀裂を走らせるに足る表現世界であるからだ。また、農業的・里山的なものの相対化を通じて、「生業と生活」の歴史性もまたそこでは問い直されているのではないだろうか。

野生の論理を基軸に据えるとき、私たちはたとえば、気鋭の歴史学者・北條勝貴が展開する、人間と自然とのあいだに横たわる根源的な「負債感」の問題、「負い目」、「原罪性」、そしてこれらの意識化としての儀礼の問題、自然による「生存の贈与」と「存在の贈与」の問題などに切り込んでいくことができるだろう(8)。人間と自然との根源的な関係とは何か。それを突きとめる作業は、二項対立をただ排除すればいいのではない。むしろ、二項対立を深化し、他性（alterity）の原理との緊張関係を問い続けることも重要である。いいかえれば、里山の思想とは、里と山の調和という観念的一体幻想ではなく、里と山の緊張・葛藤関係から生まれ出てくる思想だと考えるべきであろう。自然他者論を媒介とする環境をめぐる思考は、とりたてて「原生自然＝ウィルダネス」概念がアメリカ的であるか否かに拘泥する必要はない。また、そのような原生自然の有無が直接的な問題なのでもない。矢野智司が指摘するように、動物絵本もまたそこに野生の「動物学」を秘めているのだとすれば、多様な野生の学とその言語こそが、自然環境の問題の核となるべきといってもよい。本稿で言及した今村仁司や矢野智司、北條勝貴のほかにも、中沢新一の「対称性人類学」の構想、さらには、舞踊を軸として変身と交感の問題をめぐる三浦雅士の議論も、その根底に他者性の問題をしっかり踏まえて成立している。自然観における他者論的転回――その成果を刮目して待ちたい。(9)

＊　本稿のそもそもの出発点は、二〇一〇年一〇月三日に立教大学で開催された「Eco Opera!　連続講演会　環境文学：人と自然のありようを考える3――『もののけ姫』を読む」（主催：立教大学ESD研究センター、協力：熊本近代文学館、立教大学大学院異文化コミュニケーション研究科）にある。このシンポジウムでは、同席した小峯和明氏（日本中世文学）、田中治彦氏（開発教育学）、上田信氏（中国史）、北條勝貴氏（日本古代史）による熱い『もののけ姫』論から大いなる啓発を受けた。また、『もののけ姫』における言語とコミュニケーションの問題の重要性については、言語的交感論を専門とする山田悠介氏（立教大学大学院異文化コミュニケーション研究科後期課程在籍）との質疑、意見交換が大きな糧となっている。本稿はそうした方々との対話によって形づくられたものと認識している。注記して謝意を表しておきたい。

第二部　自然というテクスト

1　自然のテクスト化と脱テクスト化
——ネイチャーライティング史の一面

自然史《ナチユラルヒストリー》／博物学の用途とは、超自然の世界の歴史《スーパーナチユラルヒストリー》への手がかりをわれわれに与えてくれることだ。

（エマソン『自然』[1]）

文学における自然観あるいは自然観念という問題設定はとくに新しくはない。おそらくヨーロッパのロマン主義文学を「現代文学」ないし「同時代文学」に等しいものとして摂取した日本近代文学にあっては、その成立期に国木田独歩の『武蔵野』（一九〇一年）をはじめとする多くの作品が、ロマン主義的な自然傾斜や生命主義的な方向からその近代的革新を開始したこともあって、近代性と自然の問題はいわば不可分の関係にあったと言える。したがって、文学が自然の問題に関心を寄せるという事態そのものはとりたてて特異な現象ではない。[2]しかもそれが同時に近代文学的な意味における〈私〉の成立の問題とも重なり合っていたという点でも、ヨーロッパにおけるロマン主義と相同的な性格を共有している。[3]

一方、おおよそ一九八〇年代後半以降に注目を集め始めたネイチャーライティングというジャンルをめぐる現象は、いわゆる「地球環境問題」として急速な広がりを見せる現実的な問題設定と深くかかわるかたちで前景化されてきたために、あたかも文学における新しい視点のように見なされる傾向がなきにしもあらずだが、じっさいには、右記のように、ロマン主義をその発端とする〈近代文学〉の基本的な水脈のひとつを確実に継承しているにすぎない。英米の場合もある意味では同断であろう。つまり依然として問題は〈近代文学〉の枠組みのなかで生起しており、そのかぎりでは新しいというよりは、ある程度の盛衰の曲線を描きながら持続されていた問題が、「地球環境問題」との関連というかたちで再提起されていると考える方が妥当だと思われる。また、そうであるからこそ、依然として見逃せない問題なのだとも言えよう。

本稿では、〈近代文学〉の所与的条件として存在してきた自然の問題について、ネイチャーライティングという現在的な視点から逆照射するかたちで検討を試みたい。一九世紀ロマン主義的な自然の問題から二〇世紀後半アメリカのネイチャーライティングへと遷移するプロセスでいったい何が起こっているのかを追尋する試みとしてである。もちろん、それを歴史的にかつ実証的に過不足なく進めることはここでは手に余る。そこでアメリカ・ロマン主義を代表するラルフ・W・エマソン（一八〇三―八二）、ヘンリー・D・ソロー（一八一七―六二）、そして二〇世紀後半以降のネイチャーライターのなかでもっとも強い思想的影響力を持ったエドワード・アビー（一九二七―八九）を手がかりとして、主に自然の「テクスト化」という視点から検討を進めることととする。

I　超越論／観念主義の系譜としてのネイチャーライティング

二〇世紀後半期、とくに一九六〇年代以降のアメリカのネイチャーライティングの世界を代表する作家にエドワード・アビーがいる。彼の「エマソン」と題する短いエッセイに次のような個所がある。

> エマソンは最初の偉大なアメリカ〔のエッセイ〕作家だ。「われらすべての父」と〔誰あろう！〕スーザン・ソンタグは述べた。エマソンなくして、ソローはあれほどの存在にはなりえず、またウォルト・ホイットマンも登場しなかったことだろう。エマソンの関心事とはほとんどの現代作家の関心事にほかならない。とくにアメリカ作家の場合はそうだ。超越と全一性と真理の探究（transcendence and integrity and truth）、それは今も続いている。とりわけ、アニー・ディラード、ウェンデル・ベリー、コーマック・マッカーシー、ラリー・マクマティー、レスリー・シルコウ、ピーター・マシーセン、バリー・ロペス、エドワード・ホグランド、ジム・ハリソンといった作家たちのなかに。
>
> （Abbey, "Emerson", 傍点引用者[4]。以下同）

このエッセイは、アビーがアリゾナ大学で教鞭を執っていた一九八五年（と推測される）に、アメリカン・エッセイに関する講義の序論として書かれたものである。ここでこの個所を採り上げたのはほかでもない。エマソンを出発点として、ソローへ、そして二〇世紀後半に登場するアニー・ディラード以下、数多くのネイチャーライターたちへと連なるネイチャーライティングの系譜が、ほかならぬ作家自身によって明快に語られているからである。もっとも、この系譜はすでにアメリカン・ネイチャーライティング研究の世界ではごく常識的な文学史的見解にすぎない。ただし、この系譜がほかならぬネイチャーライター自身によって明確に語られる機会は意外に少なく、また、エマソンを起点とするネイチャーライティングの系譜学というこの作家の視点を通じて、現代アメリカ作家たちが「超越と全一性と真理の探究」といういささか一九世紀的にすぎるエマソン的命題を依然としてその大きな「関心事」として抱え込んでいるとする指摘には見逃せないものがある。

エドワード・アビーが「超越と全一性と真理の探究」と呼ぶものについては、やや抽象的だが、別の個所ではこう説明されている。

エマソンは合理的なアプローチを避けて、その複雑な知的装置全体を詩、あるいは自分のエッセイのスタイルである詩的散文のなかに押し込んだ――収まるべきところに収まったのだ。エマソンは経験や論理、感覚や常識に訴えることはしない。われわれが生得的に持って

> いる観念主義／理念主義（idealism）、調和と意味を求める本能的欲求に訴えるのである。世界が絶望的になればなるほど、この欲求はふくらんでいく。エマソンがもたらすのは教え（この言い方を彼は好んでいたが）ではない。直観力である。直観力の大いなる魔法とは、それによってわれわれは自分たちが発見したいと強く欲望しているものを、それが何であれ、発見できるということである。
>
> （212-213）

　この文章の大半は文学史的なエマソンの解説としてはやはり常識的な部類に属する。ただし、最後の部分については、エドワード・アビーという作家が並々ならぬ分析力を備えた作家であることを語っているだろう。つまり「自分たちが発見したいと強く欲望しているものを……発見できる」とする欲望論的な視点は、エマソンに限らず「超越論」的な発想が本質的に孕んでいる問題の内実を的確に衝くものであり、先の引用個所にあった「超越と全一性と真理の探究」という命題のプロブレマティックな本性をめぐる見事な評言となっている。観念主義的かつ願望充足的欲望とでも呼べばいいであろうか。その系譜がアメリカのネイチャーライティングの系譜なのだと言わんばかりのこのアビーの洞察は、もちろん、エマソンというアメリカ文学史上もっとも厄介な作家／思想家の本質を見事にとらえるばかりか、その系譜のなかに現代ネイチャーライターたちを位置づけてしまうという慧眼を示している。

　たとえば、このアビーの評言に呼応するものとして、次のようなD・H・ロレンスの評言を置いてみてはどうだろうか。ここで私たちは自然の問題に一歩踏み込むことになる。

母なる大地は観念化／理念化（idealize）できない。やってみるのは自由。うまくいくことだってある。だがうまくいっても、そのじつ屈服している。母なる大地が純然たる観念主義／理念主義者（idealist）を生むことはない。けっしてだ。（Lawrence, 119）[5]

ロレンスの『アメリカ古典文学研究』はその最初の草稿が「アメリカ文学における超越論的要素」と題されていたことからも推測できるように、アメリカ文学の古典的作品が超越論的、観念主義的傾向を本質的に孕んでいる点を徹底的に批判することを目的としていた。[6]右の引用個所はそのロレンスによる犀利な批評的コメントのひとつにすぎず、また直接エマソンに言及したものでもない。むしろ、一九世紀アメリカ文学一般に見られる傾向から帰納されたひとつの結論である。いずれにせよ、ここで使われている「母なる大地」という言葉を改めて自然という言葉に置換してみるまでもなく、自然に対する観念主義的アプローチへの根本的懐疑が表明されている。さらにロレンスは続けてこれを「アメリカ論」へと接続する。

アメリカ人は、たとえばヨーロッパ人がヨーロッパの土地を愛したように、アメリカの土を愛したことは一度もない。アメリカが血の故郷だったことは一度もない。ただ観念の上での故郷にすぎなかった。観念の、精神の故郷だ。便利至極な故郷だが、ともかく血の故郷ではない。

(Lawrence, 119)

ロレンスは、この評論において、一九世紀アメリカ文学に遍在する観念性を、アメリカ的経験世界が歴史的に負荷されている植民者的諸条件に対応させながら批判する。問題はアメリカ作家たちにとってアメリカが「血の故郷」ではなく、「観念上の故郷」にすぎなかったというある意味で自明の一点に帰着する。アメリカ文学のトラウマをここに見いだすのだ。ヨーロッパを「血の故郷」として措定し、アメリカを「観念上の故郷」として対置するこの図式は、いささか明快でありすぎるきらいはあるが、けっして的を外してはいない。もっともここでアメリカのネイチャーライティングにおける〈アメリカ性〉の問題、あるいは歴史性の問題に深入りするのは避けたいし、またロレンスと違ってアビーはかならずしも〈アメリカ性〉や歴史性の問題として論じているわけではない。ここでの問題は、アメリカ文学における自然の問題化の過程に、「超越と全一性と真理の探究」という観念主義的・願望充足的欲望が胚胎しているというアビーそしてロレンスによる問題提起をいかに受けとめるかにある。

II　テクスト化の理論——エマソンと「書物としての自然」

エマソンの『自然』(一八三六年)はピューリタニズムから理神論的啓蒙主義へと推移した一

七世紀―一八世紀を過去としながら、すでにヨーロッパを席巻していたロマン主義的な自然思想を、きわめてアメリカ的なかたち（つまりある種の単純化と過激さ）で全面展開した作品である。この作品を通じて、なぜこの時期のアメリカが、〈自然〉をそのタイトルとし主題とするこのような哲学的評論を受け容れたのか、またそれがなぜ、のちにネイチャーライティングと呼ばれる独自のジャンル形成に繋がったのかを理解するのはさほど困難なことではない。

まずはそこに提示されている思想の基本的枠組みを把握しておこう。エマソンは、「自然全体が人間の精神の隠喩である」（エマソン、一八）という発想（の可能性）に視点を据える。視点というよりはひとつの前提的仮説というべきかも知れないが、いずれにしてもこの前提によって、自然と人間のあいだにはひとつの連続性と一体性が仮構されることになる。べつの言い方をすれば、〈交感《コレスポンダンス》〉関係が想定されるのである。このとき、「隠喩としての自然」とは、自然の事物が、人間が読みとるべき言語であり、テクストであり、さらには書物であると見なす解釈学の体系として構想される。そのような〈交感〉関係の成立をエマソンは次のように書いている。

博物学（natural history）がとり扱うすべての事実は、それ自体として考えるとすべて何の価値もなく、たとえば異性と結びつくことのできないもののように不毛だ。しかし、いったん人間の歴史（human history）との婚姻を果たせば、とたんにいのちがみなぎりわたる。植物誌など、リンネとビュフォンの大部な著作などは、すべて事実の索漠たるカタログにすぎないが、しかしこれらの事実のなかのもっとも些細なもの、ある植物の習性、ある昆虫の器官、働き、羽音のようなものですら、もしも知性に関する思索がとり扱う事実の例証に用いられ、あるいは、ともかく、人間の本性（human nature）に結びつけられると、このうえなく生気にあふれ、このうえなく快適に、われわれの心に働きかける。（同、一六）

頻出する「事実」という言葉に着目しておこう。もちろん、これは自然界において生起するもろもろの事象を指示する言葉である。右の引用個所の要点は、こうした自然界の事象という「事実」は、それじたいとしては「不毛」であり、「索漠たる」ものであるにもかかわらず、「人間の歴史」と結合されることによって新たな様相を帯びて賦活されるという点にある。それがかの有名な「自然は精神の象徴である」（同、一五）というテーゼに集約されることになるわけだが、ここでキーワードを整理してみるならば、自然の歴史／ナチュラルヒストリーに対して、人間の歴史／ヒューマンヒストリー（理性の光）が介入することによって、自然の事実は、隠喩化され、さらに精神の象徴に転化されるというひとつの図式が成立する。

エマソンの自然象徴論を支える「可視的な事物と人間の思考とのあいだに存在する根源的な交感関係《コレスポンダンス》」（同、一六）をめぐる解釈学は、こうして事実を象徴へと変換するアナロジカルな思考運動を形成することになる。その結果、たとえば「物理学の公理は倫理学の法則の翻訳だ」（同、一八）とさえ語られる窮極的な同一性の場が出現する。フィジックスがメタフィジックスに変換され、あるいはメタフィジックスがフィジックスに具現される〈交感〉論的運動の場である。

この〈交感〉をめぐる理論は、キーワードをさまざまに切り替えながら、同一の様相を多面的（であるかのよう）に提示する。それを一括してならべるならば、次のように整理できるだろう。（矢印を挟む二つのキーワードは対位的関係にあると同時に、矢印の方向への転移・変換を意味している。ここで（A）群は、エマソンが「超自然の世界の歴史《スーパーナチュラルヒストリー》」と呼ぶ方向での変換軸を指し、（B）群は「内部自然」（inward creation）（同、一五）のほうへ内化される変換軸を指している。[7]

（A）超越

事実（fact）→象徴（symbol）
事実（fact）→真理（truth）
形而下学（physics）→形而上学（metaphysics）
自然（the natural）→超自然（the supernatural）

（B）内化

外観（sight）→内観（insight）
景色（view）→幻像（vision）
景観（scene）→記号（sign）

土地（land）　　→風景（landscape）

右にならべた公式めいた変換の構図、とりわけ（B）群については、たとえばロマン主義的な自然思想の牽引力であり、同時代の並行現象であった風景画の画面を連想すれば一層よく理解できると思われる。こうして、自然（モノ）はつねに背後に意味を潜在させた記号（コト）の世界として、超越への契機としてエマソンの眼前に広がることになる。次の引用が語るように、その形而上性はまさしく「聖典」（scripture）、「聖句」、「開かれた書物」の表象として語られる。

自然と調和した生活、真理と徳を愛する心は、目を洗い清められて、自然という聖句（text）を理解できるようになるだろう。少しずつ、われわれは自然の永久不変の物象が持つ源初的な意味を知ることとなり、その結果、世界はわれわれの前に開かれた書物（an open book）となり、あらゆる外形（form）はその隠れた生命と窮極の根源を伝えることになるだろう。（同、一九）

このとき、自然のテクスト化は完了する。とはいえ、このテクスト、この書物はただ在るのではない。右の引用からも分かるように、「自然と調和した生活、真理と徳を愛する心」という前提条件があって初めて「開かれた書物」となりうる。いいかえれば、このテクストはじっさいには万人に開かれたテクストではない。なぜならこの書物は、そこに記された「象形文字《ヒエログリフ》」（同、五）の解読を要求する書物であるからだ。エマソンが「世界は象徴《エンブレム》である」（同、一七—一八）と断言するとき、その「象徴」の意味を解読する能力が人間の側に問われることとなり、あの有名な「透明な眼球」（同、八）という「新しい目」（同、三五）、「理性の目」の獲得へ向けてきわめて美学的かつ倫理的にこの書物全体が編制されることになる。その「理性の目」の作用についてエマソンは次のように記している。

> 「理性」の目が開くと、輪郭と表面にたちどころに優美さと表情がつけ加わる。これらのものは想像力と愛情から生じ、対象にそなわるごつごつした明確さをいくぶん和らげる。もしも「理性」が刺激を受けて、さらに熱心に目を凝らすと、輪郭と表面は透明になり、もはや見えなくなってしまって、その向こうに根源と霊が見える。（同、二四）

「理性」の目の権能とは自然に介入する「人間の歴史／ヒューマンヒストリー」の意味でもあろうが、ともあれ、その作用によって自然の物象はモノとして帯びている「輪郭と表面」という「外形」を失い、「透明な」存在と化す。そうすれば、透明化された物象の向こうに「根源と霊」が見えてくるのは当然のことだろう。「自然が象徴である」とは、ここに描かれている「透明化」のプロセスをその要件としている。象徴とは代理的な表象のことであるとすれば、自然は

「根源と霊」の代理物として存在していたことがここで告げられているにほかならない。このとき、自然の事物のことごとくが記号性を帯びて、「向こう」を指し示す代理表象と化すのだ。したがって、エマソンが次のような自然の見方を非「理性」的として斥けて見せるのも当然の手続きであろう。

自然を絶対的な存在だと考える一種本能的な思いこみは、感覚および蘇りを知らぬ悟性の所産だ。こういう見方からすると、人間と自然は解けぬ絆に結ばれている。ものは窮極であり、おのれの領域のかなたに目を向けることはけっしてない。「理性」こそがこの思いこみを覆すのだ。（同、二一四）

ここで解説されているように、エマソンにとって自然は「絶対的な」存在ではない。いいかえれば、モノとしての実在性、不動性を備えた存在ではなく、「理性」の介入によっていわば「流動性」（同、二一二）を賦与することのできる可変的な存在だと考えられている。モノは「窮極」ではなく、収斂すべき場所は物象、事物の「かなた」「向こう」にあることが分かる。まぎれもなくモノの世界を〈超越〉する権能がここに語り尽くされている。「かなた」「向こう」こそが、フィジックスがメタフィジックスに変換される〈交感〉の終着点にほかならないからだ。エマソンにおける自然のテクスト化は、以上のような諸条件のもとで理論的に提示される。エドワード・アビーが、「超越と全一性と真理の探究」として一括した観念主義的欲望の様態がひとつの窮極的な形姿でここに示されているであろう。自然を記述することはフィジックス／自然を媒介としてそのかなた、メタフィジックス／超自然を記述することにほかならないとする理論的図式がここに完結する。

III　テクスト化の実践――ソローの濫喩的自然

現在考えられているネイチャーライティングという「一人称形式によるノンフィクションエッセイ」の確立者とされるのが、エマソンの同時代者にしてその弟子筋に当たるヘンリー・D・ソローであり、その代表的著作『ウォールデン』（一八五四年）こそがこのジャンルの範列的作品であることは言を俟たない。

それでは、『ウォールデン』はこのテクスト化の問題にかんしてどのような位置をとっているだろうか。この問題については、バーバラ・ジョンソンの論考「猟犬、鹿毛の馬、雉鳩――『ウォールデン』のわかりにくさ」がもっとも徹底的で示唆に富むので、それを導きの糸として検討を進めよう。(8)

ジョンソンは、『ウォールデン』という作品の「わかりにくさ」について、次のように率直な評言を記すことからその議論を開始している。

「簡素にせよ、簡素にせよ」とつねにわたしたちに勧めてきた作家が、英語で書かれたもっとも複雑で難解な文章をもいくつか書いたということは、まったく逆説的だ。一見したところ森の生活の単純な報告に見えはするものの、しばしば読者を混乱させ、エマソンの言葉を借りれば「読むといらいらし、みじめな気持ちに」なるこの記述はいったい何なのだろうか。

（ジョンソン、九三）

そこでジョンソンは、ソローの文章のレトリカルな分析を進めてゆく。たとえば次のような『ウォールデン』(9)の一節が検討対象の一例として挙げられる。

われわれが次から次へと重ね着をするところなど、外生植物のように外側の層を増やしながら生長しているのではないかと疑われるほどである。人間が外側にまとう、往々にして薄っぺらで気まぐれな衣服は、表皮もしくは偽の皮膚であり、生命とはなんのかかわりもないのだから、ところどころ剥ぎ取っても致命傷とはならない。いつも着ている厚手の服は、細胞質外皮、つまり皮質ということになる。だが、シャツは篩部《しぶ》、すなわち真の樹皮であり、それを剥ぎ取れば、樹皮を剥がれた樹木と同様に人間は死んでしまう。（ソロー、二一四）

ここでソローは、人間の衣服と外生植物の表皮のあいだに三段階の対応関係を読みとっている。

一見すると綿密に組み立てられたアナロジーである。だが、よくよく考えてみるならば、あるいはよくよく読んでみると、このアナロジーはきわめて恣意的であることが分かる。なぜなら、そもそも植物の表皮に対応させるに際して、もっぱら衣服のみを想定して、生物学的次元でもっとも対応するはずの人間の皮膚への言及をまったく行わないからだ。ジョンソンは、この点を衝いて、「外皮の階層秩序をめぐる言説が皮膚ではなくシャツのほうを、それなくしては人間が死んでしまう不可欠の一部として、特権化するにいたる」(ジョンソン、一〇五—一〇六)と指摘し、ソローのアナロジーにある種特異な性格があることを次のように説明する。

> 〔いずれの引用にあっても、〕いかにもお決まりのアナロジーとしてはじめられたものが、入念に語られてゆくにしたがい、まったく制御できないものとなる。媒体《ヴィークル》に魅せられ、それが直接関心の対象になった結果、もともとの主旨《テナー》が完全に覆い隠されてしまう。〔……〕「皮質」「樹皮」といった言葉が、その従属的、比喩的なありかたから逸脱し、みずからに関して情報を提供しはじめ、アナロジーのもともとのもくろみから読者の注意を逸らせてしまうのだ。
> (ジョンソン、一〇五)

「アナロジーのもともとのもくろみから」読者の注意が完全に逸らされてしまうかどうかは、文脈全体の理解にも左右されるところがあるものの、ポイントは「外生植物」の「表皮」、「皮質」、

「篩部」といったテクニカルタームの多用が、あたかも衣服と植物のあいだに厳密な対応関係があるかのような思いこみを与えやすく、同時にじつはその結果として、この文章は人間の衣服について語ろうとしているのか、あるいは「外生植物」の表皮の構造を語ろうとしているのか確定不能に陥ってしまう点にある。比喩表現における主旨《テナー》と媒体《ヴィークル》の境界が曖昧になってしまうのである。「入念に語られてゆくにしたがい、まったく制御できないものとなる」とは、こうしたソロー的文章のパラドクスを見事に解説した評言であるが、では、なぜそれほど「入念に」語られねばならないのか。

　その解はすでにエマソンによって提出されていたはずだ。「自然は精神の象徴」であり、「自然全体が人間の精神の隠喩」であり、「物理学の公理は倫理学の法則の翻訳」であるからだ。ソローによってエマソンの自然象徴論は徹底的に現実化されることになった。その結果、ソローはフィジックスの世界を「入念に」観察すれば、それをメタフィジックスに「翻訳」することが可能となるはずだとする、超越論的ナチュラリストのパラドクスに向かって大きな一歩を踏み出したのだ。いいかえれば、エマソンによって理論的に提示された自然のテクスト化の徹底的な実践、それが『ウォールデン』のレトリックを産み出すのだ。自然が記号であり、テクストであり、言語であり、書物であるという発想が現実化されるとき、全自然がアナロジカルな思考運動を誘発する場と化す。したがって、ジョンソンは次のように指摘する。

『ウォールデン』におけるレトリックの倒錯した複雑さは、所与のイメージの、レトリック上の位置関係がどうなっているのかを確定できないという事実にかかわっている。そしてそれは、ウォールデン池に移り住むに際して、ソローが自分自身を、字義どおり、みずからの比喩的言語の世界のなかへと移動させてしまったからである。（ジョンソン、四五〇）

『ウォールデン』にあっては、ウォールデンという物理的自然環境が、現実であると同時に比喩となる一種の往復運動を形成する。そこでは、現実は比喩に変成し、同時に比喩が現実に変成する。ソローみずからがその比喩の空間（＝自然）に移動したということは、自然全体が「比喩的言語」に変成したことを意味する。そのとき、全自然が「書物」と化したのである。ジョンソンはこのような表象／現実の混淆状態を「濫喩《カタクリーシス》」「濫用された比喩」「濫喩的なシンボリズムの構造」（ジョンソン、一〇二―一〇三）と呼び、ソローにあっては「現実それ自体が濫喩と化し、生の現場であると同時に比喩でもある」（ジョンソン、一〇七）世界を構成しているのだと指摘する。ソローは自然のテクスト化の徹底を通じて、そのテクストの内部にいわば住まい、テクストを生きることになったのである。このような「濫喩性」こそ「自然という書物」の成立の与件といわねばなるまい。エマソンいうところの「とめどない寓喩の連続」（エマソン、一七）がそこに生起する。『ウォールデン』という作品は、テクスト化された自然のひとつの極限的形態なのだといえよう。

E・R・クルツィウスの『ヨーロッパ文学とラテン中世』によれば、「自然という書物」（liber naturae）という表象は、「説教壇の弁論にあらわれ、やがて中世の神秘主義的＝哲学的思弁に受けつがれ、最後に一般的な用語に移っていった」という。[10] バートン・L・セントアーマンドの論文「自然という書物とアメリカン・ネイチャーライティング――写本、索引、文脈、観察」は、アメリカ文学・思想史の流れをこのような「自然という書物」（Book of Nature）のコンセプトでたどる興味深い見取図を示している。[11]

それによれば、一八世紀の神学者ジョナサン・エドワーズの登場によって自然が聖書と比肩しうる〈書物〉となって以降、この発想はエマソン、そしてジョン・バロウズ、ジョン・ミューアといった二〇世紀初頭に繋がるネイチャーライターたちへと継承されながらも、やがて次第に弱体化していったという。その最大の原因は、ダーウィニズムによる科学と宗教の切断である。その結果、必然的に自然をめぐる神秘主義と超越論は大幅に後退し、「どうやら〈自然という書物〉は一断面を示すばかりの、個人的で小型化された書字板に局所化されてしまった」（セントアーマンド、三七）とセントアーマンドは指摘する。「自然という書物」のアメリカ的な展開を見るかぎり、「物理学の公理は倫理学の法則の翻訳」とエマソンが言いえた時代は、『ウォールデン』を至高の達成としつつ、一九世紀末に終焉を迎えたのである。

Ⅳ　脱テクスト化の戦略――エドワード・アビー

エマソン、ソロー的一九世紀を逆照射するという意味で、ふたたびエドワード・アビーに注目してみたい。ネイチャーライティングの歴史を「超越と全一性と真理の探究」として批判的に一括したエドワード・アビーは、当然「自然のテクスト化」、「自然という書物」の観念を、みずからの書く行為のなかで批判的にとらえていたはずであるし、また自分の同時代のネイチャーライターたちをもその批判の対象としていたからである。それは同時にロマン主義の自然観が二〇世紀にもたらした遺産と負債の再検討にも繫がるはずである。

エドワード・アビーには、二〇世紀のネイチャーライティングを代表する作品のひとつと目される『砂の楽園』（一九八六年）がある。[12] この作品は一九五六―五七年にかけて、ユタ州南東部にあるアーチズ国立記念物公園（現国立公園）にレインジャーとして勤務した経験に基づいたノンフィクションである。大自然／ウィルダネスにおける独居生活、一人称形式の語り、季節の循環を枠組みとする物語の展開など、基本的にはソローの『ウォールデン』の形式を踏襲する典型的ネイチャーライティングである。この作品の序文でアビーは自著について次のように解説している。

本書は砂漠についての本というわけではない。〔……〕砂漠は広大な世界である。ひとつの海のような世界だ。まさしく海さながらに深く、複雑で多様な世界だ。言語というのはひどく目の粗い網なので単純な事実しか漁れない。とくに事実が無限にある場合には。〔……〕砂漠をまるごと書物のなかにとりこむことはできない。漁師が海をまるごとその網に捕らえこむことができないように。だから、ぼくがやろうとしたこと、それはひとつの言葉の世界（a world of words）を創造すること。そこでは砂漠は題材というよりもむしろ媒体として登場する。模倣ではなく喚起こそが〔本書の〕目標であった。（アビー『砂の楽園』、xii）

アビーはここで何を語っているのだろうか。この作品は砂漠＝自然について書いた本ではなく、自然を媒体として形成された「ひとつの言葉の世界」なのだという。なぜなら、言語は「複雑で多様な」自然を掬い取るにはあまりに「目の粗い網」にすぎず、ゆえに言語と自然のあいだに正確な対応関係を構築することは不可能であること、したがって、この作品は、自然を描いた書物、あるいは自然を「まるごと」とりこんだ書物とはなりえないのだと語られている。この自己解説でもっとも特徴的なことは、自然と人間あるいは、自然と言語のあいだに、いかなるアナロジカルな交感関係も想定されていないことだ。それどころか、むしろそのような発想を断ち切ろうとするところにこの解説の意味がある。自然のテクスト化という観点から言うならば、自然とテクストのあいだにはひとつの断絶が存在し、自然がテクストであり、テクストが自然であるというソロー的濫喩構造の往復運動は完全に否定されている。

同じ序文の次の個所を読むと問題はさらにはっきりする。

この本は単なる現象、ものごとの表層ばかりに関わりすぎて、背後に隠された存在の真のリアリティをかたちづくっている、統合的な関係のパターンを扱ったり、それを顕示することに失敗していると批判されることだろう。正直言って、ぼくは背後に隠された存在の真のリアリティなど何も知らないし、一度もお目にかかったことがない。たしかにお目にかかったことのある人もいるらしいが、さしずめ、幸運な人だというほかない。（同、xiii）

アビーは、みずからのこの作品がもっぱら「現象」と「表層」にしか目が向いておらず、「背後に隠された存在の真のリアリティ」をとらえていないという外からの批判を予想している。これをすでに見てきたエマソン、ソローの系譜と対比してみれば、アビーという作家のスタンスはおのずと明らかだろう。端的に言って、一九世紀ロマン主義的に過激化されていた自然と人間、自然と言語のあいだの超越論的な交感関係《コレスポンダンス》にまっこうから挑戦しようとしているのだ。

アビーはここで、何よりも自然における現象や事実の「背後」に自分は何も見ていない、あるいは「お目にかかったことがない」と語っている。逆に、見るべきは「現象」と「表層」なのだと語っている。したがって、右に引用したパラグラフに続けてアビーが、「ぼくは表層だけで充分満足だ。じつのところ、表層こそがぼくには重要だと思える」と書くとき、エマソン、ソローの系譜、いやそれだけでなく、その後のネイチャーライティングの系譜が連綿と欲望してきた「超越と全一性と真理の探究」にピリオドを打つ試みとして、この作品『砂の楽園』が書かれるのだということがきわめて挑発的に宣言されていることが分かるだろう。もはや自然はテクストではない。同時にテクスト化された自然としてのナチュラルヒストリーも自然に正確に対応する、あるいは比肩する書物ではありえないのだ。それはただ「ひとつの言葉の世界」にすぎない。

そのような自然と言語テクストの同一性ならぬ差異と懸隔を、この作家は次のように語っている。

名づけることによって、知ることが可能になる。ぼくらが対象を認識するのは、それに名前を与えるからだ。ヘンション、プリヘンション(把握)、アプリヘンション(理解)。そんなふうに言語によってぼくらはひとつの世界を創造する。その世界は外部にある世界と対応している。あるいは少なくともぼくらはそう思っている。あるいは、ドイツの詩人のように、ぼくらは対象に意を払うことをやめてしまう。名づけられた事物よりも、名づける行為のほうに関心が向かうのだ。そして名づける行為のほうが、事物よりもリアルになる。かくして、世界はふたたび失われる。いや、世界は残る。……失われるのは、ぼくらのほうだ。またしても、はてしない思考の迷宮をめぐる堂々めぐり——迷路。

(同、二五七、傍点引用者)

ここで問題化されているのは、「名づけられた事物よりも、名づける行為のほうに関心が向かう」こと、すなわち、言語によって構築された世界が、自然の現実をよそにして否応なく自律的に動き始める瞬間がエクリチュールの現場で起こりうることである。そして、エマソン、ソローの的な超越論的交感の世界こそ、じつは「名づけられた事物よりも、名づける行為のほうに関心が向かう」この性向の、否、誘惑と欲望の典型的例証でありうることをも暗黙のうちに語っている。彼らは何を見ていたか。彼らが見ていたのは「事物」ではない。「事物」が超越論的に変換されるその「透明化」のエピファニックな瞬間こそを見ていたのである。まさしく、「自分たちが発見したいと強く欲望しているもの」を発見したのである。そのようなロマン主義的、超越論的欲望とプロセスを、アビーはもちろんみずからの内部にも認め、それゆえにこそ、超越論的交感を脱構築するには、言語的行為を可能なかぎり相対化するほかにはないことを見定めているのだ。

超越論的交感概念は、現存としての自然を消去し、「言語によって創造されたひとつの世界」、すなわち表象としての世界を「真理」として保存しようとする欲望であり、そこでは「名づける行為のほうが、事物よりもリアルになる」危険がつねに存在している。ロマン主義以来、自然についての記述行為の根源に、このような観念主義的傾向が潜んでいたことを、エドワード・アビーはこうして徹底的に考え抜き、徹底的に棄却しようとする。「『砂の楽園』のアビーは、ソローの的形而上派というよりはフランスのポスト構造主義的だ」といった最近の評言に代表されるようなこの作家の思想的位置は、今後、ネイチャーライティングすなわち自然をめぐるエクリチュールにおける重要なポイントとなるはずである。[13]自然の「表層」への注目、アラン・ロブ゠グリエに倣っていうならば「《深層》という〔……〕古い神話の罷免」という事態をアビーは次のように語っている。[14]

石、植物、砂粒の一つひとつはそれ自身によって、それ自身のために存在し、その明確さを別の次元の存在を示すことによって曇らされることなどはない。明晰性、整合性、真実性。

(同、一三五)

ぼくは一本のセイヨウビャクシンの木、一個の石英、一羽のハゲワシ、一匹の蜘蛛をちゃんと見ることができるようになりたい。それらをそれらそのものとして。人間が勝手に与えた属性も、反カント的思考も、科学的記述なる範疇もいらない。

(同、六)

自然物の個物としての明確な輪郭、そこには「別の次元」など存在しないとアビーは言う。自然を何らかの意味づけや価値づけ、すなわち「別の次元」を理解するための手段としてきたロマン主義的自然観が本質的な批評にさらされている。有用性や利用可能性のレベルだけではない、美学、美意識のレベルに到るまで、人間は自然に対してつねに「別の次元」を見いだし、それゆえにこそ徹底的に消費してきたのではないか。このとき、アビーが提起する、事物そのものの表層性への執着こそが、自然を現存するそれ自身に返し、「世界は人間のために存在している」とする「人間中心主義（anthropocentricity）」（同、二四四）からの解放が可能となるのだ。

こうして、環境倫理学における人間中心主義（anthropocentrism）から環境中心主義（ecocentrism）へのシフトが、エドワード・アビーの志向性といつのまにか重なり合っていることが分かる。『砂の楽園』におけるアビーは、擬人観／神人同型論（anthropomorphism）のレトリックをくり返し問いに付し、同時に「異界としての自然」というコンセプトを追究している。つまりは自然の〈他者化〉がそこで追究されているのだ。これらはいずれも、ロマン主義が本質的かつ構造的に内包していた観念主義的自然観、人間中心主義的自然観を揺さぶり、新たなより困難な環境中心主義的自然観の構築へと踏み込もうとする試みにほかならない。ただし、エドワード・アビーの試みを見れば分かるように、これはたんなる環境保護主義的に過度な倫理的強迫ではない。むしろ、人間の知の構造を問い直す認識論的要請なのである。ポストロマン主義の自然観とは何か、ネイチャーライティングの現在とはどこに求めるべきか、「自然のテクスト化」をめぐる展開がその方途を示しているとは言えないだろうか。

2　〈風景〉としてのネイチャーライティング

Ⅰ　ポストロマン主義的課題

H・D・ソロー以降、そして二〇世紀の一〇〇年を経て開花したアメリカン・ネイチャーライティングの系譜が抱え込んだ問題のひとつに、ロマン主義の遺産ともいうべき自然志向が内在させることになった広義の言語的問題との葛藤がある。二〇世紀ネイチャーライターの基本スタンスである「人間中心主義から環境中心主義へ」という志向性は、けっしてロマン主義的な自然志向と矛盾なく同居しているわけではない。むしろ、ロマン主義的な観念論（idealism）に潜在する人間中心主義（anthropocentrism）批判をその課題のひとつとしている。自然を対象として認知・記述するための言語、レトリック、意識、あるいは、世界（自然）とテクストの間に生じる懸隔、世界についての言及性（referentiality）、そしてリアリズムの問題など、総じていえば〈表象〉をめぐるポストロマン主義的問題群である。

この問題に意識的な作家は少なくないが、なかでもメアリー・オースティン（Mary Austin）、ヘンリー・ベストン（Henry Beston）、エドワード・アビー（Edward Abbey）、アニー・ディラード（Annie Dillard）、バリー・ロペス（Barry Lopez）、ロバート・フィンチ（Robert Finch）、リチャード・ネルソン（Richard Nelson）などがそれぞれきわめて正面切った問題設定のもとに議論を進めてきた。とくにここではエドワード・アビーの例を採り上げてみたい。彼の代表作『砂の楽園』（*Desert Solitaire: A Season in the Wilderness*, 1968）の一五番目の章に次のような一節がある。書き手は「砂漠の島」と渾名されるタカニキヴァッ山（Tukuhnikivats）の頂上にいて、オレンジを食べながら、眼下に広がるウィルダネスの風景を眺めている。しかし、この場面で作家は通常の風景描写をまったく行わず、その代わり、故意に以下のような地名の列挙に耽る（原文のまま引用）。

Desolation Canyon, Labyrinth Canyon, Stillwater Canyon, Dark Canyon, Happy Canyon,
Cohabitation Canyon, Nigger Bill Canyon, Recapture Canyon;
Mollie's Nipple, The Bishop's Rock, Queen Ann's Bottom;
Dirty Devil River, Onion Creek, Last Chance Creek, Salvation Creek, Moonlight Wash, Grand

Gulch;

Cigarette Spring, Stinking Spring, Hog Spring, Squaw Spring, Frenchman's Spring, Matrimony Spring, Arsenic Spring;

Woodenshoe Butte, Windowblind Peak, Looking Glass Rock, Lizard Rock, Elephant Hill, Turk's Head, Candlestick Spire, Cleopatra's Chair, Jacob's Ladder, Copper Globe, Blackbox; . . . (226)

この地名一覧はほぼ一頁にわたって延々と続く。（そのため、ここでの引用は最小限にとどめてあとは割愛する。）いずれも実在する地名だと思われるが、空想的あるいは説話的な名称、ときに奇抜とも猥雑ともいうべき名称を含んでいる。

アビーはこれを称して「開拓者たちの民俗詩」（the folk poetry of pioneers）と記して愉しんでいるが、これらの地名は、人跡稀なウィルダネスへの来訪者たちが、それぞれの場所にいかに目を留め、どのような印象を獲得したかを語る痕跡であり、見方によっては「物語化された自然」（命名による場所化）の様相を伝えている。

ネイチャーライティングというジャンルが自然をめぐるノンフィクション文学という基本的定義を持つ以上、そこでは自然への接近、遭遇、衝突、葛藤プロセスの全域がひとつの〈経験〉として記述されることはほとんど自明といってもよい。そのかぎりでいえば、アビーがこの場面で向かうべき方途もおのずと限られたものとなる。四囲の風景の記述・描写・再現である。だが、アビーはもっとも一般的・常識的にネイチャーライティングに期待されるこのような文学的書法をあえて避け、地名という「引用」の織物を提示する。それはごく基本的な二分法にしたがうならば、モノの世界からコトバの世界への不意の転移であり、逸脱である。この問題に関して、この作家がどれほど意識的で確信犯的であるかを示す例には事欠かない。たとえば次章「エピソードとヴィジョン」(“Episodes and Visions”)に次のような発言がある。

……われわれは、大宇宙と小宇宙を探検する者ならだれもが知っているある危険に注意を払う必要がある。その危険とは、観察対象と観察者の心理を混同してしまう危険、外的現実の姿を描かずに、思考する人間の鏡像を作り上げてしまう危険である。(240)

ここでアビーは自然を記述する際の「危険」を指摘している。それは「観察対象と観察者の心理を混同する」危険であり、「外的現実の姿を描かずに、思考する人間の鏡像を提示する」危険である。アビーは地名一覧というかたちで、みずからひとつの「危険」を犯してみせているのだ。すなわち「外的現実の姿」を模写することをやめて、「思考する人間の鏡像」を提示し、モノからコトバの世界への逸脱を意識的に選択したのである。

ナチュラリスト、そしてネイチャーライターに本来要求されるミメティックな記述のリアリズム、モノの世界への接近という書法からの逸脱がここには示唆されている。別の言い方をすれば、自然をめぐるモノとコトバの対立と裂け目がここに鋭く喚起されているのである。私たちはこの転移をネイチャーライティングにおける記述様式上の意匠のひとつ、あるいはただの「言葉遊び」という解釈次元にとどめず、それをネイチャーライティング的なものに内在する葛藤の表出だととらえることができる。

このような葛藤の淵源をロマン主義の方向に少し振り返ってみるならば、たとえばR・W・エマソンにもそれを見とどけることができる。エマソンは事物（things）を想念（thoughts）に一致させる者が（理性を具備した）「詩人」であり、事物に想念を一致させるのは「感覚的人間」（sensual man）に過ぎないと断じている。一八三六年に『自然』という作品を書いたエマソンが何よりも観念論者（idealist）であったことの証左にほかならない。（Emerson, *Nature*, 25）また、このようなモノとコトバの関係をめぐる葛藤が、ロマン主義的な問題設定の中で初めて顕在化したことを語ったW・H・オーデンの『怒れる海――ロマン主義の海のイメージ』（*The Enchafed Flood: or The Romantic Iconography of the Sea*, 1950）は、ロマン主義的な自然観念においては、対象となる自然物の丹念な観察から帰納的に抽象概念が獲得される新古典派的な発想が逆転され、イデアの先行すなわちエマソン的な意味における観念論の中心化が起こったことを指摘している。（*The Enchafed Flood*, 81-82）

したがって、アビーにおける「逸脱」は、ロマン主義以降の自然志向、とりわけ「環境中心主義」へのシフトを課題とする現代作家共通の不安として共有されている。アビーの別の個所をパラフレーズするならば、対象の「命名行為」あるいは「言語行為」こそが「知の世界」を開くものでありながら、いったん言語によって成立した「世界」は、ある種の自律性を獲得し、さらには現実よりも言語世界の方がよりリアルであるとする倒錯にさえ到る。かくて、「世界は失われる」のであるが、じつはそのとき失われたのは「世界」ではなく、「われわれ」の方なのだ。

(*Desert Solitaire*, 257)

II　言語の世界とモノの世界

モノとコトバ、世界（自然）と言語という二分法に依拠しながら、ネイチャーライティングに伏在する言語的問題を一瞥してみたが、問題はあれかこれかの二者択一的な議論のみによっては片づかないだろう。言語は世界（自然）に言及できるのかという問題をとらえようとする場合、大きなヒントを与えてくれるキーワードがある。それが〈風景〉（landscape）という概念だ。W・J・T・ミッチェルはその論文「帝国の風景」("Imperial Landscape," 1994）の冒頭で次のように〈風景〉を定義している。

4．風景とは文化によって媒介された自然景観である。風景は再提示＝表象（represented）された空間であると同時に提示（presented）された空間であり、シニフィアンであると同時にシニフィエであり、フレームであると同時にフレームの内容物であり、現実の場所であると同時にその類像（simulacrum）であり、包装であると同時に中の商品でもある。
（*Landscape and Power*, 5）

美学者ミッチェルの丹念な定義のポイントは、〈風景〉とは自然／世界それじたいではなく、文化と自然の交換関係によって生じる媒介的、両義的な場であるという点にある。その意味で言うならば、本稿でこれまで問題としてきた単純な二分法のままではこの問題に対応できないことが分かる。コトバかモノか、あるいは観念論かリアリズムかといった二分法そのものが失効しうること、その上で「環境中心主義」的な思考と文体への試みを進めなければならないことをこのミッチェルの風景概念は告げている。

つまり、「環境中心主義」的な想像力は、ロマン主義的な意味での観念論の破棄からリアリズムへという道筋によって解決されると考えるのは短絡的すぎるのであって、むしろさらに包括的な言語論、記述論を検討する必要があるのだ。そのもっとも端的な問題の所在を提示したのが、ロレンス・ビュエル（Lawrence Buell）の大著『環境をめぐる想像力――ソロー、ネイチャーライティング、そしてアメリカ文化の形成』（*The Environmental Imagination: Thoreau, Nature Writing, and the Formation of American Culture*, 1995）であろう。とくにその第三章「環境を表象する」（"Representing the Environment"）は「テクストと世界の乖離」という問題が、ネイチャーライティングにとってきわめて大きな課題であり、「ノンフィクション性」を特徴とするこの分野では、自然への言及性の問題がリアリズム論というかたちで回収されやすいことを指摘しながら、ちょうどミッチェルにおける〈風景〉の議論と同様に、いわば自然と文化のコンタクトゾーンとして輻輳的に把握されなければならないことを語っている。最新のエドワード・アビー論のひとつ、クレア・ロレンス（Claire Lawrence）の「砂漠を本に取り込む——ネイチャーライティングとポストモダン世界における表象の問題」（"Getting the Desert into a Book: Nature Writing and the Problem of Representation in a Postmodern World," 1998）も、アビーが見いだした「言語の世界」（world of words）の限界の問題を、自然記述がつねに「文化的」な負荷のもとにあるという〈表象〉と〈言説〉の問題として把握しつつ、ポストモダン思想の中に的確に位置づけている。

恐らくこの問題の延長線上にはそもそも言語はどこで成立するのかというより根源的な問いが待っているだろう。つまり本来的に言語が自然とのコンタクトゾーンによって産出され、またその接点をかならずしも失っていない可能性である。このような観点からもっとも徹底した議論を展開し話題になったのが、デイヴィッド・エイブラム（David Abram）の『感覚的なるものの魔術——人間を超えた世界における知覚と言語』（*The Spell of the Sensuous: Perception and Language in a More-Than-Human World*, 1996）である。言語と自然の根源的な相互依存性に着目しつつ、「言語のエコロジー」としてより包括的な認知システムを浮かび上がらせようとするこの著者の野心的な試みは刺戟的である。しかも、それはただたんに「新しい」というべきではなく、むしろ言語論の基底に自然への依存性を見据えていたエマソンなどロマン主義の再検討をうながすものであり、また人間の知性の形成と自然との相互依存性を〈人間生態学〉的な立場から論じ続け、没後再評価の機運が見られるポール・シェパード（Paul Shepard）の浩瀚な諸著作にも繋がっている。

ネイチャーライティングといえども「言語の世界」（world of words）であるという厳然たる事実は変わらないはずなのに、このジャンルに限って、なぜか私たちはそのことを忘れがちだ。ネイチャーライティングとはみずからがコトバであることを忘れたジャンルであるか、あるいはコトバの限界を軽々と越えてしまえるジャンルだという錯覚はないだろうか。いずれにせよ、このような文脈で考えるならば、ネイチャーライティング論は、ヒトが自然環境に対して何をなしたかという視点のみならず、自然環境がヒトに何をもたらしたのかを言語的問題として問い直そうとしているといえる。

3　エマソン的〈視〉の問題――『自然』（一八三六年）再読

われわれの時代は視覚の時代である。
（エマソン『日記』）

R・W・エマソンとは誰かという問いは容易ではない。比較的最近でも「果敢にして亡霊のごときわれらが父祖」（our brave ghostly father）と呼んだハロルド・ブルーム、あるいは現代アメリカ作家における「エマソン主義」（Emersonianism）の奇妙な浸透ぶりを語ったジョン・アップダイクなどの発言が例示するように、エマソンとはただの一作家というにとどまらない、アメリカ文学（文学史ではない）における現象ないし徴候を物語る存在として不断に再認識されていると思われる(1)。

たしかにエマソンという〈現象〉にはある種の不可解さというか奇妙さがある。同時代の世界思想のレヴェルでいえばまぎれもなく二流か三流どころである（とロレンス・ビュエルは断言した)。にもかかわらず、たとえば奇妙なねじれ方でニーチェに達しているかと思えば、正統的な文学史内部では「アメリカン・ルネッサンス」を招来する堂々たる基盤となっていたりする。さらにはアメリカ文学における「超越主義的伝統」を延々と引きのばして現代作家(たとえばアップダイク)にまでその触手が及んでいると見なされたりする。はたしてどれだけの研究者がエマソンという存在の理路を明確に説明できるだろうか。

エマソンを考えるとは、エマソンという一作家固有の軌跡を追尋するというだけではまったく満たされない。「影響関係」として一括されるさまざまな派生的現象の総体を考えることを抜きにして、エマソンという存在は語れず、むしろそうした派生的な事柄のほうにその実体はあると考えなければ解けない命題がエマソンという存在なのかもしれない。何という過剰なテクストであろう。エマソンという作家はその固有性が不当に貶められ、つねにさまざまなコンテクストの中でしか語られない、作家的不幸を背負っているというべきなのだろうか。おそらくそうではない。むしろエマソンこそは本質的な意味で散種的な作家なのである。つまり彼自身がこの上なく見事な〈現象〉として起き伏ししているという意味において。

I　眼球男の図像

ハーヴァード大学ホートン図書館に一枚のカリカチュアが保存されている。このカリカチュアは、専門研究者のみならずアメリカ文学に少しでも興味のある向きにはすでにお馴染みのものだが、それにしてもこのカリカチュアの画像が示唆する問題圏は依然として刺戟的なものがある（図7）。ひとまずその図像を概観しておこう。

　丘の上に立つひとりの人物。燕尾服に身を包み、頭部にはシルクハット。一見するとまともな服装だ。だがその帽子の下にあるのは顔ではない。顔のあるべき場所に巨大な一個の目玉があるのだ。いってみれば正装に身を包んだ「鬼太郎のおやじ」。しかもよく見るとさらに奇妙だ。服装とは裏腹に靴を履いていないし、腕がない（いったいどこに消えたのだろう、そして何故に欠けているのだろう）。腕のあるべき肩下あたりから伸びているのは、バッタのそれのように細く

図7　C. P. クランチが描いた眼球男（ペン画）。

て長い脚だ。少し開いた扁平足気味のその足が、異様に大きな頭部すなわち眼球を辛うじて支えている。この図像に漂う奇妙な不安定感はこのバランスの悪さによるのだろうか。中景には点在する森と平野、遠景には山並み、そして上方には薄く雲の形が識別される。

この画像は一八三九年にクリストファー・P・クランチという画家が描いたペン画である。描かれている人物「眼球男」はいうまでもなくラルフ・W・エマソン。エマソンの『自然』（一八三六年）刊行の三年後に直接想を得たクランチがものした連作戯画の一枚である。画像の下にはあまりにも有名な『自然』の一節がクランチの手書きで記されている。この画像に直接的な影響を与えた一節だ(2)。

むき出しの大地の上に立ち、こころよい大気に洗われながら無限の空間に頭をもたげると、いっさいの卑しい自己執着は消え去る。私は一個の透明な眼球になる。（8）

徹底的に戯画化されたとおぼしい「眼球男」の図像と、それに対応する『自然』本文が見せるエマソンの思想的転回とも宗教的覚醒とも解釈される生真面目な言説。この対比は、クランチの画像を否応なく「戯画」として定位してしまうにちがいない。とはいえ、どうやら画家クランチには、この同時代の高らかなマニフェストを揶揄する意図はあまりなかったようだ。なぜならクランチ自身、当時の「超越主義者」の一角を占めていた詩人・画家・音楽家であり、F・デウォルフ・ミラーの研究書『クリストファー・ピアス・クランチ――ニューイングランド超越主義のカリカチュア』（一九五一年）によれば、この戯画はけっしてエマソンに対する攻撃のために描かれたものではなく、むしろ「共鳴」と尊敬に基づくものであったからだ。(3)

エマソンに対する大いなる共感と尊敬に基づきながら、じっさいにはきわめて批判的に見える戯画を残したクランチの不可解さを、ミラーは溌剌たるユーモア感覚の表れと説明している。(4)だが、もう少し違った角度からその理由を追ってみることも可能であろう。たとえばクランチは「ハドソンリヴァー派」の一角を占める風景画家でもあった。この事実は「眼球男」の図像を読み直す重要な手がかりとなるだけでなく、別の角度からエマソンの『自然』という著作に接近する手だてを提供してくれる。「眼球男」の表象性を検討する前に、この「戯画」を一幅の「風景画」として眺め直すことを提案しておきたい。

先に引用したエマソンの本文には「風景画」的な要素は何もない。いささかなりとも手がかりを探すならば、「むき出しの大地」と「こころよい大気」と「無限の空間」という抽象的な空間指標である。この抽象的な指標をクランチという画家はその画像によって現実化したといってもいい。その結果、構成されたのが「眼球男」がたたずむ高台とその周囲の風景である。(5)

スケッチとしかいえない雑な画面ではあるけれど、じつのところそこに構成された〈風景〉はけっして雑ではない。風景画としての基本的な要件を満たした画像である。中景を占める森とおぼしき領域（その一部に教会の尖塔らしきものが描き込まれ、町か村の存在が示されている）、その向こう側に広がりを見せる平野部、そして対面する遠景に見える数個の山稜のまろやかな曲線。そして忘れてならないのは、このような〈風景〉に見入る孤独な人物の存在、すなわち「眼球男」の配置である。「眼球男」という表象の異様さにしばし目をつぶるならば、そこに残るのはきわめて一九世紀的な風景画としての構図であろう。いまこの「風景画」的構成に対応するハドソンリヴァー派の作品を挙げろといわれれば、ただちにトマス・コールの《オックスボウ》(一八三六年)を挙げたい誘惑に駆られるが、それは後述することとして、ここではこのようなクランチの画像の構成を「風景画」的なものと確認するにとどめたい。

山頂にあって巨大な自然を眼前にしてたたずむ孤独な人物。その眼下に遠く広がる自然の魁偉な姿。クランチの〈戯画〉を〈風景画〉として読み換えたときに見えてくるこの構図はたとえばカスパール・D・フリードリッヒのまぎれもなくロマン主義的な《雲海を臨む旅人》(一八一八年頃)にほぼ等しい。マイナーな超越主義者にしてマイナーなハドソンリヴァー派であったクランチは、エマソン『自然』の中心モティーフを同時代者として見事にとらえていた。また異様というほかない「眼球男」の表象はエマソンの自然哲学の同時代性を的確に読み込んだクランチという読者/画家の深く時代に根ざした感性的基盤をこの上なく正確に刻み込んだものでもあるだろう。私たちは『自然』を読むに当たって何よりもこのクランチの〈戯画〉をこそ、その傑出した傍注として採用すべきである。

エマソン『自然』における「透明な眼球」表象の意味を考えるとき、クランチの戯画が正確に読みとったように、それは「目（あるいは目と化す人間）をめぐる物語」として読まれねばならない。ジョナサン・ビショップのように眼球イメージに批判的な研究者でさえも、エマソンの著作における視覚への言及の頻度とその意味の広がりは「エマソン的宇宙の隅々にまで及ぶだろう」と指摘する。(6) しばしば悪評にさらされてきた眼球イメージだが、にもかかわらず「透明な眼球」という一種異様なこの表象に何らかの不可避性があるとすればそれは何であろうか。簡単にこの眼球表象を含む一節を振り返ってみよう。

私は一個の透明な眼球になる。いまや私は無、私にはいっさいが見える。(I become a transparent eyeball; I am nothing; I see all)〈普遍存在〉の流れが私の全身をめぐり、私は完全に神の一部だ。(8)

一般的にきわめてエピファニックな瞬間をとらえたものと了解されているこの一節は、『自然』に潜在する基本モティーフを全面的に展開した一節でもある。ポイントは一点にしぼられる。〈私〉が「眼球になる」という発言とそれに続く二文である。すぐに気づくようにセミコロンで繋がれるこの三文のなかで「アイ」の音が四回反復される。〈私〉＝〈目〉の同音対応（pun）である。このようにして「〈私〉とは〈目〉である」とする基本モティーフが稼動可能な状態に入る。いかにエクセントリックな印象を読者に与えようとも、「私は一個の透明な眼球になる」とは、エマソンにとって不可避の思想的選択であった。〈私〉＝〈目〉の同音対応の発見ないし発明はそもそもエマソンの『自然』そのものの成立要件となっているといわざるをえないだろう。「先行するパラグラフにおける見ること、透明になることをめぐる多様な変奏によって、私たちはそれが登場するとき、〈透明な眼球〉を受け容れるべくまさしく条件づけられている」とはリチャード・プアリエの指摘である。[7] じっさいプアリエが述べるように、『自然』はその冒頭からすでに周到な「メタファーの力」によって〈眼球〉表象に向かう強力な方向づけがほどこされている。そして、「透明な眼球」登場以降もこの〈眼球〉イメージは陰に陽に持続される。とりわけ、目と美学の不可分の関係を語る第三章は、〈眼球〉表象をめぐるテクスト内からの傍注の一つである。

古代のギリシャ人は世界を〈コスモス〉つまり美と呼んだ。何しろ万物の構造がこのとおりの構造だし、人間の目にそなわる塑形力からしても、空、山、木、動物のような基本的な形態は、そのものとして、そのものだけで、われわれに喜びを与える。輪郭、色彩、動き、組み合わせが喜ばしいのだ。このことには目そのものの力も少しはあずかっているらしい。目は最高の芸術家だ。目の構造と光の法則とがたがいに作用し合うことによって遠近法が作り出され、それが物象のあらゆる集団を、たといどのような性格のものであろうとも、ことごとく統合して、充分に色どられ陰影を具えたひとつの球体に作りあげる。そのために、個々の物象が卑俗で味気ない場合でも、それらの物象が作り出す風景はまろやかで均整がとれている。そして、目が最高の構図家であるように、光は第一級の画家である。（一一）

「目は最高の芸術家」、眼と光の相互作用、「遠近法」的構図へと統合する人間の目の「塑形力」(plastic power) などなど、この一節には一九世紀を席巻した目の権能をめぐる言説がちりばめられている。光学と遠近法とはまさしく風景画の成立を支え、自然詩への嗜好をうながした起動力にほかならない。エマソンはここでいわば視覚美学の原理を解説しながら、それをみずからの超越論的問題構制へと転移させようとしている。いいかえるなら、エマソンの〈眼球〉表象はけっして抽象的な、あるいは凡庸な神秘主義的エピファニーの表現ではなかった。「目の喜び」、つまり〈視〉の快楽と権能を形而上学的認識論にまで押し上げる試み、それこそが〈眼球〉表象を必然的なものとして召喚する契機なのである。そのような飛躍を支える原理がピクチャレスク美学というかたちで大衆化された風景画的な認識様式であったとしても驚くには当たらないだろう。

対象となる物象との関係のとりかたをめぐってエマソンは存在の「二重性」という概念を使って次のような説明をほどこしている。

身をおく位置を少し変えたりしてみることが、われわれに存在の二重性（dualism）というものを教えてくれる。われわれは動いている船から、気球から、あるいは異常な空の色合いごしに岸を見ると、ふしぎなほどに心が波立つ。ものの見方が少しでも変わると、世界全体が絵のようなたたずまいになる。めったに出かけることのない人なら、ちょっと馬車に乗りこんで住みなれた町を通りぬけてみるがいい、それだけで巷が人形芝居に一変する。(24)

正確にいえば存在が二重なのではない。エマソンが「存在の二重性」という概念で語ろうとしているのは、むしろさきに触れた目の「塑形力」のことであろう。目が距離を介して対象をいわば異化・非親和化する。対象を非現実化して〈絵〉に変えてゆく視覚のプロセス。「視点」の「機械的な変化」によって対象を「なかば創造する」（William Wordsworth, "Tintern Abbey"）目の権能が、エマソンによって対象の属性と錯覚されているだけである。(8) しかもこの一節に示されているさまざまな光景は、これに続くパラグラフで言及されているように、世界を「スペクタクル」と化す視覚的テクノロジーの所産にほかならない。船、気球、馬車、汽車、そしてカメラ・オブスキューラ――いずれも典型的に当時最先端のテクノロジーであり、距離とスピードによって世界を異化する視覚の装置あるいはその代替物であった。[9]

このようにしてエマソンは風景画的な視覚原理を超越論的構制へと転移させる。これを可能にしたのは、人間の〈視〉すなわち眼球がまぎれもなく自然＝身体的（physical）な存在でありながら、それを無限に〈超越〉する権能をもつ特殊な恩寵に満ちた身体器官だという、「視覚の時代」にふさわしい発見と認識にあった。そのとき、「透明な眼球」を獲得すること、エマソンの別な言い方を借りれば、「新しい目」（35）を獲得することは、エマソン的な「唯心論」と自然象徴論への決定的な理路となる。たとえば次のような個所もまた〈眼球〉表象の解説部分として機能している。

〈理性〉の目が開くと、輪郭と表面にたちどころに優美さと表情が加わる。これらのものは想像力と愛情から生じ、対象にそなわるごつごつした明確さをいくぶん和らげる。もしも〈理性〉が刺激を受けて、さらに熱心に目を凝らすと、輪郭と表面は透明になり、もはや見えなくなってしまって、そのかなたに根源と霊（causes and spirits）が見える。（24）

ここで対象を「透明化」する視線、これこそがエマソンが〈理性〉（Reason）と呼んだもののの実体であることが明らかになる。そのような「〈理性〉の目」は対象に美を与えるばかりではない。さらにその対象を越えて、そのかなたに存在する意味としての真理（「根源と霊」）を読みとることを可能にする。〈自然〉が象徴であるとはこのような瞬間を指している。フィジカルなもののかなたにメタフィジカルなものを、ナチュラルなもののかなたにスーパーナチュラルなものを見る、あるいは欲望する視線、まさしく「所有する目」の権能、あるいはモノの世界を超越する権能を賦与された超越論的〈視〉の物語がここには展開されている。[10]そして、超越論的な目と化した〈私〉は、〈多〉としてある事物の「輪郭と表面」を溶融して、絶えず〈一〉なるものに還元し続けるパノプティコン（一望監視装置）的な視線として〈超越〉の階梯を一気に昇りつめてゆくことだろう。[11]

Ⅳ　風景画とパノラマの時代

エマソンの『自然』が出版された一八三六年という日付は、アメリカ文化・文学史上、少なからず注目に値する日付であると思われる。なぜならこの同じ年、ハドソンリヴァー派の主導的画家トマス・コールが、その代表的五部作《帝国の進路》および代表的風景画《オックスボウ》を発表し、同時に「アメリカ風景論」という重要なエッセイを公刊した年であるからだ。これらは総じてアメリカの自然／風景への関心がアメリカ美術と本格的に連携することを告げる出来事であった。そして、エマソンの『自然』もまたこのような動きと連動している。ハンス・フースの

図8　オックスボウ。

『自然とアメリカ人』に拠れば、一八二五年から一八六五年までの四〇年間にいわゆるピクチャレスク本の類がざっと千冊以上もアメリカで出版されている。[12] イギリスに遅れること約半世紀といわれるアメリカのピクチャレスク熱だが、これにハドソンリヴァー派の画家たちの活躍を加えるならば、一八三六年という日付の意味はさらに明瞭となるだろう。

トマス・コールの《オックスボウ》（図8）は、マサチューセッツ州ノーザンプトン近郊にあるホリヨーク山から展望される「パイオニアヴァレー」と呼ばれるコネティカット川流域の風景を描いた作品である。ここはかつてティモシー・ドワイトが「ニューイングランド、いやアメリカ合衆国でもっとも豊かな眺望」だと頌《たた》えた場所だが、コールの作品は、たとえばもっとも最近ハドソンリヴァー派を集大成した特別展『アメリカン・パラダイス――ハドソンリヴァー派の世界』（ニューヨーク、メトロポリタン美術館、一九八七―八八年）のカタログ表紙を飾っていることからも判るように、一九世紀アメリカ風景画を代表する傑作とされている。[13] アラン・ウォラックの論文「ホリヨーク山の風景を描く」（一九九三年）が、この作品をアメリカ風景画の「原型的ないしは範列《はんれつ》的作品」と位置づけているように、多様な問題系を刺戟する作品である。[14]

ところでこの作品《オックスボウ》における画家の視点は一帯の風景を見はるかすことのできるホリヨーク山の山頂にあり、そこから蛇行する川、農地の広がる平野部、そして遠景に点在する山並みが描出されている。注意しておきたいことがらのひとつは、このホリヨーク山からの風景は当時きわめて有名であったという点である。[15] 一九世紀アメリカにおける観光地成立を歴史的に追尋したジョン・F・シアーズによれば、ここはアメリカでいち早く観光地化が進められたところであった。また、それだけでなくホリヨーク山から望見されるこのコネティカット渓谷は「合衆国で最初にパノラマ的視点からとらえられた場所の一つ」でもあった。[16] コールの《オックスボウ》とはこのパノラマ的画像の定着に試行錯誤した作品という点でも注目されている。[17]

歴史的な事実を振り返るならば、エマソンはコールのこの絵が描かれる以前、そして『自然』によってデビューする以前の学生時代（一八二三年八月）にこの同じ山頂に立ったことがある。エマソン『自然』とコール《オックスボウ》が同じ年に世に出たこと、両者が同じ山頂から同じ風景を眺めたこと、いずれも偶然にすぎないかもしれない。ただし、これだけは最低限いえるだろう。時代をリードするこの二人の芸術家の眼前にはただ同じ（あるいは類似した）風景があったというにとどまらず、おそらく「むき出しの大地の上に立ち、こころよい大気に洗われながら無限の空間に頭をもたげる」という言葉が指示する同時代の美意識があったのだ。この二人の芸術家は、風景画とパノラマと視覚的酩酊（see-sick）を求めるピクチャレスク美学のなかで一八三六年という時代を共有したのである。ちなみに、エマソンの『自然』最終章は「完全な視覚」（perfect sight）（37）という言葉で閉じる仕掛けがほどこされている。「眼球男」の面目躍如というべきであろう。

＊　本稿は既発表の三つの論考——「〈完全な視覚〉を求めて」（江河徹編『〈身体〉のイメージ——イギリス文

学からの試み』、ミネルヴァ書房、一九九一年)、「ピクチャレスク・アメリカ——十九世紀風景美学の形成」(スコット・スロヴィック/野田研一編『アメリカ文学の〈自然〉を読む——ネイチャーライティングの世界へ』、ミネルヴァ書房、一九九六年)、「エマソン的〈視〉の問題——『自然』(一八三六年)再読」(『英語青年』第一一四巻第七号、研究社、一九九八年)——を基に、全面的な改稿をほどこしたものであることをお断りしておく。

4　コンコードを〈旅〉するソロー——移動のレトリック

しかし移動というのはたんに「間隙の《インタースティシャル》」領域の体験ではない。〔……〕それは独自の構造、論理、帰結をもった体験なのである。

（エリック・J・リード）

1　ネイティブタウンを旅するとは

ヘンリー・D・ソロー（Henry D. Thoreau）が一八五四年に出版した『ウォールデン』（*Walden*）、その冒頭部分に、こういう一文が記されている。

I have travelled a good deal in Concord.

(*Walden*, 2)

このシンプルな文で、ソローは、「私はコンコード（の町）をいっぱい旅してきた」といった意味のことを語っている。ここでの注目は **travel** という語の訳である。ちなみに、これまでの訳書でこの部分にどんな訳が施されているか見ておこう。岩波文庫旧版『ウォールデン——森の生活』（神吉三郎訳）では、「私はコンコードをずいぶん歩き回ったが……」とある。また、岩波の新版、飯田実訳では、「私は今までコンコード村をずいぶん歩き回ってきたが……」となっている。酒本雅之訳では、「僕はコンコードの町をたっぷり旅して回ったが……」、今泉吉晴訳では、「私は、わが町コンコードを、毎日旅してきました」と訳されている。これら四種類の訳を見るかぎりでは、最近の訳では「旅した」という訳語を当てて、travel という英語の動詞の一義的な意味を浮き立たせるような翻訳になってきている印象がある。いっぽう、前二者は「歩き回る」という訳語を選んで、あえて一義的（と覚しい）「旅」の語義を回避している。もちろん、travel という動詞に「移動」の意味も当然含まれているため、「歩き回る」という訳語の選択が間違っているわけではないが、travel という言葉が、限定的に「旅」という意味を持っていることを、あまり意識させないような訳語の選択が行われている。

風景論にしてナチュラルヒストリー論の大著『風景と記憶』の著者サイモン・シャーマは、やはりソローのこの一文に注目を寄せ、次のように指摘している。

ソローはたしかに一方で野生を良しとする人物でありながら、地域的《ローカル》なもの、なじみのもの《アンティーム》への執着もひとかたならぬものがあった。こうして「私はコンコードの大旅行者（I have travelled a good deal in Concord）」という、［ひとつ所を出ない旅行者に「大」の付く］すばらしい形容矛盾《オクシモロン》の句が彼の口をつく。事実、コンコードをよく歩き回っており、これらの「大旅行」で細々《こまごま》よく見て歩いていればこそ、そのネイチャー・ライティングは比類ない生彩と正確さに恵まれることになったのである。　（シャーマ、六六〇―六六一）[1]

ここで、サイモン・シャーマは、問題の一文について、「大旅行者」という「すばらしい形容矛盾《オクシモロン》の句が彼の口をつく」と述べて、ここにおけるtravel（とa good dealという副詞句の結合）がきわめてレトリカルな逆説を指向するものであることを語っている。その結果、この訳文では『風景と記憶』の訳者である高山宏／栂正行の優れた読みも相俟って、「私はコンコードの大旅行者だ」という意味と訳が提示されることになる。つまり、travelという動詞の意味が「旅」のほうにより焦点化された訳となるのである。

サイモン・シャーマは、ソローは「事実、コンコードをよく歩き回っており、これらの『大旅行』で細々《こまごま》よく見て歩いていればこそ、そのネイチャー・ライティングは比類ない生彩と正確さに恵まれることになったのである」と指摘し、travelという言葉を含むこのささやかな一文が小さからぬ意味を持つことを示唆している。コンコードという町は、その歴史的由緒はともかく、ソローの時代も現在もニューイングランドの小さな田舎町である。そんな自分の生まれた小さな町をソローは「大旅行」したというのである。

そのような「旅」のコンテクストから見るならば、ソローがワールドトラベラー、つまり世界旅行者であったとする観点からの研究、ジョン・オルドリッチ・クリスティーの『世界旅行者としてのソロー』という研究書をここで参照する必要があるだろう。それによれば、ソローは世界の旅行記／トラヴェルライティングを広範に読み込んでおり、トラヴェルライティングに強い関心を懐き続けた人物であった。その意味では、ソローは自分のローカルな場所で、想像的《イマジナリー》に世界旅行をしていた人物だといってみることもできよう(2)。

ソローはこのような「旅」のアイデアに関連して『日記』に、次のように記している。

一八五一年九月四日　生まれた村を、こんなふうにときどきは、あたかもそこを通過する旅人の視線で見ること、隣人たちのことをまるで見知らぬひと（stranger）であるかのように語ることには価値がある。

(*Walden*, 2)

ソローは、自分の「生まれた村」をまるで、旅行者のように見ることの価値を、まぎれもなく語っている。あるいはまた、自分の隣人、親しい人たちについて、あたかもかれらが「見知らぬひと」（stranger）であるかのような視線で眺め、語ることに価値を見いだしていた。これはまさしく、コンコードを「旅」してきたと語るソロー、自分を旅行者の位置に配して、自分がよく見知っている場所を、未知の世界のように見るというソローの方法を側面から説明する発言であろう。このような発想が『ウォールデン』というネイチャーライティングの原型とも祖型ともいうべき作品を成立させた基本的な要因である可能性も考えられよう。

このような旅を「方法意識としての旅」と呼んでみたい。「方法意識としての旅」とは、いわば意識のあり方の転換によって招来される想像的《イマジナリー》な旅というほどの意味である。そこに創出される世界は、対象たる慣れ親しんだ世界を異化し、視点転換する方法意識によって開示される。見知った世界を見知らぬ世界のように見ること、あるいは、内部者でありながら外部者を仮装するというスタンスが、逆説的ながら、現実には「大旅行者」たりえず、書物を介してのみ「世界旅行者」となったソローにふさわしい「旅」ではあっただろう。

通常、旅においては、未知のものを既知のものに変換して理解しようとする。これは異文化ないし他者理解の基本的な構図であるが、ソローの場合、それを転倒させ、既知を未知に変換して見ていく。異化の方法というべきもので、それは転倒された異文化遭遇といってもよい。類似した例を挙げるならば、宮沢賢治は、北上川の岸辺を「イギリス海岸」と命名し、あるいは岩手のことを「イーハトーブ」と呼んでみたりした。岩手の、自分が知悉した世界をあたかも外国であるかのように異化することによって、みずからの目をいわば「外部化」する契機とする。これもまた、ソローと同じような「方法意識としての旅」であり、そのとき宮沢賢治は旅人なのだ。宮沢賢治というまぎれもないモダニストの面目躍如である。

ソローにおける「方法意識としての旅」、すなわち異化の手法というものを考える場合、参看すべき一例が、ラルフ・W・エマソン（Ralph W. Emerson）の『自然』（*Nature*、一八三六年）にある。

ある機械的な変化、身をおく位置を少し変えたりしてみることが、われわれに存在の二重性というものを教えてくれる。

ものの見方が少しでも変わると、世界全体が絵のようなたたずまいになる。めったに出かけることのないひとなら、ちょっと馬車に乗りこんで住みなれた街を通りぬけてみるがいい、それだけで巷が人形芝居に一変する。男たち、女たち、――話したり、走ったり、交易したり、争い合ったりしている彼ら、――まじめな工場労働者、のらくら者、乞食、若者、犬、がたちどころに現実味を失い、あるいは少なくとも、観察者に対するいっさいの関係から完全に引きはなされて、仮象にすぎず、実質的でない存在に見えてくる。

股のあいだから風景を見て、目をさかさまにしてみれば、たといこの二〇年間、ときをえらばず見続けてきた光景でも、まったく目にこころよくうつるものだ。

（酒本雅之訳、八一―八二、傍点引用者。以下同）

エマソンはまず、「機械的な変化」すなわち「身をおく位置を少し変えたり」すると、「存在の二重性」に気づくことができると述べている。つまり、視点を変える、身をおく位置を変える、姿勢を変えると、存在が「二重」だということが分かるというのである。視点の変化によって、見慣れているものが違って見えるということを「存在の二重性」という表現で語る。おそらくこれは、惰性化した日常の〈視〉（seeing）を更新し、エマソン自身が提唱した「新しい目」（new eyes）で世界を見るための意識的な方法である。「ものの見方が少しでも変わると、世界全体が絵のようなたたずまいになる」と語るとおり、「新しい目」によって再活性化された視線は、世界を「絵のようなたたずまい」（picturesque）に変えるのである。これが当時隆盛を極めたピクチャレスク美学に言及していることにも注目したい[3]。

「めったに出かけることのないひとなら、ちょっと馬車に乗りこんで住みなれた街を通りぬけてみるがいい、それだけで巷が人形芝居に一変する」。「住みなれた街」を異化する方法としての「馬車」による移動について語っている。この場合、このような異化を生成するのは、「馬車」の速度であろう。「馬車」の窓というフレーミングは、その速度とともに近代における芸術の原理であると同時に疎外態としての「美的距離」あるいは「距離の観念」（ワイリー・サイファー『文学とテクノロジー』、一一―一二）をもたらすだろう。これはやがてこの前後する時代に、蒸気船（ここでは引用しなかったが、エマソンは前後する箇所で言及している）、蒸気機関車へと進化を遂げた交通機関すなわち移動する機械による速度の問題にほかなるまい。同時に、このようにして距離と速度によって生成される異化の視線は、現実を「人形芝居」のようにしか感じなくなる、現実感を遠ざける視線でもある。

移動する馬車の窓というフレームから見える世界、それこそ、「男たち、女たち、――話したり、走ったり、交易したり、争い合ったりしている彼ら、――まじめな工場労働者、のらくら者、乞食、若者、犬」と記述されている世界にほかなるまい。このホイットマン的な羅列の手法は、そこに描出される事象の断片性によって、見る側の速度を感じさせる。エマソン自身が解説するとおり、「現実味を失い、あるいは少なくとも、観察者に対するいっさいの関係から完全に引きはなされて、仮象にすぎず、実質的でない存在に見えてくる」、そういうことなのだ。見る者と見られる対象との明確な分離、そこにおける（速度を介した）「美的距離」の生成が、対象から「現実味」を奪いもする。「傍観者《スペクテイター》」の視線の生成である。さらには、「股のあいだから風景を見て、目をさかさまにしてみれば、たといこの二〇年間、ときをえらばず見続けてきた光景でも、まったく目にこころよくうつるものだ」。これまた異化の作法であることは言を俟たない。

II　方法意識としての旅

ソローは『ウォールデン』の「池」（Ponds）の章において、みずからが「実験」的に棲み暮らすウォールデン池の描写を行っている。それはエマソンが語った美＝意識に従うかのように、「股のあいだから風景を」見る所作の踏襲にほかならない。

うっすらと靄がかかって対岸の輪郭がぼやける穏やかな九月の午後、池の東端の滑らかな砂浜に立ったとき、ぼくには「鏡のような湖面」という表現の由来が理解できた。頭を逆さまに股覗きをしてみると、湖面には極上のクモの糸が谷間に張り渡されていて、かなたのマツ林を背景にきらきら輝き、空気の二つの層を上下に分けているかのように見える。湖面の下を歩いても濡れないままで対岸の岡まで行けそうだし、湖面を掠めるツバメも止まり木がわりに翼を休められそうだ。現にツバメはいわばうっかり湖面の下へ飛びこんで、それから間違いに気づくこともある。

（酒本雅之訳、二八三—二八四）

頭を「逆さまに」した「股覗き」の所作である。「頭を逆さまに股覗きをしてみると、湖面には極上のクモの糸が谷間に張り渡されていて、かなたのマツ林を背景にきらきら輝き、空気の二つの層を上下に分けているかのように見える」とソローは語る。下に空があり、上に水面がありという逆さまの構図＝風景を言語化するのである。だが、これはかなり異様な文章であり、実際問題として、この文章が描きだす〈風景〉を理解するにはかなりの困難を感じざるをえない。かくのごとく「転倒された」〈風景〉記述は読者である私に明確な像をむすぶことはないからだ。

なぜこのような奇怪な〈風景〉をソローは描きだすのであろうか。湖は「大地の目」だと語る近接する一節を照合することによって暫定的な答に近づけるのではないだろうか。

湖というものは風景を構成する要素のなかで何にもまして美しく表情に富む。いわば大地の目であって、覗きこむ者はおのれ自身の本性（nature）の深さを測ることになる。

（一八六）

ここでは、一般的に湖とは何かを説明することによって、まずは風景＝美としての価値が語られる。同時に、そのような風景＝美は自己における「本性《ネイチャー》＝自然の深さ」をも告知するという判断を伴っている。つまり外部（＝自然）が内部（＝精神）に変換される軸をもつことが語られ、その媒介となるのが湖＝「大地の目」だというのである。エマソン『自然』における、「私は透明な眼球になる」という一節との濃厚な関連が指摘される「大地の目」という表象を、ソローはウォールデンという湖水に象徴的に転移させるのだ。いってみれば、ウォールデンという湖水は文字どおり目＝視点となるのである。コンコードという自分の見慣れた町を、その外部にあるウォールデン池により視点化する（それは内的視点でもある）、視点転換の場なのである。自然の視点から文化を照射するというソローの批評意識の「拠点」（*appoint d'appui*, 147）が見いだされているのである。おまけに、「大地の目」として表象されるウォールデンは、さきの一節に続けて、次のような表現を獲得することになる。

湖岸を縁どる水辺の木々はその目に連れ添うかぼそい睫であり、まわりを取りまく緑ゆた

かな丘陵や断崖はふさふさと垂れさがる眉だ。（一八六）

過剰な比喩に陥りやすいソローの面目躍如といったところだが、ウォールデンという「拠点」＝視点を獲得することによって、ソローはいわばコンコードの町に対する外部者としてみずからを定位することになる。自分の生まれ育った町を異化、外部化、対象化、疎外し、そことのあいだに、距離と移動の視点を導入するのだ。移動すなわち動くということが対象からの距離をつくりだし、その運動が疎外を生み、その疎外が「風景としての風景」（加藤典洋、一六九）をつくり出す。これがソローにおける「方法意識としての旅」のモチーフといってよい。既知の世界を逆に対象化することによって、まさしくエマソンのいう「存在の二重性」つまり風景を発見するのである。

類似した例を二つ挙げてみたい。一つは萩原朔太郎の「猫町」（一九三五年・昭和一〇年）という短編小説である。主人公は日常歩き慣れた自分の町に、いつもとは逆の方向から入っていく。ソローの場合ときわめて相似的に、この作品においても、自分の見慣れた町を歩くことを、「私自身の獨特な方法による、不思議な旅行」（三四九）と名づけている。旅行なのだ。あるいは、「運動のための散歩の途上で、或る日偶然、私の風変わりな旅行癖を満足させ得る、一つの新しい方法を発見した」（三五〇）と記されているように、方法としての旅の意識が鮮明に打ち出されている。

すると、そこに異様な町が出現する。その町は、「あの不可思議な人外の町。窓にも、軒にも、往来にも、猫の姿がありありと映像して居た、あの奇怪な猫町の光景」（三六一）として異化された姿を出現させるのである。方法的な旅の意識によって異化された見慣れた町、それをこの作品では「あの奇怪な猫町」と呼ぶ。ここに現れる世界は、ソローよりもはるかにファンタスティックであり、いかにも朔太郎らしい病的雰囲気を漂わせているため、一見するとソローの自然回帰的な志向とは縁遠く見えてしまうが、問題はむしろ両者の本質的類似性、すなわち異化・疎外としての旅のモチーフにあると思われる。このような視点転換とは何か、そのような事態の出来を支えている移動と旅のモチーフとは何かを考える必要があろう。そして、そのような本質的類似性に着目することにより、移動という経験世界のある大きな広がりを見ることが可能になるであろう。もちろん、朔太郎の「あの不可思議な人外の町」と猫の表象はあながち自然の問題と無関係ではないとも思われる。

もう一編注目したいのは、二〇〇五年に出版された小池昌代のエッセイ集『黒雲の下で卵をあたためる』に収められている「川辺の寝台」という作品である。ソローの一八五四年、萩原朔太郎の一九三五年とたどってきて、小池昌代の二〇〇五年に到ろうというわけである。また、この作品は、都市のネイチャーライティング（urban nature writing）としても充分な魅力を備えている。

物語のあらすじを追ってみよう。東京の都心を友人の運転する車で移動中、タイヤがパンクしてしまう。近くの自動車修理工場に行くと、終わるまで一時間ほど待たねばならなくなってしまう。その間、小一時間時間が空いてしまったので、修理工場の近辺を二人で歩き始める。そういうふうに目的もなく歩いていると、川筋の緑道に到り、川に隣接したその道を歩く。すると、川の水音が、思いがけずすさまじくその音に脅威を覚える。この水音のそばで暮らすホームレスのことを思う。だが、やがてその緑道も途切れ、ふたたび都心の日常の世界へ戻ってくる。次の引用は、その途切れた緑道からあとの部分である。

> 「もう少し先まで行ってみようよ」
> 友人にうながされて、階段をのぼると、緑道は不意に、そこで途切れていた。踏切があり、京王線の小さな駅が目に入るころには、頭の水しぶきもいつしか静まって、緑道のことも、浮浪者のことも、明るい日の下に隠されて見えなくなった。
> 駅前には、おもちゃのような店が並ぶ。そのなかの、ドーナツ屋に入ることにした。
> (『黒雲の下で卵をあたためる』、一二四―一二五)

よほど強烈な水音だったのであろう。「頭の水しぶき」という表現がそれを巧みに物語っているが、この引用部分では、すでにそれは過去のことで、いまは「京王線の小さな駅」近辺の踏切のある日常的な風景のなかに作者は帰還している。ただし、物語は都心の「川辺」という自然への不意の闖入と、日常への還帰という流れでプロットされながらも、最後にささやかな逆転ともいうべき出来事を書き込んでいる。それは「駅前には、おもちゃのような店が並ぶ」という記述に鮮明に示されている。作者は緑道を通過することによって、日常とは異なるいわば異世界に迷い込んでしまったのだが、日常に戻ったとき、その見え方が変わってしまったことを、この駅前の「おもちゃのような店」という表現によって語ろうとしている。つまり、異界を通過することによって異なる目を獲得したのである。踏切があり駅がある風景は、都市周辺に居住する人間にはまさに日常そのものなのだが、駅前にならぶ商店が「おもちゃ」のように見えてしまうと語られるとき、それは先に引用したエマソンが述べていたように、「巷が人形芝居に一変する」という発想といささかの径庭もないと思われる。

小池昌代の「川辺の寝台」における出来事もまた、日常が日常のなかで反転する小さな旅と移動の物語であり、それは現代の「猫町」譚というべき小品にほかならない。同時に、都市の底に隠れている川=自然の露出体験でもあり、都市のネイチャーライティングというにふさわしい構造を内包した作品である。

III　移動のエクリチュール

「運動は旅人を世界と結びつけると同時に、世界との間に距離を置く」（八四）とエリック・J・リードの『旅の思想史——ギルガメシュ叙事詩から世界観光旅行へ』は指摘している。旅をめぐるきわめて基本的な問題を提示する名著である。つまり、ここで言われる運動とは、すなわち動くこと、移動することに違いないが、これじたいが世界と旅人を結びつけ、かつ引き離すという逆説的な事象の場なのである。移動、運動という旅そのものが有する本質がある種の二重性をかたちづくる。エマソンが「存在の二重性」ということばで言いあてた事態と正確に一致するかどうかはべつとしても、移動・運動（歩行から高速移動まで）は、事実上〈旅〉と呼ばれるべき出来事であり、そのような移動を本質とする存在形態そのものが、定住的なあるいは定点観測的な存在形態とは異なる世界視野を現出させるのである。

そこにどのような世界が出現するかを、リードは次のように端的にいう。

> 引き延ばされ加速された移動運動の中で世界はより客観的となり、事物の配列からは主観性が剥奪される。他方、自我は、観察活動に包摂され、この活動とのかかわりで劃定されるので、より主観的かつ不可視的となる。
> 世界の客体化と観察者としての自我の主体化は、運動の体験の中で互いを生み出す過程である。これら二つの過程は歴史的集合的局面において働いている。十七、八世紀の旅行記録における世界の客体化と持続的な視点としての「主体の発見」は時を同じくしているからである。両者は個人の移動体験の中で連結される。（八九）

リードは〈旅〉をめぐるこの浩瀚かつ本質的な書物において、とりわけ運動性／移動性がひとの知覚におよぼす影響、つまりは〈旅〉の体験がひとの認識と心的な世界をどのように変え、構造化するのかを思考する。この引用部分では、運動／移動の行為／状態が世界を客体化する契機となること。と同時に、「観察者」としての自我というものを成立させる契機ともなること。主体と客体という二分された構造態として世界を構成する、そのような知覚変容をもたらすということである。見る者／見られる者の対立／分離構造をつくりだし、自我なるものをつくりだすもの。これこそ旅と移動と運動であり、このようにして主／客として構造化された世界と〈私〉というものをつくりだす装置、これこそが運動／移動なのではないかというのである。

ソローがわが町を「旅する」ことも、エマソンが馬車の窓から「人形芝居」と化した風景を発見することも、萩原朔太郎が「人外の町」を目撃してしまうのも、小池昌代が「おもちゃのような町」に帰還することも、いずれも〈旅〉＝移動という経験がもたらす「世界の客体化」と「主体の発見」との結合の所産なのである。さらに、リードは、「空間移動の構造は表現をめぐってある構造をもたらす」という観点から、そこに登場するのが、「叙事的日誌的形式」(the epic and journal form, 101) と呼ぶべきものであり、それは「旅の継起性と、自己中心的空間移動の漸進的秩序 (progressional ordering)」の構造であるとする。古くは『イーリアス』から、一九世紀の「旅行ガイドブックの形式」、さらには現代の「道路形式と道路建造物」に到るまで、移動がおのずから提示し形成する一つの構成であり構造なのである。

グレゴリー・ベイトソンの「現実の漸進的秩序化」という概念を手がかりとして、リードは次のようにこの問題を要約する。

> 移動という状況によって体験に課せられる秩序とは、順序の秩序、「継起的な」(one thing after another) 秩序、つまり「遍歴」(progress) である。運動は空間的秩序のすべて——地勢、位置、場面、囲い地、場所——を、絶えず展開する様相を示す経験的秩序、特有の法則をもった展開へと還元する。空間移動と道の形態は、哲学者にして人類学者のグレゴリー・ベイトソンが言うところの「現実の漸進的秩序化 (progressional ordering)」を否応なく旅人に課すのである。この「漸進的秩序化」という方法は、情報を出来事の継起順に組織化する方法であり、彼はこれを情報の「選択的」もしくは分類的 (categorical) 秩序化と区別している。
> (一〇〇)

ここで提示されている「叙事的日誌的形式」に関する視点は二つある。一つは、知らない場所に行ったとき、旅先での出来事を描くというときに、カテゴリーで描く場合と、自分の運動すなわち空間的な移動を中心にして描き出す場合の二つの過程があり、歴史的には旅行記 (travel writing) がそれを典型的に示しているということである。とりわけ、近代においては、この「現実の漸進的秩序化」、つまり、〈私〉の空間移動の機序を大きな主題とする旅行記が、〈私〉の移動にしたがって、世界が言語として構成され、組織化される、その本源的な形式を表象することが明らかとなる。「われわれが時間として理解している意識の内的持続が、運動によって空間上に写像され、われわれの空間体験に統合される」（リード、一〇三）、このような事態の表象こそが、「叙事的日誌的形式」を有する旅行記の表象なのである。

パーシー・G・アダムスによる『旅行文学と小説の進化』（一九八三年）は、旅行文学と小説とが同時平行的に進化してきた可能性があり、その意味で相互にきわめて深い関係があるのではないかという議論を進めている。小説の起源としての旅行記という視点から、この、いまでは分離された二つの文学ジャンルの類縁性を考えてみることもできよう。また、ケイシー・ブラントンの『旅行記——その自己と世界』（一九九七年）は、「自己と世界」が旅行記というジャンルにおいていかに構造化されるかという問題を歴史的にとらえようとしている[4]。

ブラントンによれば、まず旅行記の基本的パターンの一つは、出発→冒険→帰還というプロット展開にしたがう物語構成を採ることを指摘する。これは文字どおり旅＝移動のプロセスがそのまま物語化されるという継起性の問題である。リードのいう「叙事的日誌的形式」、すなわち、「運動によって空間上に写像」された「内的持続」の謂いにほかなるまい。運動＝移動そのものが「内的持続」＝継起性のフレームを構成するのだ。二つ目は、その継起性＝物語構成を進行させる語り（narrative）が二重化されているという問題である。ブラントンは、旅行記においては、二つの語りがあると指摘する。一つは、「非個人的語り」（the impersonal journey narrative）であり、もう一つは「個人的語り」（the personal journey narrative）である。前者「非個人的語り」は、語ろうとする外界の事象に焦点を当てた語りで、対象描写というべきものである。いっぽう、後者の「個人的語り」はみずからについて語ろうとする自伝的な語りの要素である。旅行記は、この二つの語りの結合から生まれるとブラントンはいう。そして、近代に近づき、そのただなかにあればあるほど、自己の語り、つまりは「個人的語り」が力を増すことになるという（415）。

　このような語りの二重性の先駆としてとりわけ注目されるのが、ルネッサンス期のウォルター・ローリー卿以降、旅行記において〈私〉が前景化されるという現象である。ウィリアム・C・スペンジマンの『冒険するミューズ――アメリカ小説の詩学　一七八九―一九〇〇』（一九七七年）がそのことを、「語りの主題が、見られる事物から、それらの事物を見ている人物に移行し、語り手がその物語の経験的な中心に移動した」（38）と指摘している。この時期に起こった変化では、語り手が物語の前面に出てくる。物語の焦点が、事物や出来事ではなく、事物を見ている人物、つまり、〈私〉に移行し、語り手が物語の経験的な中心に移動するのである。その結果、後期ルネッサンスには、科学的（scientific）なものと感情的（sentimental）なものの二つが旅行記の中心的な構成要素となり、さらに時代を下って、一八世紀の小説の時代に到ると、書簡体文学を経て小説という新しい形態に到る。こうして旅の物語、つまり旅行記やトラヴェルライティングといわれるものの記述様式が形成・展開されてゆくのだ。ブラントンは「十九世紀には、トラヴェルライティングは自己発見の物語であると同時に他者発見の記録となった」と指摘する。ここに語られている複合性、すなわち、物語であると同時に記録であり、自己発見であると同時に他者発見であるという複合的な語りの構造こそ、移動の文学の基底をかたちづくるものであろう。

本稿では、移動を記述する言語の問題、なかでもそのような言語が内包する認識論的問題と表象論的問題の一端を、ソローを起点として検討してみた。移動は、それを記述する言語をどのように構造化するかという問題は、さらに大きな視野のもとで議論すべき問題であろう。移動の流れとそれにともなう外界の変化は、独自の論理と秩序を持った経験の構造を生み出し、それが言語化されていく世界であるとエリック・J・リードはいう。もしもそうであるならば、このような移動体験の言語構造は、近代以降の文学、なかでも小説の様式のなかにもまた見いだせるのではないだろうか。トラヴェルライティングとネイチャーライティング、そしてきわめて近代的な文学の様式である小説。これら三者はどこかで繋がっているのではないか、その根底に連続した認識と表象の構造があるのではないか。今後、さらに検討を深めていきたい。

＊　本稿は、二〇一二年三月六日（火）、琉球大学において開催された「レクチャー・シリーズ：人の移動と文学」（琉球大学「人の移動と二一世紀のグローバル社会」プロジェクト）での講演に基づくものである。講演会のコーディネーターと司会を務められ、移動という魅力的ながら困難な主題を与えて下さった山里勝己氏に心より謝意を表したい。さらには講演後、共同体論と他者論をめぐるきわめて鋭い質問を投げかけて下さった詩人高良勉氏にもお礼を申し上げたい。

5　いま／ここの不在——発見の物語《ナラティヴ》としての『ウォールデン』

地の果てへと航海する哲学的な旅人は、実は時間を旅しているのである。彼は過去を探求しているのである。一歩一歩、時代を通り抜けているのである。かれがたどり着く未知の島は、かれにとって人間社会の揺籃期なのである。

（ジョーゼフ゠マリ・デジェランド『未開民族の観察』）（リード、一六七）


ぼくは、一本のビャクシン、一個の石英、一羽のハゲワシ、一匹の蜘蛛をしっかりと見ることができるようになりたい。ただ、そのあるがままの姿を、そのものとして、見ることができるようになりたい。

（エドワード・アビー『砂の楽園』）（Abbey, 6）

I 〈魔法の瞬間〉のゆくえ

ディラードあるいは魔法の瞬間

二〇世紀における、ソローのもっとも正統的な後継者と目されてきたアニー・ディラード（一九四五年〜）は、現代ネイチャーライターの中でも、いま／ここ（Here/Now）をめぐる問題をつねに問い続けている作家のひとりである。たとえば、野生のイタチとのささやかな遭遇劇を描いた短編エッセイ「イタチの生き方」（"Living Like a Weasel"）にもそのようないま／ここの問題設定がぬかりなく配置されている。

イタチは消えた。つい先週の話なのに、もう思い出せない。どうしてあの魔法の瞬間が壊れたのか。察するに、目ばたきのせいだ。私は自分の頭をイタチの頭から取り返し、目の前にあるものを記憶しようとしたのだと思う。そして、イタチは切り離され、現実世界に傾きながら着水し、本能の激しい流れのほうに身を委ねたのだった。彼は野生バラの陰に消えた。私は身じろぎもせず待った。私の頭は突然手がかりを探し始め、心は弁解を繰り返し始めた。でもイタチは戻ってこなかった。（一四）

イタチとの不意の遭遇、あたかもロックされたかのように目と目を合わせたまま動けなかった六〇秒間――それをこの作家はきわめて特権的な〈魔法の瞬間〉と呼ぶ。だが、その〈魔法の瞬間〉はたちまちにして潰え去った。イタチはこの稀有な遭遇の時間を棄却し、野生の世界へと姿を消した。なぜ〈魔法の瞬間〉は壊れたのか。「目ばたきのせいだ」とディラードは端的に説明している。貴重な、おそらく生涯に二度とは訪れないこのような遭遇の瞬間があえなく潰え去った理由を、この作家は「目ばたき」のせいだというのだ。これはどういうことか。

「目ばたき」とは、眼前に不意に生起した事態――野生動物との遭遇という事態――に没入し、いわば忘我（脱自）状態にあった作家が、〈われ〉に還った瞬間を説明している。どうやら遭遇の瞬間は、その没入のありかたからして、無意識もしくは意識以前の世界であるからだ。そして、

「目ばたき」の瞬間とは作家が意識世界に帰還したことを徴《しるし》づけている。イタチは作家の「目ばたき」を合図として〈魔法の瞬間〉を解除したのである。いや、少なくとも作家は、イタチではなく自分こそがその瞬間を解除したのだと考えている。その「目ばたき」によって。

このとき、アニー・ディラードは彼女ならではの図式を提示している。それは次のように定式化することができる。

魔法の瞬間＝現在＝無意識／前意識

いま／ここのポエティクス

この作品でディラードは〈魔法の瞬間〉が〈現在〉のことだとは明言していないが、意識の関与の有無を指標としている点からも、『ティンカー・クリークのほとりで』（一九七四年）における次のようなシーンと相同的な出来事だということが読みとれるはずである。

これだ、と私は思う。これなんだ。まさに今、このひとけのないガソリンスタンド、ここ、この西からの風、舌を刺戟するコーヒー、そして、いま私は子犬を撫でている。山を見ている。脳のなかでこの意識を言語化した瞬間、私は山を見ることをやめ、子犬に触るのをやめる。（七九）

この個所で作家はもっぱら〈現在〉という瞬間について語っている。あるいは、いま／ここという瞬間についてだ。しかしながら、「脳のなかでこの意識を言語化した瞬間」、山も見えず、子犬にも触れられなくなるという。山も見えず、子犬に触れることもできなくなったとき、作家はいま／ここという瞬間、〈現在〉という瞬間から遠ざかってしまったのだ。〈魔法の瞬間〉に触れることができなくなったのだ。意識と言語が、〈魔法の瞬間〉すなわち〈現在〉との遭遇を不可能にする。そういう認識の構図がこの作家には厳然とある。〈現在〉という〈魔法の瞬間〉に触れるにはどうすればいいのか。これがこの作家の問いなのであり、そのために意識と言語と巨大な脳によって囲い込まれたひとの認識世界を突破する試み――これこそがアニー・ディラードのネイチャーライティングの本質ではなかっただろうか。いいかえるならば、自然に接近し、それについて記述することの困難あるいは不可能性がここにはある。自然（物）が目の前にあり、それをしっかりと観察すれば自然は描けるのであろうか。これがいま／ここ＝現在に立ち会えない困難に自覚的なポストロマン主義の発する問いなのである。

いっぽう、アニー・ディラードの対極に、ソローの『ウォールデン』があるといえば奇異に聞こえるだろうか。同じネイチャーライティングの系譜にあって、ソローの影響がもっとも強く（ディラードの修士論文はソロー論だった）、ソローの最有力後継者と呼ばれるディラードが、ソローとは対極的な志向性とスタンスを持っていたと語ることは可能だろうか。可能である。なぜなら、少なくともソローはアニー・ディラードが希求するようないま／ここ＝〈現在〉を求めることはほとんどなかったからである。むしろ、かれはいま／ここを召喚するよりは、いま／ここにないものを召喚し続けた。いま／ここにないものを召喚し、それを充填すること。それは同時に、いま／ここにあるものを排除する行為となる。アニー・ディラードが求めた〈現在〉をソローは排除し続けたのである。なにゆえにいま／ここではないものを召喚・充填し、いま／ここを排除するのか。なぜ、〈現在〉を不在化して、〈過去〉を召喚するのか。排除された〈現在〉の代わりに居座った〈過去〉とはいったい何なのか。

II 「そこにないものの美学」

ウォールデン池の記述様式

エコクリティシズムの名著ともいうべき『環境をめぐる想像力――ソロー、ネイチャーライティング、そしてアメリカ文化の形成』（一九九五年）の著者ロレンス・ビュエルは、いま／ここにないものの召喚という表現の様態を名づけて、「そこにないものの美学」（The Aesthetics of the Not-There）と呼び、「自分のいる土地に遠方の地のイメージを投影してパストラル化することが、ソローの著しい特徴であり続けた」と述べている（Buell, 68-69）。ビュエルがもっとも典型的な例として挙げるのは、『ウォールデン』の一節である。たとえば、次のような一節に注目している。

最初の一週間、池を眺めるたびに、これは高山にある湖《タルン》で、湖底でさえほかの湖の表面より遙か上にあるという印象を受けた。〔……〕露は、高山のそれのように、ふだんよりも遅い時間まで木から離れないようだった。

(*Walden*, 酒本訳、八六)

この一節は、この作品のタイトルであり、ソローが住み暮らした場所であるウォールデン池がほとんど最初に読者の前に提示される個所である。読者はそこまですでにプリンストン版で八〇頁以上も延々と待たされているのだが、そうしてやっと登場したウォールデン池についての記述がこれである。この個所について、ビュエルは次のように解説している。

ソローによる池を描いた最初のスナップショットは、同時に読者が最初に見る池の姿なのだが、じつはそれがモノそれじたいの画像ではなく、ソローがどこか遠くのロマンティックな風景として想起したものの画像なのであった。こんなふうにかれが提示するウォールデンはけっしてかれが住んでいる場所（ニッチ）なのではない。

(Buell, 69-70)

『ウォールデン』の読者が初めて出会うウォールデン池の姿は、モノ＝事実としてはそこに描かれていない。ソローはウォールデン池をあたかも「高い山中にある湖（タルン）」であるかのように仮想し、この池が高山の雰囲気をもっていることを強調的に記述している。そこに描出されるのは、池「それじたいの画像」ではない。まさしく「そこにないもの（the Not-There）」、この場合は「タルン」が実在の池を語る（あるいは騙る）レトリックとして利用されている。ただの見立てのレトリックではないかといえばそれまでだが、ビュエルは二つの点からこの記述様式に注目する。

一つは、これが先の引用にあった「パストラル化」の形式であるということ。二つ目は、そのような傾向は、植民地主義的言表行為の典型であるということだ。なぜか。ニューイングランド植民者の後裔たるソローは、植民者の例に洩れず、新世界の「闇の奥」（ジョセフ・コンラッド）の恐怖と不条理に耐えるために、旧世界的準拠枠――「出エジプト記的物語《ナラテイヴ》」、パストラル様式、大量の英語地名」に依拠して、新世界の〈空虚〉を埋めてゆく。ここに表れているのは、本国とのあいだで文化的な交換を強いられている植民地における「買弁的インテリゲンチャ」の典型的な姿であり、さらに反転して、植民地に対して「そこにはないもの」への願望と欲望を投影し続けるアメリカのインテリゲンチャの姿なのだ（Buell, 69-70）。

異化作用と空虚化

このような「そこにないもの」を基軸とするレトリカルな様式は、凡庸を新奇に、異和を親和に、未知を既知に変換してゆくための異化／親和化の装置である。「オリュンポスはじつは、この地上世界のいたるところ、そのすぐ外側にある」（*Walden*, 85）とは同じくソローの発言である。ウォールデンの「そのすぐ外側に」「オリュンポス」を仮想し、そのような文化的引喩（アリュージョン）によって凡庸なローカリティを非凡に語る（騙る）仕掛け、それこそまさしく、いま／ここにないものを召喚し、いま／ここを代理＝表象的に語らせ（騙らせ）ることにより、いま／ここを根本的に排除しようとする論理だ。〈現在〉の不在化が容赦なくおこなわれているのだ。「そこにないものの美学」とは、いま／ここを空洞化し、その空虚を文化的引喩で埋め尽くしながら、いま／こことの出会いを決定的に遮断してしまう装置でもあるという事実だ。ここにはアニー・ディラードのような〈現在〉への希求はない。

このことをコロンブス以来の「発見史」の文脈から歴史的に論じてみせた論文が、歴史学者リチャード・ホワイトの「北アメリカにおける自然の発見」（一九九二年）という論文である。ビュエルの視点をさらに歴史化して、アメリカ大陸における「自然の発見」という出来事を、様態論つまり「発見の物語《ナラティヴ》」として整理した論文である。そこでも最初に例として挙げられているのがソローの『ウォールデン』であるのは興味深い。ホワイトは、「自然の発見」というアメリカ史的命題の歴史的分析を試みながら、発見は経験的直接性と表象的間接性の二重構造のなかで行われるとしたうえで、『ウォールデン』について次のように述べている。

『ウォールデン』は、自然を通じた自己発見の古典的テクストである。しかるがゆえに、このようなテクスト、あるいは、そこに表象される世界と経験にわれわれがいかにアプローチできるかを語る恰好の例となろう。ヘンリー・デイヴィッド・ソローという「吹雪や風雨の調査員を自任する男」(*Walden*, 18) は、『ウォールデン』という作品を、自然界における直接的な経験に基づく叡智の書として提示した。この作家は、自分の所属する社会という物質的な負荷 (baggage) はこれ見よがしに取り除いて見せたが、文化的な負荷はそう簡単に捨て去ることができなかった。その結果、滅多にありえないことだが、ごくわずかの自然体験でもってきわめて手の込んだ自然表象を支えようとしている。(White, 875)

ホワイトは、ソローという作家が「自然界における直接的な経験」を語ろうとしていながら、そのじつ社会的ならぬ「文化的な負荷」を簡単に捨て去れないために、自然の〈発見〉にゆきつけないのだと指摘している。ホワイトが例として挙げている個所を具体的に見てみよう。

寓意としてのウッドチャック

「より高き法則」の章の最初に出てくる「ウッドチャック」をめぐるソローの発言がそれである。ソローは夜の森のなかで一匹のウッドチャックを見かける。そのとき、「ぼくは野蛮な歓喜が不思議にうずくのを感じ、彼をつかまえて生のままでむさぼり食いたいと激しく望んだ」と述懐している。すぐそのあとに書いているように、ソローは「そのとき空腹だったわけではない。彼の表している野生が欲しくてたまらなかっただけだ」(*Walden*, 210) という。このきわめて人口に膾炙した一節は、ソローにおける野生への志向を語る逸せない部分とされているが、じつのところ、ウッドチャックを「生のままでむさぼり食いたい」という激しい渇望の表白は、いささかも長続きせず、議論はいつのまにか「より高き法則」という章全体の結論、つまり「ぼくらの内面に棲みついている動物」(*Walden*, 219)を眠り込ませることに反転している。

ウッドチャックを生のまま食べたいという欲望の表白はたんなるレトリカルな戦略以上のものではなかった可能性があるのだ。リチャード・ホワイトはこのような経緯について、こう述べている――「『より高き法則』の章の冒頭で野生への愛を告げた人物が、いまはどうやって内面の獣性――「爬虫類的な官能性」――を抑圧できるか考えている」(White, 875)。同一章内におけるこの素早い議論の方向転換(レトリカルな戦略?)は読者を戸惑わせるほど不可解なものだが、ホワイトはその意味を次のように要約している。

> 私たち読者は、ウッドチャックからすっかり離れてしまう。というのも、男性独身者ソローは、性的役割を帯びた女性的かつ官能的な自然を克服しようと躍起になっているからだ。その結果、感情も指標もありきたりなものと化し、身体に対する嫌悪があらわになり、人間のありかたに対する不快感が表明されるばかりだ。こうした気分の由来が何であれ、これらはウッドチャックそのものから、あるいはウォールデン池での実体験から学んだものではないだろう。ずっしりと重い「意味」という荷を負ったがために、数々の路上轢死動物さながらにウッドチャックを踏み潰してしまうのだ。
> (White, 876)

このようにソローのレトリカルな戦略は、直接的な経験、すなわち自然の発見を語るかに見えながら、じっさいには「文化的な負荷」すなわち「意味」を語り出してしまう。アニー・ディラードが意識、言語の干渉を受けない純化された「原自然」とでもいうべきいま／ここ＝現在に到達しようとしているのとは対照的だろう。とくにウッドチャックに関するソローらしからぬ激しい飢渇のようなものが、一方でディラードの「イタチの生き方」という作品が強調する〈野生〉にきわめて接近したものと思われるだけに、ソローによる、こうしたいま／ここ＝現在の文化論的な抑圧・回収の仕方が、きわめて戦略的な表現であることが分かるのである。

アニー・ディラードにとってイタチは経験そのものであったが、ソローにとってウッドチャックはたんなる寓意でしかない。であるとすれば、そこには発見も、いわんや遭遇もない。そもそも、いま／ここ＝現在が決定的に欠如しているからだ。したがって、ホワイトは次のようなきわめて辛辣な評言を提示する。「『ウォールデン』というテクストにおいては、ソローの〈自然〉〔……〕が、自然界に侵入し、支配する」(White, 876)。そう、自然の現存性のただなかへではなく、表象性へと反転させようとするのだから、その帰結は、ホワイトのいうとおり、「ソローの〈自然〉が自然界に侵入し、支配する」ことになる。

これは一見違って聞こえるかも知れないが、批評家バーバラ・ジョンソンによる、「ソローはウォールデン池に移り住むことによって、字義どおり、自分の比喩言語の世界に移り住んだ」

(Johnson, 55)という見事な評言に呼応するものであろう。さらにことばを継いでホワイトはいう。「そこでは、言語がみずからの物語を追うばかり、ウッドチャックも池も外部から持ち込まれた意味に満たされ、われわれが見ることのできるのはその意味だけなのだ」(White, 876)。要するに私たちが『ウォールデン』に垣間見ている世界は、無限に自己言及を可能とするソロー自身の宇宙ともいうべきグロテスクな代物なのである。

III　比較／比定の魔

文化的上書き

ソローは自然を発見したか。あらかじめ発見すべきものを発見したに過ぎないのではないか。こういう視点から、リチャード・ホワイトは北アメリカ大陸をめぐるコロンブス以来のヨーロッパ的視線へと分析を進めてゆく。じっさい、たとえばツヴェタン・トドロフの『他者の記号学——アメリカ大陸の征服』などが明確に語っているように、コロンブスその人にしてからが、「自分が強烈に見たいと欲したもののみを見た」(White, 879)のである。どうやらソローの問題は、このあたりでアメリカをめぐるヨーロッパの視線と自然の問題、すなわち広義の植民地主義の問題に接続する。『ウォールデン』は、ある意味で、いま／ここ＝現在という、アニー・ディラード的現存へ向けての試行錯誤とはまったく無縁である。むしろ、「そこにないもの」あるいは「文化的負荷」といった表象的な問題を前面に出して、現存を徹底的に抑圧・排除する構造を本質的につくりあげている。ソローは自然を発見したのではなく、みずからの自然観念を自然界に持ち込み、ホワイトが指摘する「ソローの自然表象のもつ相変わらずの文化的権力性」(White, 876)をおそらく無意識に行使しているのだ。

このようにアニー・ディラードあるいは広くソロー以降、とくに二〇世紀のポストロマン主義的ネイチャーライターとソローの差異を指標化しようとすると、いま/ここ=現在へのアプローチの仕方、いいかえれば自然表象をめぐる処理の仕方に弁別的特徴を見いだすことができる。環境思想に関連づけていうならば、それは人間中心主義(anthropocentrism)と環境中心主義(ecocentrism)の差異に対応するだろう。たとえば、もうひとりこのような問題にきわめて意識的なネイチャーライターとして、エドワード・アビーの例を挙げてみよう。

ロレンス・ビュエルは、ソローの問題に続けて、アビーの『砂の楽園』(一九六八年)もまた「文化的負荷」によって「充填」(fill)された「そこにないものの美学」の世界であったことを指摘しているが(Buell, 71-73)、いうまでもなく、これはきわめて逆説的な仕方によるものである。なぜなら、アビーの場合にはある種のパロディ、それもソローのパロディであったからである。エドワード・アビーのポストモダニティを論じたクレア・ロレンスは、この作家がポストモダニストとして「表象を越えるリアリティ」を描こうとしながらも、「自然の世界はある種の文化的上書き(cultural overwriting)に言及することなしには記述できない」というジレンマにあったと指摘している(Lawrence, 156)。つまり、パロディがパロディの域を超えることができなかったのである。クレア・ロレンスはいう。「『砂の楽園』という本は、リアルをとらえることのできなかった言語的挫折（failure）をめぐる物語である」（Lawrence, 158）。

アビーの挫折

　誤解してはならない。これはなんとも見事な挫折なのである。そして、アビーはその挫折を「序文」でみずから認めている。（この試みと挫折の全体がポストモダニストとしてのアビーの存在感を語っていよう。）アビーは『砂の楽園』のなかで次のように述べている。自然を見る、あるいは記述するという行為を本気で考えるなら、傾聴に値するコメントであろう。

〔……〕われわれは、大宇宙と小宇宙を探検する者ならだれもが知っているある危険に注意を払う必要がある。その危険とは、観察対象と観察者の心理を混同してしまう危険、外的現実の姿を描かずに、思考する人間の鏡像を作り上げてしまう危険である。（Abbey, 240）

観察者の心理が観察対象についての記述に介入し、外的現実を描いたつもりでいながら、じつは見ている人間の鏡像にすぎないといった事態とは、つまりは「そこにないもの」、すなわち幻影・亡霊のたぐいを見てしまう行為にほかならない。そのとき、いま／ここにある現存としての自然は徹底的に排除、放逐される。この暴力性を暴力性として疑うことがないならば、本質的な表象論やイデオロギー論を扱うことは不可能であろう。また、自然の問題を扱う場合、とりわけソローのように正典化されたメジャー作家を対象とする場合、なぜかこのような問題が前景化されることが少ないとすれば、少なくとも認識論的なレベルにおける自然（観念）の問題にいささかも踏み込んでいないことのあかしでしかない。しかも、ここでアビーが指摘している問題はじつはきわめて素朴な他者理解のための要件にすぎない。異文化コミュニケーションの理論中もっともベーシックな、「観察→解釈→評価」という対象認知プロセスを想起してみればいい。「観察」がいかに観察でありえないか、「観察」を観察として保持することがいかに困難であるか、「観察」がいかに「文化的負荷」「文化的上書き」、つまりはもろもろの文化的イデオロギーの影響を受けやすいかを思い起こせば、いま／ここをめぐる困難の深層はすでにとらえられているのである。

比較／比定のロジック

それではなぜ、このような「文化的上書き」がいとも容易に行われるのであろうか。そこには類比ないし比較というレトリック上の問題が横たわっている。そもそもことは〈比較〉という思考プロセスのなかで進行している。たとえば、ソローがウォールデン池を紹介するに当たって、そこが「高山にある湖（タルン）」のような印象を受けたと記すところから〈比較〉が始まっている。このとき、ソローは彼が今いるウォールデン池のことを記述しようとしていながら、〈比較〉を行うことによって、ウォールデン池それ自身をいわば空虚化してしまうことになる。Aに対してBを充填（fill）することにより、Aは空虚化されるのである（Buell, 70）。こうして〈比較〉は自然の現存（presence）を簒奪し、それを表象（representation）に変換するもっとも常套的なイデオロギー産出の手段となる。比較は記述ではない。比較はかならずしも同一性の確認ではなく、差異の確認でもありうるが、その場合でも「似ていること」「類似性」によって、認識がすでに大きく枠づけられるという問題がある。なぜなら、眼前に存在するAに対して、類似性の原理に基づいてBとの比較が行われるとき、類比的に引証されるBはあらかじめ一定以上に記号化された表徴でなければならないからだ。

リチャード・ホワイトの先の論文、あるいはブルース・グリーンフィールドの『発見の物語——アメリカ文学におけるロマン主義的探検家』（一九九二年）は、これこそがコロンブス以来のアメリカ大陸における「自然発見の物語《ナラティヴ》」につきまとってきた問題であったことを指摘しているのである（Greenfield, 188-210）。この比較の様式（Aに対して比較に基づいてBを充填（fill）することにより、Aを空虚化し、Bを記号化する）のうちに、植民地アメリカにおける〈自然〉概念の成立が透視可能となる。しかも、見逃せないのは、このような比較の様式によって、AとBの差異が「時間化」あるいは「歴史化」されるという派生的ながら重要な事態がそこに生起することだ。新世界アメリカは、つねに旧世界ヨーロッパの視線のもとで自然を発見していったのだとすれば、そこには、アメリカ大陸におけるヨーロッパ人の「空間的な移動（旅）」が、同時に「時間的な移動」を意味したという興味深い事象にゆきあたる。ホワイトはそのことを次のように指摘している。

第二の大いなる発見の時代になると、十九世紀の多くの探検家たちはタイムトラベラーとなっていた。発見者たちは現在を旅していながら、見ているのは過去なのだ。アメリカの自然発見の旅はまた過去をたどる旅でもあったのだ。

(White, 890)

タイムトラベルとしての旅と移動

グリーンフィールドはこのような時間旅行のモティーフをソローの『メインの森』(一八六四年)における「純粋自然」、「ウィルダネス」発見の旅にも見いだしているが(Greenfield, 200)、まさしく、アメリカ大陸は、ヨーロッパにとって、空間的差異を時間的差異へと変換する記号論的な旅の場所であった。エリック・リード『旅の思想史――ギルガメシュ叙事詩から世界観光旅行へ』(一九九一年)は、その第六章を「新世界との遭遇――ヨーロッパの自己発見」という注目すべき主題に充てている。そこでもっとも大きな問題となるのは、空間的な差異を時間的差異(=歴史)へと変換する「時間旅行」の問題であり、それを方法論的に支えた「比較」の問題であった。リードによれば、その「比較」という方法によってヨーロッパ人たちは未知を既知に変換すると同時に、「新しく発見された自然」に対してみずから「距離を設定してしまった」(リード、二〇九)というのである。そのうえで、リードは次のように述べている。

空間的差異を時間的差異と見なすこの概念化には、背後に隠されているヒエラルキー――ヨーロッパ人の他者に対する優越性という概念――がほとんど透けて見える。

（リード、二二三）

空間的差異を時間的差異と同等視する、つまり「歴史化」（ヒストリサイズ）する近代ヨーロッパ人の傾向――哲学的な旅の特徴――は、進化論というかたちでヨーロッパの自然科学の基本的命題として影響を及ぼし続けた。

（リード、二二四）

おそらく、ソローを「純粋自然」の発見者、アメリカ的ウィルダネスの擁護者として位置づけようとすれば、同時に、リードのいう「哲学的な旅の特徴」である時間旅行者としてのソローを視野に入れておく必要があるだろう。かれはまさしく、「空間的差異を時間的差異と同等視する」、つまりは眼前の自然を絶えず「歴史化」してやまない、「時間を旅する」「哲学的な旅人」（リード、一七五―一七七）であった。リードは、このような思考方法がやがてチャールズ・ダーウィンとアルフレッド・ラッセル・ウォレスによる「進化論」として結実したと指摘している。なぜなら、「進化論」的思考とは、まぎれもなく空間のなかに時間が埋め込まれているという発想にほかならないからだ（リード、二二五―二二六）。

ただし、続けてリードは次のような重要な指摘もおこなっている。

隠蔽される〈現在〉

それは、このような「進化論」的思考が〈現在〉、すなわち、「生成されつつあった世界、そして現にわれわれが生きている世界」を無視し、隠蔽する思考であるということだ。

他方、この整序のための道具〔進化論のこと〕は、どのような知的道具もそうだが、目の眩むような道具であると同時に、おそらく根本的に不道徳なものでもある。この道具は、旅行者がコミュニケーションを実践する際、その行為者同士を結びつけるあの瞬間、あの〈現在〉を隠蔽する。この道具は観察者と被観察者の役割を固定してしまうため、〈観察者〉が世界を創出する主体としてもっている働きを必然的に減じてしまう。その結果、子どもと親との関係という指標を設定する〔進歩史観あるいは進化論的見解により、文化差を時間差とみなすこと。「子どもと親の関係」とは、この時間差を比喩的に世代差・時代差と見なしたときのレトリック〕ことによって、われわれは生成されつつあった世界、そして現にわれわれが生きている世界を意図的に無視することになった。人間の関係を時間化し、この関係を歴史というレンズを通して見るということは、じつのところ歴史的過程の否定である。それを歴史が不断に表出される現在という瞬間についての意識を転倒させることによって行うのである。

（リード、二二六、〔　〕内は引用者補注）

「人間の関係を時間化し、この関係を歴史というレンズを通して見る」こと――ここに補足する必要があるとすれば、「人間の関係」ばかりでなく、「人間と自然の関係」が追加されねばならないということだけだ。アニー・ディラードのいま／ここの思考がなにを念頭に置いた「たたかい」として実践されているか、ここにひとつの明確な解答があるだろう。そして『ウォールデン』をこのような「哲学的な旅」という近代ヨーロッパにおける他者発見の文脈から再検討するならば、さらに異なるソローの相貌をとらえることができるだろう。ここで、ブルース・グリーンフィールドによる「自然発見の物語《ナラティヴ》」をめぐるアメリカ論を引用しておこう。

〔しかし〕建国まもないアメリカ合衆国の国民は、かつて帰属したヨーロッパの援護者や組織などの権威をみずから捨て去ったため、引き続きこのアメリカ大陸において領土拡大を続けるための新しい理屈を必要とした。どうやら、そのような理屈の根拠のひとつが、〔アメリカ大陸という〕場所についての考え方から見いだされたようだ。つまり、ここは自然の地で、空き地で、文明もなく、処女地であると考えたからである。というのも、ひとたび、アメリカは「自然の地」であるということになれば、ヨーロッパ系アメリカ人たちは、この同じ大陸に同居している先住民がかつて自分たちが征服した民族なのだということを忘れていられるからである。目の前にあるのは始源の地にほかならず、それによって自分たちがこの土地に住み着いた理由が正当化されるからである。（Greenfield, 2）

グリーンフィールドが、ソロー『メインの森』における「始源の森」、すなわちウィルダネス発見のモティーフに、「自然発見の物語《ナラテイヴ》」の典型を見いだしている理由もこの引用に明瞭に語られていよう。いま／ここの不在は、アメリカをめぐる発見の物語《ナラテイヴ》に内在する基本的な様態であると同時に、近代を規定する様態でもあった。ポストロマン主義すなわちポスト・ソロー的プロジェクトとは、それを越えようとする試みにほかならない。

第三部　交感と世界化

1　遭遇、交感、そして対話
——世界／自然とのコミュニケーションをめぐって

それは結果として世界と人間のコミュニケーションを深く抑圧し、一切のコミュニケーションは人間の間のコミュニケーションであるという幻想を作り出した。
（ツヴェタン・トドロフ『他者の記号学』、一三五）

公営の動物園は日常生活から動物が消え始めた時期に設立され始めた。
（ジョン・バージャー「なぜ動物を観るのか？」、三二）

I　遭遇

現代アメリカのネイチャーライター、ロバート・フィンチのエッセイに「鯨のように」（"Very Like a Whale"）と題する作品がある。ある日、作家が棲み暮らすケープコッドの海岸に鯨の死骸が打ち上げられた。海岸ならばよくある出来事だ。その日、海岸は人で溢れかえった。だれもかれもが打ち上げられた鯨を「目撃」しようと駆けつけた。

そんないっときの熱狂が冷めたあとの海岸にたたずみ、作家はあの大騒ぎはいったい何だったたのかと考え込む。人はなぜ海岸に打ち上げられた鯨の死骸に殺到したのか。答えはついに見つからない。さまざまな答えが想定され、しかしどの答えも不充分だと作家は考える。読みながら私たち自身もまた自分なりの解答を試みるかも知れない。「好奇心」と言ってしまえば簡単だが、根源的な問いというものがつねにそうであるように、問題はむしろ、なぜ人の心のなかにそのような好奇心が胚胎するのかだ。フィンチはやっと次のような答に到達する。

> その答えはあまりに明白で、もう僕たちには答えとも思われなくなってしまった。僕は、人はこの宇宙で他者との出会いを渇望していると思う。それを自然と呼ぶにせよ、荒野、「素晴らしきアウトドア」、あるいは、どんな呼び方をするにせよ。僕たちは、わくわくしながら、焦燥に駆られながら、人間とは別の生き物が僕たちを見つめ返してはくれないものかと探しているのだ。
> （フィンチ、一四七―一四八）[1]

「他者との出会い」、「人間とは別の生き物」に見つめ返されたい「渇望」が人にはあるのだという。それが鯨の死骸に群がった人間たちがその行動によって表現しようとしたことなのだと著者は語る。鯨を指して、「究極の不可知の他者」と言い換えてさえいる。「究極の不可知の他者」に見つめられたい願望。

自然をめぐるこのささやかなエッセイが伝えようとするのは、美術批評家ジョン・バージャーが「なぜ、動物を観るのか」というエッセイで問うたものと同質だ。動物を「(文化的に)周縁化」してやまない近代は、動物園を初めとして、「本物の動物に似た玩具、動物図像の広範な商業的拡大」を推し進めたにもかかわらず、それは同時に「動物が日常生活から撤退し始めた時期」に相当するのだと指摘している。

動物の周縁化の最終結果がここにある。人間社会の発達に決定的役割を果たし、一世紀弱前まで、常にすべての人間が共に生きた、動物と人間との間に交わされた視線が失われつつある。動物を観ている来園者、視線を相手から返されることのない人間は孤独である。人間は最終的に群れとして孤立してゆく種なのだろう。(バージャー、四一―四二)

「視線を相手から返されることのない人間は孤独である」、しかるがゆえにヒトという生物種は「人間とは別の生き物が見つめ返してはくれないものか」と相手を探し回るのだ。「動物と人間との間に交わされた視線」が失われつつあることを知るがゆえに、あるいは「人間社会の発達に決定的役割を果たした」動物という存在の周縁化になにがしかの危機感を覚えるがゆえに、ヒトは海岸に打ち上げられた鯨に向かって息せき切って駆けてゆく。フィンチは言う――「僕たちの肉体にとって食物と暖かさが必要なように、こうした意味での他者が、僕たちが人間であるためには不可欠である」。(フィンチ、前掲)

ほんとうだろうか。ヒトがヒトであるためには〈他者〉が必要なのだろうか。〈他者〉としての動物がほんとうに必要なのだろうか。いったいどういう意味で必要なのだろうか。『平成幸福音頭』(一九九三年)で藤原新也は言う――「日本の産業構造が大変動したここ数十年の間にその外部(自然)はとつぜん消えた。自然がとつぜん消滅したわけではない。自然を意識し、それと交わる日常生活が消えたのである」。この発言とまっすぐに呼応するように、ジョン・バージャーは言う――「二十世紀の企業資本主義によって完結をみる激動は、十九世紀の欧米に始まる。それによって人間と自然を繋いでいた伝統はすべて壊されてしまった。この崩壊が起こる以前に人間を取り巻く最初の社会を形成していたのは動物である」。

藤原もバージャーも時代設定こそ異なれ、近代がもたらした自然と人間の関係の根本的な切断を語っている。いずれも一見すると凡庸な発言に思えるが、「自然を意識し、それと交わる日常生活」の消滅、その深刻さの度合いを測ろうとする眼差しは、いずれの場合も、その問題意識の切実さにおいてきわだっている。その深刻さの内実は、それぞれの著書に明瞭であろう。たとえば、藤原新也の『東京漂流』(一九八三年)と『乳の海』(一九八六年)という代表的エッセイ集は、〈自然〉の喪失をその規矩としている。東京のゴミ捨て場たる「夢の島」を駆けめぐり、ついには、かつてエゾオオカミ(絶滅)に施されたと同じ手法で毒殺された「東京最後の野犬 有明フェリータ」とは、そのような失われた〈自然〉の別称にほかならない。

人類史が数百万年という途方もない時間をかけて成熟させてきた「動物と人間との間に交わさ

れた視線」や「自然を意識し、それと交わる日常生活」は、近代とともにあっという間に消滅したという事実を語ることによって、フィンチやバージャーや藤原新也は「自然教育」や「環境教育」あるいは「自然体験型学習」の必要性を直接的に問うているわけではない。直接的に問うどころか、このような問いはもはや間接的にでさえ不可能な問いであると考えているかも知れない。なぜなら、バージャーによれば、動物の文化的周縁化と消滅は、〈家族〉や〈見世物〉といったカテゴリーへの吸収として現実化されるからだ。〈家族〉や〈見世物〉としての囲い込みとは、本来〈外部性〉をきわだたせるはずの動物＝自然が内部化されていくという意味である。〈家族〉化とはペット化と同義であり、〈見世物〉化とは、たとえば動物園や動物写真と同義である。こうして動物たちは「可視化」されると同時に封じ込められてゆく。精細無比の動物写真を実現する望遠レンズ、フラッシュ、超小型カメラ、リモコンカメラといった装置は、人間の視覚能力をはるかに超えた世界をそこに捕捉し、「自然の驚異」を写し取る。だが、これらの画像が提示しているのは、「人間が動物を知れば知るほど、彼らとの距離は遠ざかる」という逆説的な事態だ、とバージャーは指摘する。自然の徹底した〈内部化〉が気づかぬうちに深く進行しているのである。

文化地理学者イーフー・トゥアンによるならば、「造園の喜び、ペットを飼う楽しみ、また愛情という名の感情」（トゥアン、二〇〇）も、たちまち〈支配〉に転化される。いや、〈支配〉そのものの現実態なのだ。トゥアンの『愛と支配の博物誌――ペットの王国・奇型の庭園』（一九八四年）がとりわけ興味深いのは、「楽しみ、遊び、芸術の世界」における「力や文配」の行使に焦点を当てていることである。文学も美的なるものもけっして「力や文配」と無縁な中立地帯ではありえない。環境問題が自然科学的知の問題だけでもなければ、社会構造的な問題、経済学的な問題だけでも片づかないことの証左がここにある。

振り返ってみよう。ロバート・フィンチのエッセイで語られた、鯨への人々の狂熱は、まさしく、いまだ〈内部化〉されざる自然（ネイチャーライティング研究では〈野生〉と呼ぶ）への狂熱にほかならない。鯨が「究極の不可知の他者」であるがゆえの狂熱——そこには〈外部〉が出現しているのだ。フィンチの言うように、私たちが人間であるためにはどうやら〈外部〉＝〈他者〉が必要なのだ。その欲求は無意識に手が届くほど根源的であるために、だれもがその必要性に気づくというわけにはいかないが、近代以前ならば、しばしば〈怪物〉的表象として神話化され畏怖された「究極の不可知の他者」は、いまや〈自然〉としてその後ろ姿をかいま見るだけのかそけき存在に堕そうとしている。

非神話化／脱神話化をあちこちで試みてきた近代という時代は、にもかかわらず、あるいはそれゆえにか、「私たちには他者が必要だ」というロバート・フィンチの小さな欲望、アニー・ディラードが倦まず語る「魔法の瞬間」への欲望を、さまざまなかたちで顕示しつつあるのかも知れない。たとえば、映画『未知との遭遇』（一九七七年）もまたそのような欲望の修辞的転移だったのではなかったか。あの映画ほどに「私たちには他者が必要だ」というメッセージに満ちた作品を思い浮かべることは困難だ。画面を満たしていた奇妙な宗教感情めいたものは、「汎神論から汎無神論へ」（アニー・ディラード）と移行した時代の〈他者〉探しゲームの究極態をかたどっていたかのようである。

初めて『未知との遭遇』を見たときの驚きは、それがSF的ではあっても厳密な意味でのSFではないという点にまずあった。なぜなら、空想的・非現実的な空間の実現という点から見れば、あまりに貧弱であったからだ。たとえば、『スター・ウォーズ』（一九七七年）などと較べてみればいい。後者には仮想された未来空間が舞台として細部にわたって設定され、その空間を登場人物たちは生きている。要するに虚が実と化したひとつの世界が構想されているのだ。これに対して、『未知との遭遇』は完全な虚構空間ではない。むしろ、きわめて日常的な現実空間がその舞台である。

ある日、偶然UFOに遭遇したことから、日常を忘れ妄念にとり憑かれた家庭持ちの男。ある晩、子どもがUFOらしきものに連れ去られて以来、その行方を探し続けるシングル・マザーの女。物語のメインプロットを支えているのは、この二人の凡庸きわまりない日常からの〈逸脱〉の物語だと言っても過言ではない。この物語ではUFO群が演出する電飾的効果も、量感に満ちたUFO母船の存在感も、しょせん視覚的快感の問題であってリアリティを演出しきることはない。なぜならそこには空想空間、ファンタジー空間が自立するために必要な仮想的細部が欠落しているからだ。逆説的に聞こえるかも知れないが、この映画には空想空間をリアリティに変えうるほどの虚構の強度が欠けているのだ。

そのことを何よりも明確に語るのが、ラストシーンでＵＦＯから現れたぼんやりとした宇宙人の姿かたちである。それはいかなる意味においても、クリエイティヴな想像性や形象性を備えてはいなかった。ひとことで言えば、きわめつきの凡庸さなのである。メインプロットの男女の凡庸さにまったく釣り合うかのように。ただし、むしろこの凡庸さこそがこの映画における〈表現〉の卓抜さを語っている。なぜならこの凡庸さは現実の凡庸さに見事に釣り合うものであるからだ。そのような凡庸さ、日常性こそが〈超越〉への欲望の発生源であり、いわば種としての孤独のなかでヒトという種が幻想する〈他者〉と〈異界〉への通路であることを、この作品は語ろうとしているのだ。

映画『未知との遭遇』が奇貨のように孕んでいたもの、それは、ヒトという生物には「究極の不可知の他者」との遭遇への欲望が厳然と存在し、それが同時に〈凡庸〉から〈超越〉への心的機制を成すという人間的現実への眼差しである。その結果、宇宙人を空想的・虚構的に描出しない、すなわち細部の造型を抑制するという映像的選択がなされた。同じスピルバーグ作品でありながら、『Ｅ．Ｔ．』とは根本的に違う点がここにある。描かないこともまた思想なのだ。

「わくわくしながら、焦燥に駆られながら、人間とは別の生き物が僕たちを見つめ返してはくれないものかと探している」——このような欲望を自然とのコミュニケーションへの欲望と言い換えてもよい。これはディープエコロジー以降の「環境倫理」の問題と無縁であるどころか、そこに直結する根本的な議論に抵触する問題である。

たとえば、クリストファー・マニスの論考「自然と沈黙」（一九九二年）によれば、「話す主体としての地位」を「人間のみの特権」として徹底的に分離した西欧近代の歴史的推移は、そのロゴス中心主義とヒューマニズム（人間中心主義）によって、「ざわめき、吠えたて、沸き立つ生物圏」、すなわち本来ならば「ヒトとコミュニケートできる、話す主体に満ちた自然」（ミルチャ・エリアーデ）を「語られざるものの世界」（a world of "not saids"）へと放逐した。その結果、ヒトは「不合理な沈黙の世界でただひとり独白をおこなう」特異な存在となり、沈黙の圏域に排除された自然は、「声も主体も奪われ」、つまりは〈客体〉（object）として定位されることとなる。みずからの論考の目的を指してマニスは次のように書いている。

その結果、われわれは、現代の思想制度のなかで、自然の沈黙に向き合うことが可能な環境倫理を必要としている。なぜなら、饒舌な人間主体を取り巻く、この広く不気味な沈黙のなかでこそ、自然に対する搾取の倫理が具体化し、繁栄してきたからであり、それが目下、環境のための対抗倫理の模索を必要とするエコロジーの危機を作り出しているからである。

（マニス、三七）

ジョン・バージャーのいう自然の「周縁化」の問題をディープエコロジーの思想的課題として受けとめようとするならば、「饒舌な」話す主体としての人間という「虚構」のもとで強力に再編されてしまった人間と自然の関係を「再構築」する作業へと向かわねばならない。その際、コミュニケーションの主体としての人間というヒューマニズムはいったん解体され、「アニミズム的主体」の再構築に向かう必要があるとマニスは構想する。（ただし、たんなるノスタルジーを越えて。）マニスは言う――「われわれは、自然とのコミュニケートの仕方を問うだけでなく、誰がそのコミュニケーションをおこなうのかも問わねばならない」。

おそらく、この「アニミズム的主体」の構築という発想ともっとも濃密に重なり合う言語論が、「言語のエコロジー」を提唱するディヴィッド・エイブラムの『魔術的感官――世界における知覚と言語』（一九九六年）であろう。知覚という出来事が、生ける身体とその身体を取り巻く生命的世界との「相互依存的な交換」であることに注目し、そのような身体性＝自然性（physicality）、身体的共鳴性に言語の本性をとらえようとしたモーリス・メルロ＝ポンティの言語論を基礎として、エイブラムは言語の内部に明瞭に刻印されている身体性＝自然性を次のように語る。

私たちはよく、風のうなりとか小川のさざめきなどと言う。これはじっさい単なるメタファー以上のものである。こうした他のものたちの声――滝のとどろきやコオロギの単調な鳴き声も含めて――によって私たち自身の言葉は絶えず育まれているのである。登山中、そばをうねりながら流れている川を描写する際、rush, splash, gush, wash といった言葉が無意識的に用いられるのは偶然ではない。というのも、これらすべての言葉を結びつけている〔sh という〕音は、川自らが両岸の間を流れながら歌っている音だからである。もし言語が純粋に精神的な現象ではなく、身体を通した相互関係と融即的参与から生まれる感覚的で身体的な現象であるならば、私たちの言説は人間という種以外のものの身振り、音、リズムからも影響を受けているといえる。じっさい、もし人間の言語が身体と世界との絶えざる相互作用から生ずるのであれば、この言語は私たちに「帰属」していると同時に、生気に満ちた風景にも「帰属」しているのである。

（エイブラム、二〇八）

メルロ＝ポンティは、「言語はモノや波や木々の声そのもの」だと語ったという。言語の自然依存性、すなわち、言語は人間のものであると同時に、自然のものでもあるという事実、「人間の身体だけでなく感覚的世界全体が言語の深層構造を供給している」（エイブラム、二一四）という事実、そして「私たちが語るのと同じように、事物および生気に満ちた世界が私たちの内部で語る」という事実、これらから目を背けてしまうとき、ヒトは「響き語る身体」（sounding, speaking bodies）としての自己を失うことになる。エイブラムの次のようなコメントは、環境問題と言語あるいはコミュニケーションとの本質的な関連性を指摘するものだが、これを私たちは荒唐無稽だとして一蹴してしまえるだろうか。マニスの言う「自然の沈黙」は、結果的にヒトの「沈黙」を、言語的空虚を招き寄せるのかも知れないとしたら。なぜなら、ヒューマニズムの理性が語るとき、それは延々と続く、〈他者〉不在の「独白」にほかならないからだ。

科学技術文明の発展によって地球生物多様性が減少するにつれ、言語それ自身も減少している。森林や湿地の破壊にともなって空に舞う鳴き鳥の数が少なくなるにつれ、人間の語りもその喚起力を失ってきている。アメリカムシクイやミソサザイの歌声を聞くことができなくなれば、私たち自身の語りは鳥たちが奏でる音楽によって育まれることもなくなる。ダムの増設によって川の浴びせかけるような語りが沈黙を強いられるにつれ、そして私たちが土地の野生の声を絶滅に追いやりその声を忘却するにつれ、私たち自身の言語は地上で響いている共鳴を抜き取られ、貧弱で中身が空っぽなものになる。（エイブラム、二一四）

Ⅲ　対話

主に一九九〇年代のネイチャーライティング研究あるいはエコクリティシズムにおいて問題化されている、自然という〈他者〉とのコミュニケーションをめぐる主題の一端を概観してみた。自然とのコミュニケーションへの欲求がネイチャーライティングの基底を成しており、そのような欲求の根底にヒトという種の孤立が浮かび上がってくる。また、「地球環境問題」として語られる事象の深刻さは、技術的処理や社会政策的論議をはるかに超えた課題を内包していることの一端も素描されたかと思う。この欲求はあまりにも内的で個人的な経験の世界に限定されているかに見えるため、「地球環境問題」の持つ公共的なスケールからするならば末梢的な事象のように見えてしまうことは否めない。しかし、ここで扱った視点から浮上してくる自然とのコミュニケーションの退化・欠落という問題が、政策的論議の陰に隠れてしまうようであれば、さらに事態は悪化すると言わねばならない。

ブルガリア生まれの記号学者ツヴェタン・トドロフの『他者の記号学——アメリカ大陸の征服』(一九八二年)は、この問題に関するさらに大きく深刻な危機を提示している。この本は、アメリカ大陸の征服をめぐるコロンブスを初めとする主だったヨーロッパ人たち、とくに激烈な戦争を仕掛けていったスペインのコンキスタドールが、〈他者〉たるインディオたちにどのような機略、政略で臨み、どのような対他関係を演じたか、またラス・カサスのような「良心的」ヨーロッパ人たちがいかにして、〈他者〉との遭遇を介して「平等のなかで差異を生きる」という命題を認識・提起していったかを、歴史文書の博捜と記号論的読み込みを通じてあきらかにする「事例史」の試みである。おそらく人類史上もっとも大規模な〈異文化衝突〉であったアメリカをめぐる対他関係史、そのコンタクトゾーンをめぐる歴史的分析は、その規模に応じた壮大なコミュニケーション史でもあり、近代をめぐる観念史としての要素も含まれていて大変スリリングだが、とりわけこの「事例史」が異文化間の〈コミュニケーション〉をめぐる具体例に満ちていることはいうまでもない。
なかでも興味深いのは、トドロフが本書を通じて、この壮大な「事例史」を〈他者〉論とコミュニケーション形式の問題として把握している点であろう。これはとりわけ、モクテスマなどインディオ側のコミュニケーション形式とそれに対抗するヨーロッパ人側のそれとの本質的な差異が、接触・衝突・征服／被征服へと展開する過程における重要なファクターであったと指摘される点に表現されている。長くなるが、そのことを詳述した個所を引用しよう。

〔以上のことから、〕コミュニケーションには二つの大きな形式――一つは人間対人間のコミュニケーション、他は人間対世界のコミュニケーションという二つの形式があるということ、しかもその場合インディオはとくに人間対世界のコミュニケーションに努め、スペイン人は人間対人間のコミュニケーションに努めていると認めることは、〈コミュニケーション〉という言葉の意味をゆがめることになるであろうか。私たちはコミュニケーションというと人間の間だけのことだと考えることになれてしまっている。なぜなら、〈世界〉は主体ではないので、（対話があるとしても）世界との対話はひどく不釣り合いなものとなるからである。だがおそらくそれは事物にたいする偏狭な見方であって、結局のところ、この偏狭な見方が、こうした問題について私たちが感じている優越感の原因なのだ。もし、個人から個人への相互作用に加えて、個人と社会集団、個人と自然界、個人と宗教的宇宙の間に位置する相互作用をふくむようにコミュニケーションの概念が拡大されるならば、それはよりいっそう生産的なものとなるであろう。そしてアステカ人の生活にあって支配的な役割を演じているのが、この第二の型のコミュニケーションなのである。（トドロフ、九四）

コロンブス以降のアメリカ大陸で生起した事態とは何か。トドロフはそれをふたつのコミュニケーション形式の差異がもたらしたものとして整理してみせる。近代を通過しつつあったスペイン人たちは「人間とのコミュニケーション」という個人レベルのコミュニケーション形式を採りつつ認識・行動・発言するのに対して、インディオはつねに「世界とのコミュニケーション」、すなわち彼らの宇宙観の内部で起こる出来事としてそのコミュニケーション行動を展開する。トドロフは前者を「恣意性の世界」、後者を「必然性の世界」と呼ぶ。「恣意性の世界」では事象はほとんど一回性の即応的な解釈対象となるが、「必然性」の世界では絶えずその宇宙観、世界観（神話・予兆形式など）の内部の問題としてその解釈体系全体（いいかえれば歴史全体）を編制し直さなければならない。したがって、モクテスマの事例としてトドロフが詳述しているように、インディオ側は目の前に現れたスペイン人たちをかならずしも〈他者〉として定位せず、むしろその世界観内部の象徴的事象として定位しようとする。モクテスマの即応性、即時性を欠く決定や判断はそのような記号論的、象徴的思考の所産なのだ。

「数百人の部下を率いていたコルテスが、数十万の兵士を擁するモクテスマの王国をまんまと占領してしまったという謎」の答をトドロフはここに見いだす。しかし、トドロフは問う。スペイン人はたしかに戦争に勝利した。「だが彼らは本当に勝ったのだろうか」と。なぜなら、この勝利と同時にヨーロッパ人は、「世界と一体化する自らの能力」「世界との調和を感じ取る能力」つまり「世界とのコミュニケーション」能力を叩きつぶし、「一切のコミュニケーションは人間の間のコミュニケーションであるという幻想」を作り出してしまったからである。トドロフは言う。「人間は人間とのコミュニケーションだけでなく世界とのコミュニケーションを必要としている」と。その意味でヨーロッパの「勝利はすでに敗北に満ちていたのだ」と。(トドロフ、一三五)

ここまでたどったところで、本稿が逢着したい地点が見えてきたのではないだろうか。さきほどのトドロフの引用に読みとれるように、近代社会において、「一切のコミュニケーションは人間の間のコミュニケーションであるという幻想」が支配的となった背景には、「〈世界〉は主体ではない」という強固な思いこみが潜んでいる。その結果、〈世界〉は「対話」すなわちコミュニケーションの対象たりえないこととなる。「自然と沈黙」のクリストファー・マニスが指摘していた「話す主体」としての自然の近代における抑圧過程がこのトドロフの指摘と重なり合うことは言うまでもないだろう。

ヒトはコミュニケーションのふたつの形式のうち、片方だけを近代的理性の発明とともに異様に肥大させ、他方を徹底的に抑圧してきたのだ。そのような見方が、私たちの「コミュニケーション」概念の偏倚として影を落としている。それがどれほどすさまじい偏向であるかは、たとえばクロード・レヴィ＝ストロースの『野生の思考』一巻を繙くだけでも一目瞭然であろう。あるいは生態心理学におけるアフォーダンス理論が、いわば〈主体〉なるものの〈客体〉性に注目しているのも、世界と自然からその声と主体を奪い去った近代社会の「敗北」の様相を重く受けとめている証左にほかならないだろう。ネイチャーライティングや環境文学がやはり同様の問題をめぐっていることは、ロバート・フィンチの例から充分うかがえるのではないだろうか。

私たちが世界／自然とのコミュニケーションの回復という命題を重く受けとめえないとすれば、それはほぼ世界の半分を失ったままでいるということである。「環境コミュニケーション」というコンセプトは、たんに環境問題におけるコミュニケーション・プロセスの研究にとどまるものではない。また、自然に接触しそれを理解する過程とその理解をコミュニケートする過程にかかわる「環境教育」も、たんに理科教育や自然教育といった狭義のペダゴジーから解放されなければならない。その解放の契機がトドロフの「世界とのコミュニケーション」をめぐる問題設定を視野に入れた「環境コミュニケーション」という新しい視点である。この視点の導入によって、「環境教育」の領野はよりラディカルな役割を果たすことになるであろうし、「環境問題」そのものもより包括的にとらえる必要が理解されるだろう。(2)

2　山犬をめぐる冒険――藤原新也における野性の表象

夜行性のその犬は、巨大な広告塔の消えるそんな時刻に起き上がって、夜明けまで都市を駆け巡っていた。しかし、その足跡も、匂いも、声も、男根も、肉体も、今は消えた。

（『東京漂流』）

この狼の遠吠えに主観を交えずに耳を澄ましているのは、長い歳月を経て存在している山だけだ。

（アルド・レオポルド『野性のうたが聞こえる』）

やま－いぬ【山犬・豺】
1　日本産のオオカミの別称。名語記「おほかみ、如何。犲狼也。山犬といふ、これ也」
2　山野にいる野犬の俗称。

（『広辞苑第五版』）

平行の生をもって、動物は人間と親しく交わる。それは人間同士の交わりとはまったく違う。なぜなら、それは人間の種としての孤立に差し出された交わりだからである。

（ジョン・バージャー「なぜ動物を観るのか」『見るということ』）

本稿の目的は、藤原新也をネイチャーライティングの視点から読むという一点にある。さらに踏み込んで言うならば、藤原の代表作『東京漂流』と『乳の海』というふたつの作品は、ネイチャーライティングとしての要素をその規矩として内包するテクストとして読むことが可能である。ネイチャーライティング的視点からことさら読み込もうというのではない。むしろ、これらの作品はそもそもネイチャーライティング的な作品なのであって、その試みの一端はかつて別稿において提示したことがあるが、本稿では、さらにそのような視点を詳細かつ拡大的に提示することを試みるものである。(1)

なぜネイチャーライティング的な作品だと言えるのか。理由は比較的、簡にして明である。いずれの作品も〈自然〉を基底に据えた物語であるからだ。いいかえるならば、これらの作品の言説の中心には、つねに参照軸としての〈自然〉があり、そこで展開される議論や問題提起はことごとく〈自然〉を根拠として解読され、展開され、理論づけられているからだ。同時に、このような視点から藤原新也の作品を読むことを通じて、私たちは日本文学における〈自然〉の現在に接近することも可能となろう。藤原作品がかつてある種のブームを惹起し、その同時代批評性が一九八〇年代から九〇年代にかけての日本社会に、あるいは日本の読者にある種の強烈なインパクトを与えたとするならば、その理由は、かりにそれが無意識であれ、そこに展開されている自然の把握の仕方に対する共感の場が開かれていたと見て間違いないだろう。端的にいえば、〈自然〉が殺されつつあるという危機感——これが作者と読者が共有した地平である。ただし、〈自然〉が殺されつつあるといっても、かならずしも、いわゆる「自然破壊」という意味ではない。むしろ人間の本性（human nature）が破壊されつつあるという意味である。以下、その経緯を主にこれらふたつの作品に即しながら検討することにする。

Ⅰ　老象からアジアへ

藤原新也（一九四四―）の『東京漂流』（一九八三年）は、「六〇年代以降の（日本）社会がなぜ、人間を管理し、汚物異物や前近代的な人間の生活を排除していったのか」（三七七、括弧内筆者）という問いをめぐるノンフィクションエッセイである。根底的な変質の相を見せていると著者の目に映ずる一九八〇年代の社会的諸現象の読み解きを通じて、その状況の深刻さを明らかにする試みである。[2] そこにはおそらく同時代の日本社会への、その中の人間のありようへの、ほとんど憎悪にも等しい瞋《いか》りがある。「墓につばをかける」（あとがき）ほどのその激しさ、つまりは時代へのその激越な憤怒がこの作品の強度を支えていると言っても言いすぎではない。

藤原がとらえようとするのは、少年期の一九六〇年を起点として現在（一九八〇年代）に到る、おおよそ二〇年間の推移である。作家自身が物語るところによれば、そもそものはじまりは一九六〇年、つまり日本の「高度成長が始まった年」にある。それは、北九州の自身の生家が失われた年であった。藤原はこの出来事を「近代化にともなって処分された〔……〕十分に象徴的な例であった」と位置づける（四六）。藤原にとってそれは、「母胎」＝前近代の破壊にほかならなかった。直接的には関門海峡トンネルの開通と軌を一にした「都市計画」による区画整理が、行政によって強権的に施行され、藤原の生家であった旅館が破壊された出来事を指している。近代化という日本社会の至上命題、とりわけ戦後社会のそれがひとりの少年を襲った強烈な一撃だった。

その衝撃がいかにこの少年、つまりこの作家の深部にまでとどく大きな経験であったかを何よりも雄弁に物語るのが『東京漂流』という一書にほかならない。いや、この経験こそが、この作家の『東京漂流』をはじめとする著作活動の根幹にあるひとつの原理なのだと言っていいだろう。その衝撃の深さを伝えるかのように、一六歳の少年の眼前で「破壊」されゆく家＝「母胎」のさまは、次のように描出される。

大きな家はまるで象のようにいなないた。

その巨大な象は、断末魔の苦悶の声を上げた。鳥がさえずるような声も聞こえた。犬の悲鳴も、豚のような鳴き声も聞こえた。猿の叫びと狐の淋しい声も聞こえ、鹿の遠鳴きが天に立ち昇った。鼠、家守、さまざまな虫の声が聞こえた。私は、きっとそれは家に宿っていた、さまざまな精霊の声に違いないと思った。

鉄の爪は容赦なく、それを何度も何度も突き刺した。

やがて「声」は途絶えた。巨大な老象は骨を解体され、焼かれ、運び去られた。むなしいサラ地が残った。ミキサー車がやってきた。車はドロドロの鉛色の液を吐き出し、「土」を密閉していった。

（四一―四二）

藤原は「個人的な過去への郷愁」を語りたくて、みずからの生家を襲った惨劇を記述したのではないと語っている。「地方の都市化、近代化、列島の改造、社会機構の管理化」といった「ニッポン繚乱の渦中」に、みずからもまた巻き込まれていたという痛切な認識を語りたいのだという。上の引用個所には、したがって、個人的な喪失の痛みの激しさと同時に、「過去的な価値体系の最後的なる崩壊」という「時代の流れの趨勢」の象徴として〈家の崩壊〉を見つめるまなざしが周到に重畳されている。

それにしても興味深い描写ではないだろうか。何よりも目を惹くのが「老象」に暗喩される家のイメージであろう。その断末魔の悲壮な姿は息苦しいほどである。しかも、「老象」の形象が誘因であるかのように、崩壊・解体される家から、次々に生き物たちの「声」が聞こえる。まるで「老象」の共生者たちであるかのように「声」を発する動物たち。この個所が通常の描写の域を超えていることは一目瞭然であろう。

そう、それはいわば〈幻想〉の光景なのだ。ただし、それは気ままな一過性の〈幻想〉などではない。むしろ、view が vision に変換されるたぐいの〈幻想〉メカニズムが示現されているというべきだろう。換言するならばこうだ。「老象」のイメージを導因とする隠喩的な語りが伝えようとするのは、この解体され、失われた〈家〉とは、かぎりなく〈自然〉に近い存在であるという認識であり、作家による自然化的定位のレトリカルな表出である。それゆえにこそ、〈家〉は「老象」として表象されるのであり、また「精霊」たちの最後の声が聞こえてくるのである。

〈家〉の物理的崩壊を語るこれほど美しくレトリカルな描写は稀有であろう。

藤原の閲歴に戻ろう。その後、一家はいくばくかの「補償金」をもらって、別な場所で旅館業を営むことになるのだが、わずか一年後には倒産の憂き目に遭い、土地を離れ、藤原の言葉によれば「九州を流浪する」ことになった。やがて、大学進学のため上京した藤原は、一九六九年、日本を離れアジアへの長い旅に出る。その旅の所産が『全東洋街道』(一九八一年)であり、その二年後に『東京漂流』が出版されることになる。おそらく藤原にとって、『東京漂流』を書くことは、一九六〇年を起点として続いた彼自身の長い旅の総括であり、日本への帰還の行為でもあったことだろう(3)。

その二〇年間に何が起こったか。藤原は端的にこう整理してみせる──「六〇年代的母胎崩壊期と、七〇年代的管理化進行を経て、必然的に萌芽してきた八〇年代の日本」(七二)。そこでの参照軸はふたつある。ひとつはいうまでもなく、あの「老象」崩壊の現場、すなわち「過去的な価値体系」が瓦解し始めた六〇年代。そしてもうひとつは「六〇年を出発点とする『人と家』『人と土地』に根ざす問題意識を潜在化させた私のアジアへの旅」である(七二)。ただし、この一三年にわたるというアジアへの旅(二五一)は、「老象」に表象された古い日本と折り重なるようにして、八〇年代の現在を照射することになる。なぜなら、〈アジア〉とは同時にあのとき崩壊した「老象」そのものにほかならなかったからだ。そのことを藤原はたとえば、次のような文章で説明している。

〔……〕六〇年代以降の日本においては、単に多くの田畑、海浜、日本の家が崩壊したということ以上に、巨視的に眺めれば、日本と日本人が最後に保有していた「アジア」が崩壊したということでもある。（六四―六五）

つまるところ、六〇年代以前の日本に存在し、以降急速に失われていったもの、あるいは日本社会が意識的に排除し続けてきたものとは、〈アジア〉であったということになる。日本にかつて内属していた〈アジア〉、そしていまは日本以外のアジアにしか存在しない〈アジア〉。藤原が求めた〈アジア〉とは地理的空間上のそれであると同時に、時間軸の中の〈アジア〉でもあったのだ。(4) それだけではない。あの「老象」の形象が指し示していたもの、すなわち〈自然〉が、その〈アジア〉とほぼ重なり合うかたちで存在することも忘れてはならないだろう。

II　自然をめぐる物語

アジアの旅からの帰還、つまり、その結果としての〈東京漂流〉とは、同時に〈自然〉と〈アジア〉への絶望的な帰還の旅のはじまりでもあった。そのはじまりの日付を、彼は「11、東京漂流」の章において明瞭に指し示している。一九八一年七月二二日がそれである。この日は、夕方、数カ月後に発刊を控える写真週刊誌の編集者たちとのミーティングが行われる予定だった。「この八一年七月二二日は、長いアジアの旅を終えて、日本に目を向け始めた一つの転換点の日でもあった」（二四四）と藤原自身、強調的に記している。これほど鮮明に日付が記憶されたのは、このミーティングに、そののち、件の写真誌『F』にまつわるコマーシャリズムとの衝突を惹起する契機が潜んでいたからであるが、もうひとつ看過すべからざる理由があった。

それはその日の天候だ。この日、「一〇年に一度というほどの雷まじりの豪雨が関東一円に降り注いだ」（二四五）からだ。作家が〈時代〉と激しい衝突と軋轢を起こし、ついには『東京漂流』という一書をものすることになる写真週刊誌『F』との最初の邂逅、そして「雷まじりの豪雨」――その暗合。藤原はこの日について次のように書いている。

私はこのような日を、「自然《かみ》の日」と呼んでいる。それは私に転換を与えたからという意味ではなく、つまり、この日は「自然《かみ》」が騒いだ日、だからである。

その「自然《かみ》の日」とは風とか雨とか太陽とか月とか、時には地震とか洪水とか大雪とか、そのような一切の自然の力業のことを指している。近代文明は、なるべくその自然を排除するという方向で、人間世界を快適にしようとする環境を作った。

しかし、その都市という人工世界も抗うことのできない自然《かみ》の日というものが、いまだ我々のまわりを取り囲んでいることに変わりはない。そして、その巨大な自然がひとたび騒ぎ始めると「人工」はひ弱である。そして、時に、覆い隠していた汚物や異物や矛盾を露呈

させる。（二四四―二四五）

この引用を読めば、すでに問題のポイントは明確だろう。いかなる現世的な〈事件〉よりも荒ぶる「自然《かみ》の日」の出現に作家の目は向けられている。しかも、それは「人工」と「都市」を攪乱しただけではない。「覆い隠していた汚物や異物や矛盾を露呈」させることを通じて、この作者に「あの腐壊の街、カルカッタ」の「腐臭」を喚起することになった。「近代化と清潔と善意」を装う東京のどまんなかで、「自然《かみ》の日」が、抑圧された〈アジア〉への接近をエピファニックに顕示したのである（二四九―二五〇）。藤原は、このような成り行きを、「原アジア的な出発であった」（二五四）と解説している。かくて、「八〇年代の都市を一年間追い続ける」（二五六）写真週刊誌の連載企画、題して「東京漂流」が開始されることになる。その先には、有名な事件、連載六「ヒト食えば、鐘が鳴るなり法隆寺」をめぐるいささかスキャンダラスな出来事が待ち受けている。

ふたたびポイントを整理しておこう。『東京漂流』におけるキー概念が、「自然」と「原アジア」であることは確認した。しかも重要なことは、この二者がまったく相即的な関係にあることである。藤原の概念における「自然」とはほぼ「原アジア」に等しく、その逆もまた然りであろう。したがって、藤原のアジアから東京への帰還を大きく特徴づけるのは、八〇年代ニッポンを徹底して〈外部〉＝アジアからの視線で射抜くことである。「喜怒、死、狂気、汚物、異物」（三七二）からのまなざしと言い換えることもできよう。自身写真家である藤原のそのような鋭利なまなざしの向こうに浮かび上がってくるのが、六〇年代以降の日本社会の恐ろしいまでに内閉的で自己完結的な現実であった。

飯倉を曲がったところで交通渋滞にぶつかった。車はまったく動かなかった。カーラジオから女性アナウンサーが今の豪雨について得た情報をいくぶん興奮した調子でしゃべっていた。

「なんと、積乱雲が一万六〇〇〇メートルの上空まで上昇したそうです……」

そのひと言が妙に耳にひっかかった。

……巨大な自然《かみ》の日が立ち上がったのだな、と私は思った。

都会のすべての自然に対する不感性のものどもが、この日ばかりは、この巨大な自然に驚き、取り乱している息遣いが伝わってきた。私の気分はこんな時、妙に晴れがましくなった。

……今日はいい日だ。

そう思った。

（二四七―二四八）

かくして、首都圏の「一万六〇〇〇メートルの上空まで上昇した」積乱雲は、〈自然〉の象徴として、「人工」を破壊する神、つまりは〈外部〉の出現として召喚されることになる。まことに交感論的な関係の成立を物語る記述である。

III　野性の表象／野犬の物語

藤原新也の八〇年代ニッポン批判が、〈自然〉と〈原アジア〉を核芯に据えたまなざしによって遂行されているものであることを確認した。これらの準拠枠はまた、内閉的・排他的な感性に対抗する〈外部〉的なるものとしても機能する。じっさい『東京漂流』を彩るのは、作家が見いだしてゆく〈外部〉的なるものの表徴にほかならない。

まず第一に指摘しておくべきことは、藤原が「八〇年代以降に発覚した、数々の象徴的な事件がある」（七二）と言い、本書中でももっとも訴求力の強い出来事として機能しているいくつかの「事件」そのものがそのような〈外部〉性の表徴だということである。金属バット事件の一柳展也、新宿バス放火事件の川俣軍司、あるいは秋川渓谷で発見された女性の死体写真といった、本書中もっとも目立つ「事件」のほとんどが時代の表徴、とりわけ〈外部〉的なものの反乱としてとらえられている。それらは、「川俣もどき」の挿話に明瞭に語られているように、「人間くさい人間」を「魔物」（三四三）と見なす小市民的な〈自然〉嫌悪に対する激烈な反撃であるが、逆にいうならば、今や、「自然」あるいは「自然に近いもの」が、「絶対善が生み出す悪のイメージ、悪の記号として登録され始めた時代」に入ったことを物語る表徴群なのである（二六九）[5]。

そこで私たちはあらためて気づくことになる。『東京漂流』の冒頭部をかすめ過ぎていった一匹の「野良犬」の姿に。それはこんなふうに語られている。

いくつかの看板を通り過ぎ、八千代橋を越えて次の角を左に折れた時、目の前を犬が走った。あばら骨を浮き立たせた雑種犬であった。私にはそれがすぐ野良犬であることがわかった。土色の身体は汚れ、毛並みは荒んでいた。尻尾は地面に向かって垂れ、長い間、意思表示を失ったままでいるように見えた。犬は私を無視していた。そしてどこやらに行く目的でもあるかのように、同じ歩調で淡々と小走りに走り続け、視界から遠ざかった。犬の過ぎったその向こうに、私のめざすアパートが建っていた。（一三、傍点引用者）

「巨大な自然《かみ》の日」に起点を持つ「東京漂流」という〈物語〉が自伝的に本格化する徴候がここにある。藤原の〈物語〉は周到である。アジア放浪の旅から帰還して最初に住み着くことになった芝浦のアパートを下見に来た日の出来事を語っているのだが、この「野良犬」は明らかに予兆であり、導き手であるかのように登場し、語り手をして、「私は、なぜか、この無機的な匂いを放つ街が気に入った」（一四）と言わしめる結果を招き寄せる。ここにひとつの明確な〈物語〉に向かう意思を見てとることは容易であろう。まぎれもなく、私たち読者は「野良犬」の姿を垣間見ることによって開示されるひとつの〈物語〉世界に参入したのである。犬をめぐる〈物語〉である。

すでに知られているように、その後、写真週刊誌『F』での連作が開始されるが、その六回目にいたって、「東京漂流　連作六」の掲載をめぐるスキャンダルの渦中に足を踏み込むことになる。

一面的には「コマーシャリズム批判の禁忌《タブー》」（三八三）に抵触したためと藤原は記しているが、もちろん、彼自身はそれを確信犯的な「思想広告」（三八二）と称していることを忘れてはならない。「幻街道・シルクロード――ヒト食えば、鐘が鳴るなり法隆寺」と題されたこの作品において藤原は、インドでみずからが撮影した「犬、ヒト食らう」写真を掲載したのである。その結果起こった「犬、ヒト食らう」〈物語〉をめぐるいささかスキャンダラスな出来事についてこう述懐している。

> 私はかねてより、こういったコマーシャル的環境の中に、あの「ヒト食らう犬」を放してみるとどうなるかという、いくぶん過激な遊び心を持っていた。（三七二、傍点引用者）

これとほぼ同趣旨の発言は、数頁手前でも次のように披瀝されている。

> この「犬、ヒト食らう」といったような写真は、自己破壊に向かう時代の推移の中でその健全を保つための益菌として、私にとって捨て難い一つの事実になってきている。私はイン

ドで、せっかくこのような事実を見せていただいたのだから、それを〝写真作品〟などというつまらない場所に閉じ込めず、この犬を時には私たちの社会の中で放し飼いにして、ほうぼうで何かに噛みつかせてみたいと思っている。

（三六六、傍点引用者）

ここまでたどれば、冒頭部の「野良犬」の登場から、「犬、ヒト食らう」の写真に到るプロット展開に、〈犬〉の隠喩が周到に配されていることが見てとれるだろう。「犬、ヒト食らう」の写真そのものが、「私たちの社会」に放し飼いされた〈犬〉にほかならなかったのである。こうして、同時代ニッポン批判の激しい筆致の裏側で、〈犬〉をめぐる物語の伏線が着々と張りめぐらされ、ある種の寓意性を帯び始めることとなる。

たとえば、『F』誌上で、「犬、ヒト食らう」の前に掲載された「東京最後の野犬　有明フェリータの死について」をめぐって、編集者との間で交わされた次のような会話が記録されている。

「私は個人的には、あの犬の話が一番好きだった。あなたは、あの時、犬と一心同体になっていた」

「当たり前ですよ、ぼくは犬ですから」

私は半分冗談まじりに言った。

「そうかも知れない」

T氏は酔った勢いでそれを肯定した。　　　　（四一八、傍点引用者）

こうして、〈自然〉と〈原アジア〉は、『東京漂流』中最後の物語、「有明フェリータ」をめぐる〈物語〉に向かって見事な収斂と完結を見せ始める。いうまでもなく、「有明フェリータ」という「東京最後の野犬」は〈自然〉と〈原アジア〉を内包する最後の〈野性〉の表象であり、ほかならぬ藤原自身がその〈野性〉にむけて自己同一化を図っているのだ。(6)〈野犬〉をめぐる物語が〈東京〉に象徴される八〇年代ニッポンにむけて放たれた〈外部〉性の表象であるとすれば、「有明フェリータ」をめぐる〈野性〉の表象こそは、それまでのすべての記述を背負う圧倒的な〈物語〉として語られねばならない。

「東京最後の野犬　有明フェリータの死について」と題されたエッセイは、タイトルどおり、東京に生き残っていた「野犬」「野生の犬」（四一八）の死をめぐる〈物語〉である。「野犬」とは、いわゆる野良犬あるいは「放浪犬」（四一九）と呼ばれるものとは異なり、「生まれ落ちてから、一度も人の手に触れていない純粋に野生育ちの犬のこと」（四一九）を指すという。「動物管理事務所」の職員によれば、「東京に一カ所だけ、それも数匹野犬が生き残っている」（四二八）という。その場所とは、「東京湾の埋立て地のちょうど大井埠頭と夢の島の間」の一〇号埋立て地。この場所自体が、首都東京から排出されたゴミと残土の堆積によってできあがったいわば制外の地であり、疎外態としての〈外部〉と呼ぶべき場所に違いない。この場所こそ、『東京漂流』において藤原がくりかえし語る「汚物・異物」を排除し、「滅菌浄化」(二六九)をめざしてやまない社会が必然的に産み落とした世界に違いない。そこに奇しくも「野生の犬」が生存しているというのだ。この事実を知った藤原は、次のようにその意味を記している。

放浪犬さえ出くわすことが困難になった今日の東京で、こういう人の手垢に染まらない神聖なるものが存在しているとすると、これはアニミズム的なる驚きである。しかし、我々近代人はこのようなアニミズムは邪宗として信仰しない。クリスタル文化はアニミズム(精霊信仰)を駆逐するのだ。

(四一九、傍点原著者)

「アニミズム的なる驚き」とは何とも率直な発言だが、同時に少年期の「家」の崩壊を描出した藤原の筆致そのものがきわめてアニミスティックであったことをここで想起しておくのも無駄ではないだろう。いずれにせよ、そのような驚きをもたらした「東京最後の野犬　有明フェリータ」は、「野犬駆除」用に仕掛けられた「特効薬ストリキニーネ」を混入された肉団子によってあえなく死を迎える。「ストリキニーネ」を肉にまぶして毒殺する方法は、明治初期にエゾオオカミを駆除するために採用された方法そのままである。[7] かくして、「東京湾に浮かぶ夜の帝国」(四四〇)、すなわち夜行性の犬たちの野生の世界は潰え去ったのだ。一匹の野犬の死は、明治以降この国が目標としてきた〈近代〉の極限を表象する出来事として語られている。『東京漂流』

というエッセイ作品の潜勢的な衝撃力は、「野良犬」との遭遇に始まって「最後の野犬」との遭遇に到る〈物語〉としての牽引力に負うところが少なくないことが分かるだろう。

Ⅳ 山犬の系譜

〈犬〉、〈野犬〉をめぐる藤原の物語化は、次の作品『乳の海』(一九八六年)にも色濃く引き継がれ、かつさらに大きな展開を見せる。私自身、かつてこの作品について次のような指摘をしたことがある。

一九七〇年代から八〇年代への時代変移(時代の「声変わり」)の象徴的指標として山口百恵と松田聖子を抽出し、柔らかくしかし確実に拘束され、閉塞してゆくニッポンの精神状況を、強烈な危機意識とともに語ったこの書物が、じつは「山犬の物語」でもあったことを私たちは忘れがちだ。そしてこのような〈動物遭遇譚〉が、しばしば〈他界〉をめぐる物語であることも。

(「自然/風景をめぐる断章――ネイチャーライティングの方へ」、『交感と表象』、一八七)

『東京漂流』の続編ともいうべき『乳の海』は、時代状況と時代精神への激越な批判という点でも、採り上げられる素材の類似性という点においても極端に大きな差異はない。差異があるとすれば、まず第一に、選び出された場所が〈東京〉ではなく、むしろ地方に拡大していること、第二に、ことさら事件性の高い題材が選ばれた『東京漂流』と較べて、はるかに日常化された自閉性、〈外部〉不在に着目していることくらいだろうか。[8] そして、この作品においても注目すべきは、〈犬〉をめぐる物語の継続である。興味深いことに、〈犬〉の表象は、『東京漂流』における「野良犬」、「野犬」から、『乳の海』では「山犬」へと変化し、〈野生〉の度合いを深化させている。

本書中、最初の物語というべきエッセイは「風の犬」と題されている。書き手は、山梨県の山中の橋の上で、一匹の母犬と四匹の子犬の一家に出会う。動物遭遇譚の装いである。犬たちは「家族が一丸となって精いっぱい橋を渡り抜けようとしていた」。そして、「私は彼らに触れてみたい気分になっていた」。しかしながら、「橋の上を、お互いが渡りながら約三〇メートルの距離まで近づいた時」、母犬は人間の存在に気づいて「静止」し、その緊張が「子犬たち」に伝わる。「お互いが橋の両方で立ち止まったまま、数秒間が過ぎた」。

そののち、母犬はじつに思いがけない行動に出る。相貌が一変し、不意にダッシュしはじめたのだ。母犬は眼光鋭い目であえて接近してくる。「彼女のダッシュは私の五メートル手前まで来ると、力を増し全速になった」という。そして、いまにも飛びかかろうとする寸前、しかし、「犬は激しくダッシュしながら私に触れるか触れないかの危うい距離を保ちつつ、私の傍らを擦り抜けた」というのだ。まるで風のように。

しかも、そうして作者のかたわらを擦り抜けた母犬は、そのまま目を惹きつけ続けるかのように「淡々と」走り続けた。その行動は、子犬から可能な限り人間の関心を引き離すためだった。藤原はそのような行動を、鳥が見せる「偽傷」に似せて、「偽走」と名づける。子犬から二〇〇メートル、いやすでに四〇〇メートルも離れても、母犬は「偽走」をやめない。作者は思う――「長い演技だ。長すぎる演技だ」。「まるでそれは現実であるかのような演技だ」。

> 「……あれははたして演技なのだろうか？」
> 一瞬、そのように思ってしまった。
> この瞬間、彼女は私に勝ったのかも知れない。彼女は完璧な演技をしつくした。子らとの間に、埋めつくしようのないほどの距離を私に見せつけるためにいくばくかの危険を冒して、私の思いを一瞬、ぐらつかせたのである。あるいは、その距離は母と子の辛辣にして一層慈愛に満ちた野性なるもののみが可能な距離であったのかも知れぬ。
> （『乳の海』五四―五五、傍点引用者）

そして、犬は消えた。

「風の犬」と題されたエッセイに登場するこの「山犬の母と子」（五八）の物語は、「野性なるもの」の物語として、以降、『乳の海』全体にわたって通奏低音を響かせることになる。たとえば、次章「青年とチワワ」というエッセイでは、いかにも八〇年代的に不可解な「人間の母子の場面」にペット犬チワワがからみ、母子関係の理解不能なあり方を照射する役割をはたす。そしてさらに三番目のエッセイ「朝のパルス・山犬の夜」へと引き継がれ、最後に筑波学園都市で出会った「義眼の犬」へと漂着する。とりわけ、第四番目の章、題して「朝のパルス・山犬の夜」では、〈山犬〉のモティーフがさらに明確な形姿を明らかにする。

緑深い谷間の村に滞在する藤原は、そこで歌をめぐる興味深いふたつの体験をする。ひとつは、早朝、夏休み中の子どもたちにラジオ体操の開始を告げる村内放送が流す音楽だった。その音楽とは、松田聖子の歌「時間の国のアリス」。藤原は、そのイエローボイスに思いがけず深い「感応」を味わう。その「全身の産毛を風のように優しく」撫でるような甘美な感応は、かつて滞在したタイ北部の麻薬栽培地帯「ゴールデントライアングル」の村で過ごした「阿片《オピウム》の時間」を想起させた（一〇八、一一五）。一方、「夕刻の闇が降りはじめる」午後六時ごろ、同じ谷間の村を訪れるもうひとつの声、「移動スーパー・バス」の発する、「なぜか山の頂にまで轟くような激しさで迫ってくる」「激しく、ときにはせつなく、ときには哀しみと憤りの色を」帯びた「怨歌」にも感応する（一二三）。「それは、もはや歌とか怨歌とかいうたぐいのものではなく、深山の夜気の迫る谷底に佇む私の臓腑に、ふと理解の域を超えて突き刺さりながら走り狂う、度し難い肉のバイブレーションであった」（一二五）と藤原は記している。

藤原は、こうして対照的な「感応」を刺戟された朝の歌と夕暮れの歌とを、それぞれ七〇年代と八〇年代の感性構造を分かつ山口百恵と松田聖子に対応させながら話を展開する（次章「イノセントランド行き・涙の連絡船」参照）。そこでは、『東京漂流』以来の図式、近代と前近代の対立が「イエローボイス」と「怨歌」というふたつの歌の形態に対応するものとして読み込まれてゆく。ただし、このような弁別そのものはさして重要ではない。問題は、「スーパー・バス」が鳴らす『怨歌』に「感応」する「私」とは別の、もうひとつの存在を彼が見いだしたことである。

その時、
ある別の「叫び」が谷に立ち昇った。

私の声ではなかった。

犬である。

犬が、その女の絶唱に共吠しはじめるのだ。

檻に入れられた犬どもが、歌い始める。犬の声は村のあちこちの檻の中に閉じ込められた猟犬の臓腑と臓腑とに共震しはじめる。そしてそれはやがて無数の咆哮によって絡み合うもう一つの絶唱の束となる。（一二五）

ここでもやはり〈犬〉をめぐる物語が浮上する。あたかも〈犬〉を召喚することで〈物語〉が達成されるかのように。そして、「夕刻の女の絶唱に呼応して」（一二六）啼いた村中の〈犬〉たちが、「山犬の血筋を持つものであること」が、数日後明らかになる。犬たちは「山犬の血統」（一二七）を引く猟犬であった。その〈山犬〉の末裔が「歌う」のは、「八〇年代前半期の偶像《アイドル》」松田聖子の声に向かってではない。「七〇年代」の「怨歌」に呼応してだ。山犬と怨歌――この呼応関係の発見は、作者藤原に、「怨歌」とはより自然的／野性的なのだとする特権的な価値賦与の機会を与えることになる。その結果、きわめて情緒的ともいうべき次のような「野性の血が求めるカタルシス」をめぐる意味づけに向かって藤原の言語は開かれることになる。

> そのとき、女の絶唱と絡み合いながら発せられる犬の吠声は、私には山から引き離され、檻に繋がれたがゆえに出口を失い、澱みのように滞って煩悶する野性の血が求めるカタルシスであるように聞かれた。あるいは、またそれは、およそいのちあるもののすべてが所有する、母体離脱の精神的外傷による、もっと根源的な集合的無意識への希求の声でもあるように聞かれた。そしてそれは、〈此処と彼方〉、〈わたしとあなた〉、〈此岸と彼岸〉、といった、遠く乖離し埋め尽くしようもない二つのものの間に開ける距離に引き合う希求と、叶えられないものに対する諦観と哀切の声として私の耳の鼓膜を震わせた。（一三四、傍点引用者）

この引用個所の直後、藤原は「犬の声の意味に近づくことができた」と言い、また同時に「女の絶唱の意味をより明確に知ることができた」と述べる（一三四―一三五）。ここで大変興味深い議論展開を藤原はしている。それについて少し考えてみたい。藤原は、「朝のパルス・山犬の夜」と「イノセントランド・涙の連絡船」というふたつの章を跨ぎながら、山犬の血統を引く犬たちが怨歌に反応したという事実について独自の解釈を施し、右の引用のようないってみれば〈野性喪失〉のドラマを読みとろうとする。が、その解釈過程にはいささかの混乱ないしは混濁が見られるといわねばならない。

この解釈の途中で藤原は一度こう述べている——「犬の行動に関しては観察によって理解することは可能だが、人間とはかけ離れた他の動物の心を読み取るのは難しい」。この発言にはネイチャーライティング研究でしばしば言及される擬人観（**anthropomorphism**）をめぐる問題意識が含まれているかに見える。自然の諸現象について、人間中心主義的解釈を脱しようとする発想である。しかし藤原は、山犬たちの怨歌への反応について答を差し出したのは、犬の側であったと言い、次のように言葉を続けてゆく。

つまり、ひと夏を過ごした草塩の日々、犬たちは、あの松田聖子や薬師丸ひろ子の朝の黄色い声にまったく反応を示さなかった。そして、犬たちはまるでその体内に、その女の声の周波数と響き合う共鳴板でも宿しているかのように、あの夕の女の絶唱におそろしく鋭敏に日々呼応したのだ。朝の声に対して反応を示さず、夕の声に対して反応を示したのは、時間帯の問題ではないかと疑う向きもあろうかと思うが、それは時間の問題ではない。なぜなら、イスラムでの「アザーン」の朗唱に呼応した犬の一件は早朝の出来事であるからだ。犬の遠吠えは時間には関係しない。犬は明らかに「歌」の、そして「声」の持つ内容に反応したのだと言える。犬は女の声に同調して、その女の声が意味するものと同種の感情を持ち、そしてそれを歌ったのだ、と私は思う。

（一三三―一三四、傍点引用者）

分析的に言うならば、引用個所のうち、第一文と第二文がとりわけ興味深い。第一文では「松田聖子や薬師丸ひろ子に反応を示さなかった」という事実が語られる。第二文では「あの夕の女の絶唱に反応した」という事実が語られ、これら二文の内容がきわめて対比的な関係にあるものとして提示される。いずれも、一応は「事実」が語られていると言ってよい。ただし、「山犬の反応」をめぐる藤原の分析あるいは答えを前にして、ふたつの対比的な事実ははたして均等に置かれているだろうかと問うならば、否と答えるほかないだろう。なぜなら、事実を提示するにしては、第二文が異様に主観的であるからだ。

一方が「反応を示さなかった」のであるならば、他方は「反応した」と語られれば事実関係の均衡はとれている。だが、じっさいには、後者について書き手は、「そして、犬たちはまるでその体内に、その女の声の周波数と響き合う共鳴板でも宿しているかのように、あの夕の女の絶唱におそろしく鋭敏に日々呼応したのだ」と、きわめてレトリカルな文章を提示している。「反応した」という事実を説明する部分に「かのように」という仮説的あるいは譬喩的な表現が挿入されるとき、事実関係の均衡は崩れる。いわば結論の先取りとなっている。「犬たち」の「体内」にそもそも「共鳴板」が存在するのか否かをこれから問わねばならない文章であるはずなのに、書き手はふたつの「反応」のうち後者に対してのみ予断を与えてしまっているのだ。

そうなれば、あとは引用部分後半に見られるように、「明らかに」とか「内容に反応した」とか「同種の感情を持ち」といったきわめてアンスロポモフィックな解釈のなかに入り込んでしまうほかないだろう。かくして、「動物の心を読みとるのは難しい」という発言が、その数行あとでたちまちにして否定されてしまうという、奇妙にねじれた言説のプロセスを露呈することになる。

語り手が「風の犬」を召喚し、「山犬の夜」を召喚した理由は明確だ。それは母が可愛がるチワワを憎悪する青年と、筑波学園都市で出会った「義眼の犬」と、松田聖子コンサートが表象する八〇年代ニッポンに向けられた状況分析——「ビッグ・マザーの巨大で貪欲な子宮に飲み込まれる危機を回避するために身に着けた贋の自己が、徐々に肥大化して今度は自己を飲み込みはじめる、という人間の人格面での最終段階、もしくは極自己陶酔の喜悦状況」——に呼応し、そこで失われたものを表象している。そこで失われたもの、失われつつあったもの——それを藤原は、「野性」と名づける。「山犬」が召喚される理由がここにある。そう、〈山犬〉こそ、藤原が八〇年代ニッポンを批評しきるための範型であり理念型にほかならない。もちろん、〈山犬〉とはニホンオオカミの別称にほかならず、この動物によってイメージ化される「失われた野性」とは、歴史的な問題でもあるだろう。怨歌がその「失われた野性」に対応するという事実(?)を藤原は次のように解説している。

その、失われた「何か」とは、たぶんそれはアニミズム民族の持っていたあの「外界」であろう。その古い形式の歌には、前近代から近代に至る都市の生成の過程で、自己の存在の根拠であり、またあたかも母と赤子の関係における母体でもあった外界から乖離しなければならなかった、アニミズム民族の煩悶と精神的外傷とが歌われているように思える。

(一三五)

このとき、藤原は彼のすべての論拠を明らかにしている。外部・外界としての〈自然〉、それをある種の絶対的規範とすることによって、藤原のラディカルな批評性は成立する。これをきわめてネイチャーライティング的な方法だと言わずして何と言えばいいだろう。藤原の時代分析の当否を問うつもりはない。「肉のバイブレーション」の向こうに、「肉の反乱」すなわち身体的なるものの反乱を見てとろうとする構図も食指が動くほどのものではない。議論の展開もその一端を垣間見たように、ときとして恣意的で過剰なレトリックが先行する感は否めない。しかしながら、そのような八〇年代ニッポンを批評対象とし、それに対する「肉の反乱」を表象として掬いとろうとするとき、〈山犬〉をめぐる物語が召喚されねばならないこと、これは見逃せないだろう。この激しくも痛切な八〇年代論は、その語りの構造的必然として「山犬」を求め、「山犬」の存在によってはじめて、その語りの意味に輪郭を与えたとさえ思われるからである。

山犬＝野性＝怨歌という連鎖は、少なくとも見かけほど単純な構図ではない。自然が召喚され、そこに〈驚異〉が読み込まれ、文化批判が遂行される。その手続きの全体がきわめてネイチャーライティング的であるからというだけではない。山犬／チワワ、山犬の母子／透君の母子関係、そして山口百恵／松田聖子へと連鎖する二項対立は、自然／反自然の二項対立へと暗黙のうちに自動変換され、藤原による七〇年代／八〇年代論の総括へと結論される。そこに否応なく山犬＝自然が立ち現れるという事態――それは外部・外界・〈異界〉が現実を照射するという意味で、ひとつの〈異界〉論でありえている。そこでは、〈異界〉が、ほとんど最後の準拠枠として山犬、つまり、なかば野生の犬であることを強いられている。このような語りの要請は、ちょうど宮崎駿監督『もののけ姫』（一九九七年）が、野性と原自然（wilderness）の形象化を、巨大な山犬とシシ神の森のかたちで強いられたのと相同的に、〈自然〉というイデアが依然として、私たちの〈異界〉論を規定しているという意外にも古典的な事態を示してもいる。

V　おわりに

藤原新也による八〇年代批判論としての『東京漂流』と『乳の海』は、自然＝原アジアを基底に据えた現代社会論・日本社会変容論である。そしてその批判的基軸はいわば段階的に、野良犬

↓野犬↓山犬へと表象を転移させ、「野性の血」を遡行しながら、〈野生〉化のプロセスをたどる一個の〈物語〉を形成している。そして、いわばその倒立像として現出するのは、〈自然〉を抑圧してやまない八〇年代ニッポンの「事象」群である。こうして、藤原は〈自然〉を媒介とすることによって、二〇世紀末ニッポンの〈現代〉という時空間を対象化することに成功したのである。ネイチャーライティング論の観点から重要だと思われるのは、こうした日本社会（変容）論を批評的に語る準拠枠としてこの作家が〈山犬〉の表象を召喚したという事実である。

インドで目撃された人間の死骸を食べる野生犬、夢の島に住み着いて毒殺された野犬「有明フェリータ」、そして野生の叡智と俊敏を引き継ぐ〈山犬〉の系譜に連なる犬たち。これらはいずれも八〇年代ニッポン社会が失いつつあった〈自然〉性を対照的に、かつノスタルジックに浮き立たせる表象的装置として、藤原作品の中でその〈野性〉を演じている。一見すると脇役的でありながらも、そのじつこれら〈山犬〉の系譜をめぐる物語は、反自然を照射する原自然、現世に対する〈異界〉として、そして周到な〈物語〉化の主役として大きな役割を担っているのだ。

ところで、〈山犬〉とは何か。辞書によれば、それは日本産のオオカミの別称であった。日本列島では、北海道に大型のエゾオオカミ、本州、四国、九州では小型のニホンオオカミ（↓ヤマイヌ）がいたが、前者は一九〇〇年ごろ、後者は一九〇五年を最後に絶滅したといわれている。一九八〇年代の藤原新也がなぜ〈山犬〉の表象を喚起し、そののち、一九九〇年代のアニメ『もののけ姫』がなぜ〈山犬〉とそれに育てられた人の子「もののけ姫」の表象を喚起しなければならなかったのか。野性＝自然の表象としての〈山犬〉の系譜は、さらに今後検討すべきいくつかの課題をもたらすに違いない。その課題のいくつかを羅列的に提示して、この稿を閉じることとしたい。

1　山犬＝ニホンオオカミをめぐる文学は、この動物をいかなる表象を以て描いているか。犬／山犬をめぐる藤原の作品は、絶滅したオオカミの歴史をかならずしも内包してはいない。それは〈山犬〉がたんなるレトリックに過ぎないためだろうか。それにしてもなぜ二〇世紀末の東京に藤原は〈山犬〉を召喚したのか。（キングコングを呼び込むニューヨーク、ゴジラを呼び込む東京と異なるものがあるだろうか。）このアナクロニズムにはどのような意味があるのだろうか。それとも、これをアナクロニズムと一蹴しえない何かが読者の側にあるのだろうか。現在、オオカミをきわめてアンソロポモフィックなレトリックとして利用する文学作品は少なくないが、ネイチャーライティングというジャンルはそのような不可避的ともいうべき趨勢にどう立ち向かえるのであろうか。

2　譬喩（トロープ）としての動物は、現在そして今後どのような力を持ちうるか。

今福　〔……〕たぶん動物というものはトロープなんじゃないかということです。動物じたいが人間にとってなによりも比喩として存在している。言語もそこからでてきたんじゃないか。そのときどきの人間の自己表現、文化表現において、動物との関係性のなかで「比喩」というものが生まれたのではないか。

（今福・多木『知のケーススタディ』、二一七）

この今福龍太のコメントは、ジョン・バージャーの「なぜ動物を観るのか」を踏まえたものだが、たとえばポール・シェパードの「動物他者論」ともいうべき浩瀚な研究とともに、あるいはレヴィ＝ストロースの「野生の思考」とともに、表象論の中心的な課題となるだろう。ジョン・バージャーを読み直した上で、この問題の深化を図る必要がある。

3　近・現代文学における〈野性〉の表象はどのような機能を果たしているか。

もはや〈野性〉はレトリックに過ぎないのか。それにしても粗雑なレトリックではないのか。もはや実在しない動物が喚起されるとするならば。ネイチャーライティングはこの虚構性にどう立ち向かうのか。藤原新也は現代における〈野性〉の問題を内面化したといえる。「デカルトは人間と動物の関係に示されている二元論を、人間の内部にあるものとして内面化した」とバージャーは指摘する。内面の獣性、二重人格的物語、人狼――近代が紡ぎ出した物語群。それは「自らの無垢を、動物の野性の無垢と重ね合わせるような関係を自分の内部につくってしまう」（今福）行為となる。〈野性〉のレトリックそのものが根源的な〈近代性〉を孕むという事態を再検討する必要がある。

4 〈山中異界譚〉の近代性と有効性

藤原新也の『乳の海』はいわゆる〈山中異界譚〉の形態を色濃く帯びている。大久保喬樹によれば、〈山中異界譚〉は江戸文学の規範化・様式化された自然イメージを脱却する過程で、里に対する〈山〉を仮構的に表象したものという。それは柳田国男や泉鏡花に見られるように、一見古典的かつ土俗的な形姿を帯びているが、そのじつ〈野生〉としての自然というきわめて近代的(西欧ロマン主義的)なトポスとして機能している。(民俗学的な視点そのものが近代そのものである。)〈山犬〉とはまさしくそのような表象にほかならない。「定住農耕という文明の場である里を取り囲んでそれ以前の野生の世界である山が広がる、その山は里の論理を超えた、里の論理を無効とする別次元の力によって支配されている」(大久保『森羅変容』、七二)。この構図がきわめて近代文学的な構図であり、藤原の作品の規矩として働いているものと相同的であるとすれば、今後現代文学におけるこの構図の有効性を検討する必要があるだろう。

3　自然／野生の詩学――星野道夫＋藤原新也

動物の周縁化の最終結果がここにある。人間社会の発達に決定的役割を果たし、一世紀弱前まで、常にすべての人間が共に生きた、動物と人間との間に交わされた視線が失われつつある。動物を見ている来園者、視線を相手から返されることのない人間は孤独である。それは最終的に群れとして孤立していく種なのだろう。

動物園が記念碑となる。この歴史的な喪失は資本主義文化によっては購うことはできない。

（ジョン・バージャー「なぜ動物を観るのか」『見るということ』）

I

写真を見るとは切りとられた光景を見ることだ。それは、いいかえれば、写しとられた光景の外側に潜む沈黙を顕在化することでもある。写真とはそのような媒体なのではないか。しょせんその程度のものにすぎないと言いたいのではない。その逆だ。写真によって切りとられた瞬間、世界という名の一個の茫漠とした連続体は、フレームの内側を確定すると同時に、その外側を排除された黙せる空間として秘かに定義する。その分割と切断の輝き、あるいはそこに生起する差異化された意味の運動――定着された画像とはそのような事態、すなわち世界が分断され、分節化される瞬間の鮮烈きわまりない残像を指示しているのではないか。

たとえば跳躍して獲物の後頭部と咽頭部を見事にくわえこんだ瞬間の豹の見事なクローズアップの画像があるとする。その画面それじたいが目を奪うほどの意味によって充溢していることはたしかだ。人は豹が獲物を襲う瞬間を目撃することはきわめてまれだし、それゆえにそのような鮮烈な瞬間を定着した画像に魅入られる。しかし、その切りとられた画像の外になにがあるかは知る由もない。間違いないことはそこにもまた世界があるということだ。たとえば、草原があり、遠い雪をいただく山巓が控え、数本の木立があり、数頭の草食獣がたたずむ、そんな風景が広がっているとする。写真とは切りとり、内部を虚構する行為すなわちフレーミングであり、写真家がそのことに自覚的であるならば、排除すなわち画像から消去された沈黙＝不在の空間、その存在にかれは戦慄するだろう。それとも、切りとられた画像空間のみがかれにとっての世界となるのだろうか。

いずれにせよ、問いは次のようなかたちをとる。写真家が戦慄するとすればそれはなにゆえにか。そんな問いを私に誘発するふたりの写真家、それが星野道夫と藤原新也だ。星野と藤原の写真は一見しただけでもあまりにも異なっている。静謐で清潔なアラスカや極地の自然風景を撮る星野と、「人間的な、あまりに人間的な」世界を撮る藤原。一方は大自然、他方はほとんど人事。被写体そのものが違う。そして、被写体を選別するその視線の個性も違う。したがって、このふたりの写真家／作家を同列に並べて議論することはある意味でとても困難だ。いずれも写真家としてだけでなく作家としてもきわめて有能だが、その文体もまた互いに相容れないと思えるほど異質である。それはほぼ写真の差異に対応しているかのようだ。私がこの相互にきわめて異質な写真家／作家を並べてみたい誘惑を禁じえないとすれば、それはその本質的な異質性にこそある。同列に論じえないほど共通性を欠くがゆえに、その差異をどうにも避けがたく考えてしまうのだ。なぜこれほどまでにこのふたりは異なるのか、と。

ただし、じつはこのふたりに共通する点がふたつある。まず第一は、ともに国外への〈旅〉に基づく作品が多いという事実である。一方はアラスカ、他方はアジア。そこにそれぞれの写真家／作家が起点とし、また回帰すべき場所が置かれている。その意味では、ふたりとも「国際的な」視点を特徴としている。「国際的な」視点というのが近代ニッポンにあっては半亡命者的な視点であるとすれば、そのような点においても共通性があるといえるだろう。第二に、かなり思いがけない共通性だが、ふたりとも〈自然〉を語り、〈野生〉を語った作家たちである。星野の場合であれば、〈自然〉にせよ〈野生〉にせよ、これらが頻出する語彙だということは多くの人が認めるだろう。かれはまぎれもなく極北の地を題材とする〈自然写真家〉であるからだ。しかし、藤原新也の場合はどうか。かれは〈自然写真家〉などでは断じてありえない。にもかかわらず、じつは藤原新也ほど〈自然〉と〈野生〉という語彙に依拠する写真家は少ないという事実を私たちは知っておく必要があるだろう。そして、はからずも共通して、このふたりの写真家が飽くことなく語る、これらふたつの語彙の周辺に、このふたりの根源的な差異と思いがけない同一性が見いだされるのではないだろうか。

II

端的にいって、星野道夫は自然をどのような存在として理解していたのだろうか。この問いに答えるには、その写真作品とエッセイを総体としてたどり直す作業を要求されるが、ここでは星野の言葉を手がかりとしてこの課題の検討を試みたい。星野は一九九九年に刊行された遺稿集『長い旅の途上』に収められた短篇エッセイ「極北の放浪者」(初出、『マザー・ネイチャーズ』、一九九〇年春号)に次のような二行を記している。

私は、厳しい自然条件の中でひたむきに生きようとする、アラスカの生命の様が好きである。それは、強さと脆さを秘めた、緊張感のある自然なのだ。[1]　(四：二九〇)

この質朴な二行に出会った時、それまでに読んできたいかなる言葉にも増して、星野道夫という作家にとってのアラスカと自然の意味が要約的に説明されていると思った。先に発した問いは、「星野は自然をどのような存在として理解していたのだろうか」であったが、星野のこの二文は私の問いがかならずしも的確ではなかったことを示している。なによりもかれを魅了したのは〈アラスカ〉であって、抽象的な意味の〈自然〉ではないことが分かるからだ。そして、〈自然〉

という概念と〈アラスカ〉という概念、そのどちらを選ぶかはきわめて大きな意味を有しているだろう。星野の前にあったのは〈アラスカ〉という固有名詞の場所であり、その場所を条件づけているのが「厳しい」「強さと弱さを秘めた、緊張感のある」〈自然〉にすぎないということだ。

池澤夏樹は『旅をした人――星野道夫の生と死』において、星野道夫は「動物写真家か」という問いを発している。その答はかぎりなく否に近い。星野は抽象的、概念的な〈自然〉にむかっていたわけではない。具体的な〈アラスカ〉という条件づけられた固有の世界にむかっていたからだ。最初期の作品『アラスカ――光と風』（一九八六年）から、『アラスカ――風のような物語』（一九九一年）、『イニュニック〔生命〕――アラスカの原野を旅する』（一九九三年）、『森と氷河と鯨――ワタリガラスの伝説を求めて』（一九九六年）、『ノーザンライツ』（一九九七年）へと時系列でたどり直してみればすぐに分かることだが、後期の作品になればなるほどアラスカの自然それ自身よりも、そこで生きる人物群像についての語りが増えてくる。それは〈アラスカ〉を構成するものが、自然、風景、野生動物だけではなく、そこで生き暮らす人間たちでもあるという事実の発見と累積があったからだ。

たしかに星野は野生動物に魅せられている。たとえば、アラスカの大地を横断するカリブーは、なかでもかれにとって魅力的な動物だったと思われる。その理由をかれは次のように書いている。

カリブーは、そこに生きる人の暮らしも含めた、極北の生態系の核のような気がする。一千キロにも及ぶ長い旅を繰り返しながら、北極圏をさまようカリブー。そして、その狩猟生活に関わる内陸エスキモーやインディアンの人々。

ある初夏の日、数万頭のカリブーがベースキャンプに現れた時のことを覚えている。まったく起伏のないツンドラで、群れの全体を撮ることは難しかった。私はとうとうカメラを投げ出し、このシーンを記憶に残しておこうと思った。やがて私は巨大なカリブーの群れに包まれてゆき、数万頭のひづめが奏でる音に、じっと耳を傾けていた。（四：二九一―二九二）

ここでも（いや、いつでも）星野の言葉は一見質朴だ。しかし、たとえば最初の三文などは、おそらくきわめて明晰に整理された措辞だ。そこには星野の歴史がある。一九七三年以来、アラスカをさまよい続けたかれの二〇年にもわたる「極北の放浪者」としての結語がここにあるのだ。「カリブーは、そこに生きる人の暮らしも含めた、極北の生態系の核のような気がする」――ここにエッセンスがある。「極北の生態系」はただの大自然ではない。アラスカという土地を生きるカリブーという大型生物と「そこに生きる人の暮らしを含めた」大自然なのだ。このことを星野は二〇年以上にわたって考え続けていたといってよい。それがかれの〈アラスカ〉なのであって、そこは「内陸エスキモーやインディアンの人々」の「暮らし」の世界でもあったのだ。この発見について、一九八六年の『アラスカ　光と風』において、星野は「新しい旅」と題して次のように記している。

ぼくは少しずつ新しい旅を始めていた。壮大なアラスカ北極圏に魅かれ、ずっとカリブーを追い続けてきた自分の旅に、ひとつの終止符を打とうとしていた。

未踏の大自然……そう信じてきたこの土地の広がりが今は違って見えた。ひっそりと消えてゆこうとする人々を追いかけ、少し立ち止まってふり向いてもらい、その声に耳を傾けていると、風景はこれまでとは違う何かを語りだそうとしていることが感じられるようになった。人間が足を踏みいれたことがないと畏敬をもって見おろしていた原野は、じつはたくさんの人々が通りすぎ、さまざまな物語に満ちていた。

新しい旅とは、今、目の前のベッドで眠るハメルの心の中にはいってゆくことだった。老人の精神の中のカリブーへ向かっての、けっして到達しえない旅である。その旅の中で新しい風景が見えてくるのだろうか。

（一：一七九）

東部アラスカ北極圏の原野に生きるインディアン部族、グッチン族はツンドラを季節的に大移動するカリブーの大群に依存して生きる狩猟民だった。その古老ハメル・フランクの断片的な昔語りを聴いた星野は、「未踏の大自然」が人のいない原野（ウィルダネス）であるどころか、「たくさんの人々が通りすぎ、さまざまな物語に満ちていた」世界であったことを知り、静かな衝撃を受ける。その衝撃から星野の「新しい旅」、「老人の精神の中のカリブー」への旅が始まろうとしているのだ。ここから、たとえば『森と氷河と鯨――ワタリガラスの伝説を求めて』のような文化人類学的ともいうべき先住民をめぐる思念の世界が紡ぎ出され、同時にカリブーや鯨を狩る人々の熱狂と歓喜の饗宴をめぐる物語が紡ぎ出されてくる一方、この北極圏を襲うさまざまな近代化がもたらす深刻な打撃を綴るエッセイ群が書き記されることになるのだ。

ところで、さきほどの引用の後段について触れておきたい。移動する数万頭のカリブーに遭遇したときの話だ。このとき、星野はついに「カメラを投げ出し」、「巨大なカリブーの群れ」のなかに立ちつくし、そのシーンをカメラではなく「記憶」に定着しようとする。星野はここで写真家であることを抛擲し、カリブーの壮大な移動の様子を詳細に記述するわけでもなく、カリブーの群れのただなかで「数万頭のひづめが奏でる音に、じっと耳を傾けていた」とみずからについて記している。その姿勢には、写真家でも作家でもない星野道夫というひとりの人間の存在が鮮明に刻印されているというべきだろう。かれが遭遇しようとしているのは、むしろ画像や記述といったフレームをはみ出したところに存在するなにものかだといってもいい。

III

アサバスカンインディアン最後のシャーマンのキャサリン・アトラとのムース狩りの川旅のあと、一年前に亡くなった村の長老ベシー・ヘンリーの「御霊送りの祝宴」、ポトラッチに参加した星野は、その様子を次のように記している。

人々は食べ、踊り、死者を語った。小屋の中は熱気に満ち、死者への悲しみは不思議な明るさへと昇華されてゆく。

生きる者と死す者。有機物と無機物。その境とは一体どこにあるのだろう。目の前のスープをすすれば、極北の森に生きたムースの体は、ゆっくり僕の中にしみこんでゆく。その時、僕はムースになる。そして、ムースは人になる。次第に興奮のるつぼと化してゆく踊りを見つめながら、村人の営みを取りかこむ、原野の広がりを思っていた。　（二・七四）

ムースを食し、ムースのからだが人の内部に浸透し、人はムースになり、ムースは人になるという。〈食〉がそのまま交感であるような狩猟民の世界がそこにはある。星野が愛読したリチャード・ネルソンが、『内なる島——ワタリガラスの贈りもの』（一九八九年）において息子イーサンを「鹿の贈りもので育った少年」と呼んだことが思い出される。そして、そのような「興奮のるつぼと化した」饗宴の背後に、星野は「村人の営みを取りかこむ、原野の広がり」をとらえている。それこそがかれが見いだした〈アラスカ〉なのだ。

星野道夫は「村人の営み」と「原野の広がり」が織り上げる「極北の生態系」に魅了された作家なのだ。そのような瞬間をとらえるとき、かれはもはや写真家でも作家でさえもない。画像も記述も到達しえない「ある目に見えない広がり」をとらえることのできるひとりの特異な存在になっていたとしかいいようがないのだ。オオカミとの遭遇を記述した次のような文章もまたまぎれもない星野道夫であろう。

地平線から一頭の黒いオオカミが姿を現し、残雪の中を真すぐこちらに向かっていた。春の訪れとともにやってくるカリブーの群れを捜しているのだろうか。ぼくが気付くのとオオカミが気付くのがほとんど同時だった。まだ点のような距離なのに、オオカミは立ち止まり、ひるがえるように消えていった。それでよかった。写真など撮れなくてもよかった。一頭のオオカミと共有した閃光のような一瞬は、叫びだしたいような体験だった。オオカミが今なお生き続けてゆくための、その背後にある目に見えない広がりを思った。

何でもない流木にかけられた一羽のベニヒワの巣、原野を影のように横切るオオカミ、それは荒涼とした世界に突然意味を与え、ひとつの完成された世界を見せていた。(二：三八)

ここにもまた、「写真など撮れなくともよかった」という述懐がある。「オオカミが今なお生き続けてゆくための、その背後にある目に見えない広がり」こそ、〈アラスカ〉であり、カリブーが生き、鯨が生き、マイナス五〇度の寒気のなかで一羽のコガラが生き、クマの親子が生き、そして先住の民と新来の民が生きる世界なのだ。星野道夫は写真のフレームには収まりきらない世界を見ていた。それは一瞬の画像のなかに凍結された〈時間〉の背後にある「目に見えない広がり」、すなわち〈歴史〉のざわめきではなかったか。それを〈歴史〉として想像する能力をもった星野の〈アラスカ〉をめぐる仕事は、『極北の夢』（一九八六年）を書いたバリー・ロペスや『内なる島』を書いたリチャード・ネルソンと同様、北極圏をめぐるネイチャーライティングの系譜に属している。

現代ネイチャーライティングの古典と目される『極北の夢』において、北極をめぐるヨーロッパ人の欲望と想像力の世界を追いかけたアメリカの作家バリー・ロペスは、空間（space）と場所（place）の弁別を提起する地理学者イーフー・トゥアンに拠りながら、サピア゠ウォーフのいわゆる言語相対論、すなわち言語が現実を規定し構造化するという考え方を批判し、次のように述べている。

> ウォーフにとって言語とは人間の精神の創造物であり、それが現実に投影されたものであった。言語とは人間が風景にあてがったものにすぎないのだ。土地は人間の想像力を容れる器にすぎないかのようだ。この考え方にはおそらく二つ誤りがあると思う。第一に風景は死せる存在ではない。それは生きている。それゆえに風景は、その風景に起源をもたない、人間があてがったにすぎない言語的現実に対立する。第二に、言語は人間が土地にあてがったものではない。それは人間が土地と交わした対話によって進化する。
>
> （Lopez, 277-278）

星野道夫が〈アラスカ〉の〈歴史〉として把握しようとしていたものとは、このような「人間が土地と交わした対話」の累積過程であり、その結果としての世界であり風景であった。そしてそこにかれが見いだした「村人の営みを取りかこむ、原野の広がり」あるいは「オオカミが今なお生き続けてゆくための、その背後にある目に見えない広がり」とは、バリー・ロペスのいう次のような〈場所の感覚〉(sense of place)の世界だったのではないだろうか。

ある文化がもっとも大切にしている場所は、かならずしも人間の目に見える場所、ここと指さすことのできる場所とはかぎらない。それは演劇や物語や歌や舞踊によって見えてくる場所だ。しかし、土地のなかのこのような「見えない」ものこそが、たんなる空虚な空間を〈場所〉に変えてしまうものなのだ。(Lopez, 278)

まさしく、星野の〈アラスカ〉とはそのような「見えない」ものに支えられた〈場所〉であって、けっして「空虚な空間」などではなかった。その土地の〈場所の感覚〉をこそかれは深く、時間を遡りながら把握しようと努めていたのだ。なぜか。次のようなささやかなコメントのなかにその理由は語られているのではないか。ウイローとは、星野の友人、アラスカに移り住んだ白人家族の第二世代の娘である。

ロッジの近くをカリブーの群れが通り過ぎていくのを眺めて、観光客たちは何て美しいんだろうと思い、ウイローは銃に弾を込めて撃ちたいなと思う。「だって秋のカリブーは本当においしそうなんだから」彼女ほどアラスカの自然が好きで、それを必要としている人は多くはいないないかもしれない。

（五：二八七）

これはたんなる文化的ゲシュタルトの範例などではない。「人間が土地と交わした対話」すなわち〈歴史〉性を背負い込んだ〈場所の感覚〉の表明なのだ。星野の〈アラスカ〉とはまさしくこのような場所であった。いいかえれば、星野道夫という写真家はじつは〈アラスカ〉を支える「見えないもの」をその表現世界で追い続けていたのである。その究極の風景が言語化されるとき、それはたとえば次のような記述として残されるのであろう。

ふと、あるトーテムポールの前に来て、立ち尽くしてしまった。そのてっぺんから、トウヒの大木が天空に向かって伸びているのだ。かつてハイダ族は、トーテムポールの上をくり抜いて死んだ人間を葬っていた。目の前に立つトーテムポールがそれだった。遠い昔、トーテムポールの上に落ちた幸運な種子が、人の体の栄養を吸いながら根づき、長い歳月の中で成長していったのだろう。

村を見守るかのようなハクトウワシ、クマの両手に抱かれた人間の子ども、ワタリガラス、オオカミ……すっかり風化し、消えかけようとするそれらの模様には、自然との関わりに生かされてきた人々の祈りがこめられていた。それが、ぼくが見たかったトーテムポールだった。

（二‥九三―九四）

ここに星野におけるアニミスティックな境地ともいうべきものが言語化されている。「自然との関わりに生かされてきた」ハイダ族、その「関わり」の深さを表象するトーテムポール、そのてっぺんから「人の体の栄養を吸いながら」根づき、成長したトウヒの大木。この循環的関係のなかに「極北の生態系」が刻印されている。

Ⅳ

星野道夫については、なかなか解くことのできない、しかしずっと心に懸かっている謎がある。それはかれがほとんど日本について言及することがないという事実の不可思議だ。この疑問はとりわけ、もうひとりの写真家／作家、藤原新也との対比において生じる疑問にほかならない。『東京漂流』（一九八三年）の藤原は、いわばアジアと自然というふたつの準拠枠にしたがって、八〇年代日本社会を激烈に批判した。「東京最後の野犬　有明フェリータ」をモティーフとして、自然／野生が徹底的に周縁化される時代、あるいは「六〇年代以降の（日本）社会がなぜ、人間を管理し、汚物異物や前近代的な人間の生活を排除していったのか」（括弧内筆者）を問いつめてゆくその筆致には、八〇年代ニッポンを徹底して〈外部〉からの視線、つまりは「自然」と「原アジア」によって射抜こうとする強いまなざしが存在した。

「ヒト食らう犬」の姿を目撃したかれのアジア体験が、外部的かつ自然／野性的なるものの表徴を楯として、内閉的・排他的循環システムとしての〈東京〉を撃つ根拠をもたらしたのである。激しい集中豪雨が東京を襲った一九八一年七月二二日を「自然《かみ》の日」と名づけ、野良犬に導かれるように芝浦に居を定め、少年期の一九六〇年に破壊された生家を「巨大な老象」のイメージで語り、「犬、ヒト食らう」の図を以てコマーシャリズムとの衝突を招来し、最後に東京湾の埋立地を徘徊し毒殺された「有明フェリータ」によって巻を閉じる『東京漂流』は、自然／野生の見えない反乱と圧殺の物語であり、まぎれもなく近代ニッポン批判の書として異彩を放っている（続篇『乳の海』［一九八六年］もまた、「山犬」をモティーフとする自然／野生の物語である(2)。

では、星野道夫は藤原新也と同じ行程をなぜ歩まなかったのか。ほとんど同じ近代ニッポン批判の枠組みを獲得していたはずの星野はなぜ沈黙し、もっぱら〈アラスカ〉のみを語ることができたのか。藤原の文体と写真作品が表出する過剰なまでのけれんをなぜ星野は表現しないのか。この問いはたんなる資質の問題に帰着するのかどうか。いまは、答を留保ほかないのだが、少なくともいえることは、星野の〈アラスカ〉は〈場所の感覚〉として深化されるほど具体的な経験世界であったのに対して、藤原の自然／野生をめぐる表象群はかなり抽象的な概念ではなかったか。よかれ悪しかれ、星野は〈アラスカ〉を生きようと決意し、藤原は〈東京〉を選んだ。絶対と相対の差異があるのかもしれない。

じっさい、星野がたどり着くべき場所は、日本にはなかったのかも知れない。その理由を考える場合も、藤原の〈アジア〉から〈東京〉への旅が対比的な視点を提供してくれる。一九五二年生まれの星野、一九四四年生まれの藤原。ふたりの間には八年の年齢差がある。この世代差は、ふたりをそれぞれ囲繞していた時代差、つまり六〇年代末と七〇年代末の差異でもある。いまは時代がどのような作用を及ぼしたかを測る術はないが、ひとつだけ手がかりがある。それは藤原が、かれの北九州の実家が「区画整理」によって破壊された一九六〇年の経験にきわめて強く固執しているという事実である。他方、星野の場合には、学生時代の友人の死がアラスカへの誘因であった可能性は残るものの、藤原の場合のように決定的な喪失経験が希薄だと思われる。藤原における一九六〇年の衝撃がいかに苛烈であったかは、以下の引用が明らかにしてくれる。そこにはみずから、「母胎としての前近代の破壊」と位置づけた衝撃の深さがある。

大きな家はまるで象のようにいなないた。

その巨大な象は、断末魔の苦悶の声を上げた。鳥がさえずるような声も聞こえた。犬の悲鳴も、豚のような鳴き声も聞こえた。猿の叫びと狐の淋しい声も聞こえ、鹿の遠鳴きが天に立ち昇った。鼠、家守、さまざまな虫の声が聞こえた。私は、きっとそれは家に宿っていた、さまざまな精霊の声に違いないと思った。

鉄の爪は容赦なく、それを何度も何度も突き刺した。
やがて「声」は途絶えた。巨大な老象は骨を解体され、焼かれ、運び去られた。むなしいサラ地が残った。ミキサー車がやってきた。車はドロドロの鉛色の液を吐き出し、「土」を密閉していった。

（『東京漂流』、四一―四二）

なによりも目を惹くのが「老象」に暗喩される家のイメージである。その断末魔の悲壮な姿は息苦しいほどである。しかも、「老象」の形象が誘因であるかのように、崩壊・解体される家から、次々に生き物たちの「声」が聞こえる。まるで「老象」の共生者たちであるかのように「声」を発する動物たち。この個所は通常の描写の域を超えている。それは〈幻景〉とでも呼ぶほかない、アニミスティックな幻想性とリアリティを表現している。

この衝撃から九年後の一九六九年、藤原は日本を離れアジアへの長い旅に出る。その旅の所産が『全東洋街道』（一九八一年）であり、その二年後に『東京漂流』が出版されることになる。おそらく藤原にとって、『東京漂流』を書くことは、一九六〇年を起点として続いた彼自身の長い旅の総括であり、日本への帰還の行為でもあったことだろう。この長い旅の背後にあった時代的特徴を、藤原は端的にこう整理してみせる――「六〇年代的母胎崩壊期と、七〇年代的管理化進行を経て、必然的に萌芽してきた八〇年代の日本」。そして、かれが旅した〈アジア〉とは同時にあのとき崩壊した「老象」そのものであった。そのことを藤原はたとえば、次のような文章で説明している。

〔……〕六〇年代以降の日本においては、単に多くの田畑、海浜、日本の家が崩壊したということ以上に、巨視的に眺めれば、日本と日本人が最後に保有していた「アジア」が崩壊したということでもある。

（『東京漂流』、六四―六五）

おそらく藤原にとっての旅と表現行為は、ここにその出発点と終着点を見いだしていた。一方、星野の場合、これに相当するような苛烈な場面を思い描くとすれば、すでに引用したハイダ族のトーテムポールをめぐる風景がそれに当たるだろう。もしこの対比が可能であるとすれば、このふたりの写真家／作家が探り当てようとしていた場所は決定的に異なっていたことになるだろう。星野は〈アラスカ〉という新世界にむけて旅立ったのであり、藤原はいわば「日本と日本人が最後に保有していた「アジア」」にむけて旅立ったのである。こうして二〇世紀末ニッポンは、異質な方向性を同時に内包しながらも、自然／野生を基軸として思考するふたりの稀有な表現者を獲得したのである。

近代ニッポンの八〇年代、九〇年代がきわめて真率なふたりのネイチャーライターを生んだという事実、そこに時代錯誤ともいうべき自然／野生の表象が鮮烈に造型されたという事実に、私たちはもう少し戦慄する必要があるかもしれない。自然とりわけ野生というロマン主義すれすれのコンセプトが、このふたりの写真家／作家を介して、現代文学のなかに秘かに息づき、そしてかれらの作品がけっして少なくない読者に支えられているという事実の意味はさらに検討の余地があると思われる。

4　環境コミュニケーション論・覚書——交感と世界化

Ⅰ　環境コミュニケーション論——二項から三項へ

環境コミュニケーション論は、アメリカでコミュニケーション学の一部もしくは周辺的な研究として始まって、現在に至っている。また、同時に筆者の専門領域である環境文学／エコクリティシズム系、つまり文学研究の分野でも間接的ではあるがコミュニケーション論的な視点でのアプローチが進められている。じつに興味深い符合であるが、アメリカのケネス・バーク協会（Kenneth Burke Society）が刊行する学会誌『K・B・ジャーナル』が、二〇〇六年春季号で「特集　エコクリティシズム」と題し、エコクリティシズムの先駆的存在としてケネス・バークを再検討している。これは「エコクリティシズム」という造語の発案者として環境文学研究の世界でも名高いウィリアム・ルーカート（William Rueckert）が、ケネス・バーク研究者でもあり、ケネス・バークのエコロジカルな問題への強い関心が、ルーカートの「文学とエコロジー——エコクリティシズムの試み」（"Literature and Ecology: An Experiment in Ecocriticism" 1978, reprinted in *The Ecocriticism Reader* p.107）というエコクリティシズムにとっての記念碑的論文に繋がったという視点から議論されているものである。つまり、文学批評としてのエコクリティシズムの成因の一部にケネス・バークのコミュニケーション学が刻印されていることを語ろうとする特集なのである。

もちろん、エコクリティシズムとコミュニケーション学がストレートに結合していると言いたいわけではないが、このあたりの影響関係については省みるべきものがあるだろう。また、同じく二〇〇六年、ロバート・コックス（Robert Cox）の『環境コミュニケーションと公共圏』（*Environmental Communication and the Public Sphere*）というかなり整理された環境コミュニケーション論の入門的研究書が刊行されている。コックスはコミュニケーション学者であり、またシエラ・クラブの会長を務めたという人物であるが、そこでは次のような基本的図式が提示されている。

この図式が提示している内容を以下、箇条書き的にまとめてみる。

（1）コミュニケーションを基軸として見る場合、二つの回路が開かれている。一つは、自然／環境（N／E）とのコミュニケーション、いま一つは公共圏（PS）とのコミュニケーション。

（2）視点を変えれば、N／Eに対して、人間は二つの回路からアプローチする。個的なコミュニケーション（＝C）と公共的なコミュニケーション（PS）。
（3）N／Eとのコミュニケーション：自然をめぐる知覚・認識（perception）にかかわるコミュニケーション。つまり、自然をどうとらえたか、どう感じたかが、知覚・感覚のレベルから認識のレベルまで表現される。個の経験的地平におけるコミュニケーション。
（4）PSとのコミュニケーション：諸個人が言説を通じて他の諸個人とかかわるコミュニケーション。このとき、諸個人の言説を形づくっているのは（1）の知覚・認識である。われわれは、

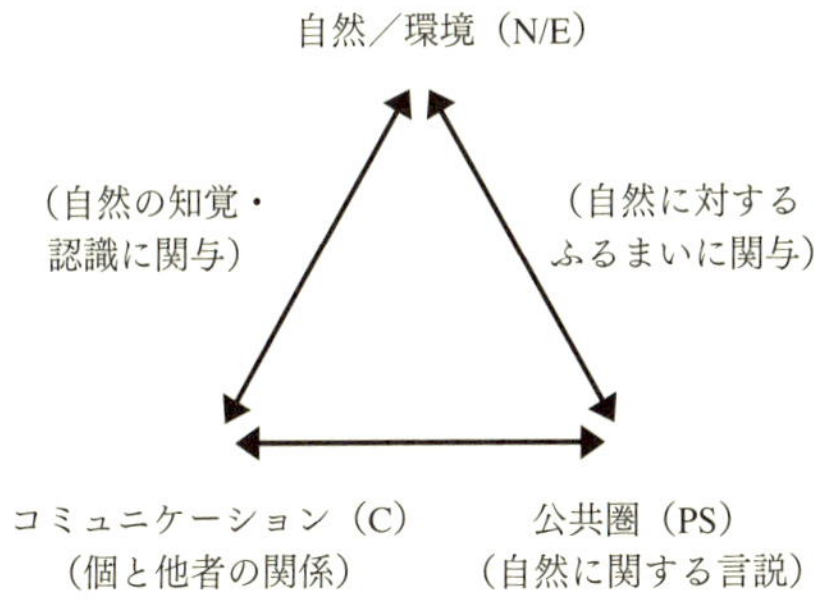

自然／環境とのコミュニケーションによって獲得した知覚・認識に基づく言説として、PSすなわち公共圏に働きかける。言語、映像、美術、物語など、その形態は多様。もちろん、PSからの影響もある。

（5）PSは、N／Eとの関係およびCとの関係を通じて、自然／環境に対する姿勢と行動を語り、決定する。PSにおける世論、政策決定、自然／環境観の提示。結果的にN／Eに影響を与える。

コックスがここで提示している環境コミュニケーション概念の特徴は、いうまでもなく、（1）に記したように、コミュニケーション対象を二項想定した三項関係となっている点である。これは環境教育モデルにおける三項関係とほぼ同一であると見てよい。一般的に想定されている環境コミュニケーション概念が二項的であるのに対して、コックスの場合、自然／環境とのコミュニケーションという側面を見過ごしていないことが分かるであろう。つまり、インタープリター（自然解説員）を中心とする環境教育的三項モデルこそが、より本質的な環境コミュニケーション・モデルとなりうるものと考えてよいであろう。

ちなみに、環境文学・ネイチャーライティング系の環境コミュニケーション・モデルもほぼ同様の構成をとると理解しておきたい。作家・詩人は自然／環境に対して本来的な意味におけるインタープリター（解釈者、読む者）として機能する。こうした作家・詩人の作品とは、自然解説員が行う表現行為の文学版だといって差し支えない。そこでは自然／環境を「読む」という行為が行われ、テクスト化される。それを読者は作家・詩人によって「解釈された」自然／環境として読むのである。

この間接性、二次性も自然解説の場合と相同的である。したがって、当然のことながら、作家・詩人による偏向、ある種のイデオロギー性あるいは誤謬もまた読者に何らかの作用をすることになる。一方、環境教育における参加者は、インタープリターによって「解釈された」自然／環境を受け取りながら、同時にみずからも現場となる自然／環境のなかにいる。つまり、「解釈された」自然／環境と、いわば「体験的、直截的な」自然／環境とのあいだでみずからの「解釈」を形成してゆく立場にある。環境文学／ネイチャーライティング系の読者の場合はどうだろうか。作家、詩人と同じ場所を共有していないという点で、環境教育の場合よりも間接性が強いが、それでも、みずからの過去における体験的自然／環境との照合を想像的に行うことが、場所の共有とどれほどの隔たりがあるかは別に検討する必要があろう。

また、コックスの場合、そして一般的にアメリカにおける環境コミュニケーション研究は、レトリック論的な傾向が強い。それはあたりまえといえばあたりまえだが、公共圏とのコミュニケーションというその限りでは広報・説得的なコミュニケーション観の強さを反映しているだろう。むろん、文学の場合もレトリック論はそのまま思考／思想の表明でもあるのだから、当然重要ではある。ただし、レトリック論的な範疇だけで環境コミュニケーション論を展開すると、いわば二次的、二義的なコミュニケーションのみに注目して、一次的な経験のレベルがうまくとらえられない側面もある。（もちろん、言語がそのまま経験であるという視点を無視して二元論を安易に立てるつもりはない。）

ここで簡単に、環境コミュニケーション論的視点からする環境文学／ネイチャーライティング系のコミュニケーション活動について触れておきたい。環境コミュニケーション論は、二つの側面、すなわち①解釈行為と②表象行為を硬貨の両面のように併せ持つものと想定する（かならずしも截然と区別できるわけではない）。この場合、①解釈行為は、自然／環境との関係、相互性において生起する。②表象行為は、①の解釈行為を起点としながら、コックスのいう公共圏との関係において生起するものと考えてみたい。別言すれば、①はより認識論的であり、②は表象論的であるといってもよい。その結果、②に焦点を当てすぎると、レトリック論的な分析に傾くことになる。

いずれにせよ、環境コミュニケーション論がより十全なかたちを取り、総合化されるには、一般的な広報・説得的アプローチのみではその深みに達しえないことは明らかであろう。じつのところ、①の認識論的な解釈行為の部分に大きく依拠しているのが文学的環境論であり、それがかならずしも一般的な環境コミュニケーションの視点からは見えにくい理由でもあると考えられる。「直接的（無媒介的）な経験」を語ることばはどこにあるか。直接性（無媒介性）も経験もじつに曖昧な、虚構性を孕む概念ではあるため、安易に用いると批判を覚悟しなければならないが、たとえば、文学の世界では詩における palpability（可感性）の問題（イヴ・ボンヌフォア）といったかたちで、つねに意識され、夢見られていることも確かだ。さらにいえば、広い意味での想像力（imagination）の問題を環境コミュニケーション論に接続しなければ、直接性（無媒介性）、経験を包括した本来的なコミュニケーション論にはなりえないのである。そもそもレトリックとは、想像力の産物であるに違いないのだから。（想像力とはレトリックの産物であるといっても同じことだが。）

II 〈交感〉（correspondence）と環境コミュニケーション

本節では、自然／環境とのコミュニケーション、すなわちコックスが図式化しているN／Eとの関係のなかで生起するコミュニケーションを、前節で述べたように、①解釈行為にかかわる認識論的なコミュニケーション・プロセスとして位置づけた上で、そこで何が起こっているのかを検討したい。この側面は、一次的な資料としては文学の独壇場ともいえる。なぜなら、とくにネイチャーライティング系の作品においては「経験を語る」というノンフィクション性をその特徴としており、経験から表象へという回路がフィクション作品に比べて（あくまで相対的にだが）明示的にとらえやすい直接性（無媒介性）を保持していると考えられるからであり、文学以外の分野ではごく限られた分野（文化人類学や民俗学などにおける神話学など）でしかこのような直接性、無媒介性をテクストとして観察することは難しいともいえる。（ノンフィクションのフィクショナリティなどといった問題もしばしば議論されるが、ここでは立ち入らない。なぜなら、真／偽といった二分法そのものがすでに充分フィクションでありうるからだ。）

じっさい、生態歴史学（ecological history）と区分される環境歴史学（environmental history）の研究、あるいはアーサー・O・ラヴジョイなど観念史系（History of Ideas）の研究を参看すると、古代から近現代に至るまで、なかばは文学史的な素材が多く用いられており、風景（画）論から旅行文学（travel writing）論に至る多様な文学・芸術ジャンルがいわば環境歴史学を構成し例証しているとさえ言える。これはまことに皮肉な事実である。文学が環境問題からもっとも遠い領域のように処遇されることが多いにもかかわらず、環境歴史学を語ろうとするとき、文学からの引証・傍証がかなりの比重を占めるのである。この事実には、文学がたんなる理論や概念的思考にとどまらず、感性を直接に含み込んだ言説空間であるという特性が深くかかわっているだろう。文学は環境問題から疎遠どころか、むしろその逆だといってもよい。たとえば、日本近代文学は日本人の近代的自然観を表現しているというべきではなく、それを形成したのだというべきなのである。なぜなら、文学や芸術はむしろ新しい出来事の後を追うというよりは、新しい出来事を生起するといったほうが正確だからだ。

自然／環境とのコミュニケーションの問題を考える場合、文学的事象のなかでもっとも注目されるのが〈交感〉という概念である。この概念が真に環境コミュニケーションにとって基底的な概念であるかは、まだまだ検討の余地があるが、問題の大枠をとらえるために、二〇〇八年五月に刊行された、雑誌『水声通信』（水声社）の特集「交感のポエティクス」を準備するために用意した、筆者による企画概要を参考までに引用しておく。

『水声通信』特集

タイトル：交感のポエティックス

企画概要：

〈交感〉（correspondence）とは、自然と人間のあいだに生起する心理的呼応関係の芸術化・思想化された一形態である。原初的には自然物にアニマの存在を想定するアニミズムに始まり、古代的なマクロコズム／マイクロコズムの照応のコスモロジー、中世的な「存在の大いなる連鎖」（great chain of being）の体系化を経て、近代ロマン主義における交感論に繋がる。むろん、ロマン主義／近代以降の交感論は、近代的な本性として、共同社会的なコスモロジー／神話というよりも、個我におけるなかば神秘主義的なコスモロジー／神話として、個人化された芸術的・文学的原理へと変容している。現代文学の領域でいうならば、ユング心理学的なシンクロニシティ論をロマン主義的思想の一方の極に置き、他方の極にアラン・ロブ＝グリエの強烈な神人同性論＝擬人観（anthropomorphism）批判を置きながら、ネイチャーライティングや環境文学におけるネオ・アニミズム論が、自然と人間の関係を再検討するかたちで展開されている。

本特集では、こうした交感論の歴史的な経緯を踏まえながら、思想としての交感論から、言語芸術としての交感論、心理現象としての交感論、場所論としての交感論、コスモロジーとしての交感論が、いま、いかに可能かを検討する。〈交感〉という概念自体が、従来、かならずしも充分な検討を経ているわけではなく、その意味でも、今後研究が蓄積されるべき文学的・思想的主題であると考えている。以上を前提的な枠組みとしながらも、本特集では、理論的なパースペクティブそのものを議論するというよりも、〈交感〉という現象を可能なかぎり多面的にかつ具体的に提示し、検討することをめざす。何げない事実こそが驚異である。凡庸な神秘主義に陥ることなく、事実としての〈交感〉を語りたい。したがって、各執筆者には、できるだけ具体的かつ精細な作品分析を中心とした論考を依頼したい。

じつのところ、交感論を追跡し、位置づけることはかならずしも容易ではない。この企画概要で大雑把に触れているように、アニミズム、古代的コスモロジー、神話といった前近代あるいは非近代的な世界把握と、近代ロマン主義的な世界把握がいわば癒合したかたちで概念化されているのが〈交感〉という概念である。非近代と近代が癒合しているとは、ちょうどT・S・エリオットやイエイツが二〇世紀に入るとともに、精神分析学や神話学、人類学、民俗学への関心を深めたように、すでに失われた共同観念的世界＝統一的コスモロジー＝神話を、「個我におけるなかば神秘主義的なコスモロジー／神話として、個人化された芸術的・文学的原理へと変容」させた点に顕著に示されている。それは、非近代と近代の根源的な矛盾・葛藤から目を反らし、共同の夢と個我の夢を同致させようとする、いかにもロマン主義的な企てではある。

すでにいろいろなかたちで論述しているので、詳しくは触れないが、筆者自身の見取図では、われわれが直面している問題はポストロマン主義にある。〈交感〉論は一九世紀の「ロマン主義期」に一気に、特定の文学的記述様式＝表象としての完成型を提起し、ある意味で画期的ともいうべき自然象徴論を芸術的認識形式として洗練させていった。文学の領域では「自然詩」が、そして美術の領域では「風景画」がロマン主義的なるものを見事に流通させた。それはphysics（モノ＝自然の学＝形而下学）をmetaphysics（モノを越えた＝超自然の学＝形而上学）に変換する、大きな認識論的転換のメカニズムであった。

しかし、問題は非近代と近代の癒合にある。このような癒合のままでは、無神論と脱魔術化に向かうほかない近代においては、ただの錯誤、先祖返り、無いものねだり、幻想、失われた黄金時代へのノスタルジーに過ぎない。問題はこの癒合を解除し、矛盾を解きほぐし、〈交感〉の原理を二〇世紀的、二一世紀的に再定位することである。筆者はかつてこれを「ロマン主義の遺産と負債」と名づけたことがある。課題はロマン主義を大いなる遺産として継承しながら、いかに乗り越えるかにある。たとえば、二〇世紀屈指のネイチャーライターであったエドワード・アビー（Edward Abbey）は、二〇世紀的な自然志向を一方で追究しながら、同時に反＝ロマン主義、反＝交感論というべきスタンスを明晰に打ち出し、ロマン主義の陥穽を回避しようと試み続けた作家である。ほんの一例にとどめるが、次の引用を読めば、〈交感〉の不成立と不在がじつに明瞭に語られている。しかも、ロマン主義的な〈交感〉概念が、形而上学（metaphysics）を志向する特性を構造化している（「その存在の向こうに横たわるこの木の本質」）、その本質的なメカニズムが否定的にとらえられていることが分かる。

このアーチズ国立天然記念物公園に来て以来、ぼくはこの木が気になってしようがなかった。この木から何か学べるんじゃないか、この木がこんなかたちをしているのも、なにか重要な意味があってのことじゃないのか、この木の生命を介して、その存在の向こうに横たわる何ものかと関係を結ぶことができるかも知れない、と。とはいえ、うまくいったためしはない。このセイヨウビャクシンのなかに横たわる本質を、ぼくはつかむことができないでいる。最近思うのだ。この木の表層、この木の外観そのものも、やはりこの木の本質なのではないだろうか、と。同じ地球上に生息する生き物として、ぼくはこの木に話しかけてみた。直接的なコミュニケーションではなく、直感や共鳴、感応の力を借りて。しかし、どうやってみても、この木の心と交信することはできない。もっとも、この木に心などあるかどうか分からないけれど。

（『砂の楽園』五二、*Desert Solitaire*, 32、傍点引用者）

いいかえればこうだ。エドワード・アビーは、他のいかなる作家にも増して顕著なかたちで、ポストロマン主義的スタンスを示している。それを正確に言えば、〈交感〉概念そのものの否定ではなく、形而上学＝超越論を内包するロマン主義的〈交感〉概念の否定というべきものである。

III　交感（correspondence）の基本形

さて、〈交感〉の基本形をどう描くかだが、一九世紀ロマン主義におけるそれは、すでに超越論的な〈交感〉論として、筆者はさまざまな論考で触れてきたので、ここでは割愛し、現代的な〈交感〉的シチュエーションの一例をここでは提示しておきたい。

作家小池昌代のエッセイ集『黒雲の下で卵をあたためる』（二〇〇五年）に幾編か参看すべき作品があるが、とくにここでは「川辺の寝台」という作品に注目してみたい。（この場合であっても、ロマン主義／超越論的な機制の問題は完全に排除されているわけではないが、ここでは触れない。）

「川辺の寝台」はじつになにげない日常的なエピソードによって成り立っている。友人の運転する車で移動中、タイヤがパンクする。仕方なく修理工場に立ち寄るが、一時間ほど待たねばならないことになり、時間潰しに近所を「やみくもに」歩く「行き先のない散歩」を開始する。すると川のほとりに出る。川沿いの緑道を歩き始める。やがて川の水音が突如、激しい音に変わる。作者はその「不安感をあおるような」水音に、「自然による無言の脅し」を感じる。しかし、少し行くと、緑道が不意に途切れ、駅前の日常的な風景の世界に戻る。作者は日常に帰還したのだ。このとき作者が覚えるいささかの不安は、かならずしも川の水音の脅威だけではなく、みずからが自明としていた日常そのものの動揺を暗示している。

このエッセイ作品は、作者のことばを使えば、日常→非日常（川＝自然）→日常というプロットで構成されている。舞台が都心であり、その日常が不意に川の激しい水音で揺さぶられるという「経験」をテクスト化したものであり、自然との接触によって認識論的な解釈行為が行われている。この「経験」（じっさいには不安感であり、脅威でもある）のプロセスそのものが、いいかえれば〈交感〉的な出来事であると同時に、その基本形を示している。なぜなら、この「経験」を通じて、作者はある認識に到達しているからだ。

〈交感〉的状況が生起するプロセスはこの程度にごくシンプルなものであるといってよい。そして、この事態を試みに単純化して言えば、以下のような出来事であると要約できる。

（暫定的定義）人が自然／環境にかかわる（触れる）ことによって、何か（主に非物質的なもの、精神的な意味）を手に入れること

この自然／環境との遭遇のプロセスで、人は自然／環境との関係づけの世界に参入する。小池作品における不安や脅威はネガティブなものではあるが、作品によってはもちろん、ポジティブなもの、快や癒しの感覚をもたらす場合も当然ある。いずれにせよ、人はこのような遭遇のプロセスを通じて、情動的に揺さぶられると同時に、ある認識を獲得することになる。その認識の内容はおおまかに二つの〈認知〉に帰着すると考えられる。

（1） 自然／環境の他者性（異質性・侵入・脅威・驚異）の認知
（2） 自然／環境は〈他者〉的でありながら、その〈他者〉が、同時に〈自己〉＝人を包含することの認知

これら二つの点を経験的プロセスと見なした上で、さきの「暫定的定義」を対象として以下、簡単に（箇条書き的に）思考を進めたい。

①「人が自然にかかわる（触れる）」とは？＝遭遇する、接触する経験
⇩「かかわる」とは、見ることを初めとする五感の体験に基づく経験世界である。植物に触れる、動物に遭遇する、風景に見入る、動物に変身する、一体化幻想など、といった形でテクスト化＝物語化される。想像力の介入も当然見られる。

②「何かを手に入れる」とは？＝何を手に入れるのか？　見方を変えれば、何を〈贈与〉されるのか？

⇩気づく、目覚める、知る＝自然という〈他者〉存在を知ること、意識化すること

⇩「自然という〈他者〉存在を知ること、意識化すること」とは？

・人の世界の外側（？）に異質な世界（人ならぬ他者）が存在することを知る。＝他者化

・〈他者〉としての自然＝異界（other world）それが主体的存在者であること

・しかし、それは、〈他者〉的でありながら、同時に「自己」＝人を包含することも同時に知る。

・それは、人の本来的な帰属の場として自然を定位する意識化と、自然からの分離・距離の意識の双方が同時的に自覚化される。

・その結果、人の世界の相対性、特殊性を知り、自然の絶対性、普遍性を知る。＝人の世界を相対化する概念としての自然（＝〈他者〉）の認識、すなわち、人の世界は「世界全体」の部分でしかない自覚、もしくは自然の一部としての人間という位置の自覚。

・その結果、人の世界を相対化する視座を獲得する。

＝これがじつは自然からの「贈与」の内容（主に非物質的なもの、精神的な意味）となる。

③「人の世界を相対化する視座」とは、人間を「世界化」する生の技法であると矢野智司は指

摘している。（後掲引用参照）

⇩人は人の世界（culture）のみで存在しているのではない。むしろ、人の世界は自然（nature）の存在、それとの関係の上に成り立っていることの自覚。「世界化」とは人が自然に向かってその存在を開くこと、あるいは他者としての自然を認知すること。矢野はそれを「脱人間化」とも呼ぶ。このとき、人は人間中心主義を脱する。その手がかりはきわめて複雑なかたちで「擬人化」（anthropomorphism）の問題に重なる。次の引用参照。

〔宮沢〕賢治の作品のなかには、宇宙と交感する人の姿がしばしば描かれている。この宇宙は多岐に亘っており細やかなリストに仕上げることができるだろう。星座、銀河系、植物、昆虫、動物、さらに雲・霧・雨・風・雪といった大気の諸相〔……〕。この交感の体験を表現しているのが、賢治の擬人法である。動植物のみならず、鉱物のような無機物でさえも、賢治の世界ではまるで人間のように言葉を話すのだ。賢治の擬人法は、通常の擬人法のモノローグとまったく正反対のポリフォニー（多声法）の語りを可能にする生の技法である。／賢治の擬人法は、人間の声だけが語る世界を、多数多様な存在者たちの多声がたがいに響きあう世界に変えてしまう。〔……〕しかし、それは人間中心主義にたって、世界を主観化＝人間化＝擬人化することではない。反対に、人間の方が世界化＝脱人間化される生の技法と言い換えたほうが適切である。

（矢野智司『動物絵本をめぐる冒険――動物―人間学のレッスン』勁草書房、傍点引用者）

⇩「人間の声だけが語る世界」（＝人間中心主義）が、「多数多様な存在者たちの多声がたがいに響きあう世界」（＝環境中心主義）に変わるとき、交感＝コミュニケーションが実現する。

⇩擬人化の問題は、ここで〈交感〉の問題が、認識論から表象論に移行することを示している。しかも、それは複雑な様相を呈する。擬人化は、ごく一般的には人間中心主義的解釈のもっとも典型的な事例として批判的に語られることが多い。これはエコクリティシズムにおけるもっとも基本的な視座のひとつだといってもよい。しかし、矢野は宮沢賢治の擬人化について、「通常の擬人法のモノローグとまったく正反対のポリフォニーの語りを可能にする」ものと述べている。矢野は別の箇所では、これを「逆擬人法」という言い方で説明している。なぜなら、それは「世界を主観化＝人間化＝擬人化する」ことではなく、「人間の方が世界化＝脱人間化される」方法的戦略であるからだ。

⇩擬人化の二重特性＝自然／環境の擬人化というレトリック論的な問題は、環境コミュニケーションとエコクリティシズムにおける自然／環境の表象をめぐる批評性の問題と直結している。エドワード・アビーは終始みずからが行う擬人化を警戒し、前節に引用したように「木の心」なるものの存在、あるいはそうした擬人化的理解に否定的にアプローチする。しかし、矢野の議論が興味深いのは、擬人化がすなわち、ことごとく人間中心主義的として斥けられるものではないという点であり、関連して、今村仁司の次のような視点を導入しておきたい。

沈黙の自然を人格的存在「として」解釈し、自然に対して人格的にかかわるという場合に、人間が自然について幻想をでっちあげて、錯覚したり、倒錯した行動を起こしていると考えてはならない。自然を人格的存在として待遇するのは、相互行為としての交易をするために便利な方便であるからではない。

（今村仁司『交易する人間（ホモ・コムニカンス）――贈与と交換の人間学』）

自然の人格化は、自然を人間と対等にすることではない。自然の人格的存在は、人間以上の人格としてみなされる。自然の人格は、人間よりも「大きい」人格であり、ひいては超人間的な人格とみなされる。そうであるからこそ、自然は人間たちに対して、人間にはどうにもならない「恵み」や災厄を「与える」ことができる。

（同）

④「世界化＝脱人間化される生の技法」（矢野智司）とは？
矢野智司は、ジョルジュ・バタイユを踏まえながら、自然／環境に対する人の関心もしくはアプローチには、「道具的な関心」と「純粋な関心」の二種があるとする。

「道具的な関心」＝コンテクストを一義的に固定化することによって、世界や他者と安定した関係を維持する。

「純粋な関心」＝世界にたいする全体的な関心、複数のコンテクストの自由な横断を可能にする。

コンテクストの流動化。

⇩この「複数のコンテクストの自由な横断」こそ、メタファーとリズムを可能にする。＝宮沢
　賢治のポリフォニー的擬人化へ

⑤それでは、環境コミュニケーションがまぎれもなくコミュニケーションであり、相互行為であるならば、人は自然に対して何を贈るのか？
⇩他者性の賦与、コミュニケーション＝対話の主体（subject）と見なす認知、「声も主体も」ある存在としての定位＝ツヴェタン・トドロフの言う「世界とのコミュニケーション」の回復
⇩今村仁司の晩年の仕事は、「交易する人間《ホモ・コムニカンス》」という概念の定立に捧げられていたように思われる。それは《自然と「交感」し、人と「交際」し、物を「交換」する人間》（帯文）を「交易する人間」として統合的に把握し、自然↓社会↓経済活動というサイクルを、コミュニケーション的関係として読み直す理論的試みであった。とくに、沈黙する自然／環境とのコミュニケーションという交感論にとって見逃すことのできない示唆を含んでいる。

相互行為はけっして人間と人間の関係だけに還元されるのではない。たとえば、人間は、神々とも相互行為をおこなうし、この種の相互行為は歴史的現象としては圧倒的に多いのである。記号やシンボルの交換はたしかに人間と人間（個人であれ集団であれ）の間で起きる。しかし人間は記号とシンボルだけで生きるのではなくて、神々や自然との相互行為を想像的に生き抜いてきたし、いまもなおそうしている。

（今村、前掲書、傍点引用者）

人間と自然の関係もまた独自の相互行為ではないだろうか。なるほど自然は神々と同様に人間のようには言葉を発することはないだろうし、言語がないのだから対話的交渉ではないだろうが、たとえ自然が沈黙していようと人間は沈黙のなかで自然との相互行為をしているのである。

（同）

右の二つの引用が示すように、人間は「神々や自然との相互行為を想像的に生き抜いてきたし、いまもなおそうしている」こと、また、「たとえ自然が沈黙していようと人間は沈黙のなかで自然との相互行為をしている」という事態に深く思いを寄せるとき、交感論の深みも開示されるだろう。「想像的に生き抜く」ことも、「沈黙のなか」の相互行為も、まだ私たちは充分に解明してはいない。むしろ、このような自然／環境との「想像的相互行為」を実体のない幻想として棄却しかねない近代性を問い直す必要もあるだろう。〈交感〉論は、その点に関与するものであり、ロレンス・ビュエル（Lawrence Buell）の「環境をめぐる想像力」（environmental imagination）に対応するものにほかならない。

⑥以下、参考として今村による相互行為＝交易論を挙げておく。

（1） ホモ・コムニカンス（homo communicans：交通し交易する人間）

自然と「交感」し、人と「交際」し、物を「交換」する人間＝ホモ・コムニカンス。

「社会を形成し、社会のなかで生きる人間は、複数の相互行為をおこないながら生きる。行為があれば対抗行為がある。相互行為は行為と対抗を両極とするひとつの全体的行為である。相互行為はさらに他の相互行為をよびだし、よびこみ、際限ない連鎖をつくりあげる。相互行為のなかでひとは物を移動させ、同時に観念や想念を移動させる。ひとは物と観念を互いに移動させ、やりとりしながら、そのなかで少しずつ固定した枠組みや型を作り、そうしてできた枠組みが制度になり、それがまた相互行為を円滑にしていく。」（今村、前掲書）

（2）「交易は、人間の相互行為のすべてである。それは形式的には、人と人、人と自然、人と人工物との間で、なんらかの仕方で交通し、それを通して、観念または想念と事物を場所的に移転し、そうすることである種の満足をうることである。」（同）

Ⅳ　文学的自然体験の中心にある出来事としての〈交感〉（correspondence）

〈交感〉概念を検討するため、自然象徴論を中心として、これまで、一九世紀（主にエマソンとロマン主義）を基礎作業として検討してきた。また、かつて筆者は、こうした検討を踏まえて、〈交感〉概念を次のような二種類に分けて考察したことがある（『自然を感じるこころ——ネイチャーライティング入門』、二〇〇七年）。

1　人間の出来事（および心や内面や感情）に自然現象が呼応することがある。＝超越論的〈交感〉

2　人間の出来事（および心や内面や感情）を自然現象が補助的に説明する機能を持っている。＝機能的〈交感〉

しかし、その後、現在に至る過程で、第3の〈交感〉概念を検討する必要を感じている。なぜなら、1、2はいずれも、人間を主体（subject）と想定し、自然を客体（object）と想定する、いわば人間中心主義を基底とする概念、すなわち自然の他者性を否定する概念であるのに対して、第3の〈交感〉概念は、脱人間中心主義的すなわち他者性を担保する、あえていえば、人間も自然も相互に主体であるような脱人間中心主義的〈交感〉概念であり、その意味でより本質的に相互行為的概念としてのそれである。コミュニケーション論的にいうならば、「伝達としてのコミュニケーション」というより、「儀礼としてのコミュニケーション」（James W. Carey, *Communication as Culture: Essays on Media and Society*（1988））に類別される概念に対応するであろう。次項で、その基礎的な様相を検討したい。

3　相互行為的／儀礼的〈交感〉＝第3の〈交感〉

石牟礼道子『椿の海の記』（一九七六年）の謎は、「人間と動物のあいだの変身が自然のこととして起きるような世界」（三浦雅士）とは何かという問いである。そして変身こそが相互行為的／儀礼的〈交感〉のある種極限的な姿である。

> 自生した磯茱萸《いそぐみ》の林があらわれて、ちいさなちいさな朱色真珠の粒のような実が、棘の間にチラチラとみえ隠れに揺れていて、その下蔭に金泥色の蘭菊や野菊が、昏《く》れ入る間際の空の下に綴れ入り、身じろぐ虹のようにこの土手は、わだつみの彼方に消えていた。するともうわたしは白い狐の仔になっていて、かがみこんでいる茱萸の実の下から両の掌を、胸の前に丸くこごめて「こん」と啼いてみて、道の真ん中に飛んで出る。首をかたむけてじっときけば、さやさやとかすかに芒のうねる音と、その下の石垣の根元に、さざ波の寄せる音がする。

こん、こん、こん、とわたしは、足に乱れる野菊の香に誘われてかがみこむ。晩になると、大廻りの塘を狐の嫁入りの提燈の灯が、いくつもいくつも並んで通るのだと、婆さまたちから聞いていた。わたしは、耀《かがよ》っているちいさな野菊を千切っては、頭にふりかけ、また千切っては頭にふりかけてみる。自分がちゃんと白狐の仔になっているかどうか。それから更に人間の子に化身しているかどうか。

（石牟礼、一四三、傍点引用者）

① 二重化された変身。「白狐の仔」であり、同時に「人間の子」であるという認識。狐への変身という一方向的認識ではなく、同時に人間への「化身」が想定されている。この両義性は何を意味するのか？

② 同一化と同時に他者性が保持されるという二重性と両義性？

③ なぜ、変身をめぐるこのような〈認識〉が可能なのか？　変身とはひとつの主体が、べつの異なる主体に成り変わることではなく、二重化と両義化を意味するのか？

④ このような変身の二重性、両義性に答を与えるとすれば、たとえば、三浦雅士「舞踊の身体のための素描」における「舞踊の起源」に接近するのではないだろうか？

　人間の秘密、きわめて具体的な秘密が、ここにじつに的確に描かれていると思えるからである。きわめて具体的な秘密とは、つまり人間は鳥になる存在、鳥になろうとする存在であるということだ。鳥になろうとするところにこそ、人間の人間たる所以があるということだ。

（三浦、六八）

人間が動物を真似るのは、人間自身は何ものでもないからである。あるいは何ものでもありうるからだ。この、何ものでもないからこそ何ものかであろうとするほかない自由と不安を肯定してはじめて、人間は人間になった。舞踊はまさにその過程そのものなのである。鳥になろうとしつづけるところに人間の哀歓のすべてが潜んでいるとすれば、舞踊はその哀歓の表象にほかならない。

（同、六九）

⑤　「人間が動物を真似るのは、人間自身は何ものでもないからである。あるいは何ものでもありうるからだ。」「何ものでもない」からこそ「何ものでもありうる」、この「自由と不安」は理解可能だ。論理的だからだ。しかし、「人間自身は何ものでもない」という命題は理解可能か？ 三浦の出発点はどうやらこの命題「人間自身は何ものでもない」にあるらしい。

⑥　呪術＝「何ものかに変身できる能力」（三浦、八六）、「呪術的な舞踊、何ものかに憑依し、何ものかに変身する舞踊」（八六）

⇩これはすなわち、「ある集団に帰属することを選び取る能力」（八六）。

⇩呪術＝憑依＝舞踊＝変身を介して「集団」への帰属を実現する。共同体＝社会の形成因。それは「何ものでもない」人間が「何ものか」になることを意味する。その場合の「何ものか」とは、共同体＝〈社会〉そのもの。変身を介して、「共同体の身体」を形成する。

⑦　石牟礼の二重化された変身／化身譚が示唆するもの。それを三浦雅士は「交感」という概念で次のように語っている。

『鹿踊りのはじまり』が強い感動を与えるのは、しかし主人公の嘉十が鹿になるからではない。嘉十は鹿の言葉を聞くのであって、鹿になるのではない。感動は、あくまでも鹿との交感、自然との交感からやってくるのだ。鹿踊りのはじまりを夢想した賢治が、それをたんに鹿の模倣からはじまったとしたのではなく、鹿との交感からはじまったとしたことに注目すべきだろう。模倣は、交感の後に、その必然として姿を現わすのである。

（三浦、九二―九三、傍点引用者）

⇩「嘉十は鹿の言葉を聞くのであって、鹿になるのではない」という部分が注目に値する。ここで判明することは、三浦のいう「交感」は、「鹿の言葉を聞く」ことであって、「鹿になる」ことではないとしていることだ。つまり、「交感」は「変身」とは異なる出来事だと見なしていることだ。「鹿の言葉を聞くこと」＝交感、「鹿になること」＝模倣＝憑依＝変身＝舞踊と弁別される。つまり、嘉十と鹿の接触過程全体を、三浦は、「交感」から「変身」へというプロセスとして描き出している。
⑧　交感→変身というプロセスを、再定義するとどうなるか。そこには、〈他者性〉の保持（この場合、鹿＝自然の他者性）、自・他の区分の維持、すなわちたんなる自・他の同一化ではないとする認識が提示されている。ここに、石牟礼における変身の二重性、すなわち「白狐の仔」であり、同時に「人間の子」であるという認識が重なり合う地点を見いだすことができよう。
⑨　「交感」の指標として、「鹿の言葉が聞こえる」（三浦、九四）。これを三浦は「同調する能力」（九四）、「他者に同調し、他者に同化し、他者に変身する」能力（九五）と言い、「この能力の端的な発揮が舞踊にほかならなかった」と説く。いいかえれば、舞踊とは、「鹿なら鹿、鳥なら鳥に同調」し踊る行為、その「同調」に基づいて「他のものを同調させる」行為。「鹿なら鹿を観察しぬいて鹿に同調しえたものだけが、今度はその同調しえた鹿の演技を通して、人を同調させることができるのである。」（九四）

〈交感〉論的視点に立ち帰るならば、交感が同調とともに生起し、同調は同化をうながし、変身を呼び寄せる。変身とはもっとも典型的な〈交感〉の形態の一つだが、この同調→同化→変身のプロセスは、舞踊のプロセスにほかならない。演者はたとえば動物の生態について同調し、同化し、変身する。観客は演者による同調→同化→変身のプロセスを観ることを通じて、その演技＝舞踊そのものに同調→同化→変身する。想像力の中で。

5　風景の問題圏

1　表象としての風景

一般に「風景」と訳される英語の landscape は一六世紀末に初出するとされる。そして、この英語の landscape はその語源をオランダ語の landschap に遡る。そもそも、オランダ語のこのことばは、「地域、土地」を意味しただけであったが、やがて芸術的な意味を帯びて、「土地のありかたを描く絵画」すなわち風景画を意味するに至り、その後英語に入ってきたとき、後者の意味が英語の landscape を大きく規定することになる。時代はまさにオランダにおける風景画の隆盛期に当たっていたのである。現代の辞書『アメリカン・ヘリテージ辞典』は「ことばの歴史」として以上のような事実をごく簡略に記載したうえで、続けて次のような興味深い記述を行っている。

面白いことに、このlandscapeという語は英語における初出記録から三四年も経って初めて、自然の眺めや眺望の意味で使用されている。この時間的なズレは、当時の人々がまず最初に、絵画に描かれた風景に接し、しかるのちに、実生活のなかに風景を見いだしたことを示唆している。（傍点引用者）

ここには柄谷行人が『日本近代文学の起源』（一九八〇年）で指摘し敷衍した風景をめぐる「認識論的な転倒」という問題のありかが示唆されていよう（二一八九）。「認識論的な転倒」とは、ひとは目の前にある現実、つまり「自然の眺めや眺望」を〈風景〉として見ていたのではなく、風景画というジャンルによって表現され、やがて所定の美学として規範化された画像もしくはイメージを介して、逆に現実を〈風景〉として見ることに気づいたという事態である。風景とはまず風景画のことを指し、風景画的な（つまり美学的な）見方を累積的な基盤として構造化した上で、逆に現実のなかに〈風景〉という一つの構造を見いだすというプロセスが出来したのである。[1]たとえば、一八世紀～一九世紀を席捲したピクチャレスク・ブームは、その名のとおり、「まるで絵のような」(picturesque) 風景を現実に見いだそうとする逆立ちした行為であった。柄谷は、このプロセスを、現実から風景へという常識的なプロセスを逆行させたものであると考え、それを「転倒」ということばで呼んだのである。そして、柄谷は英語におけるこのようなプロセスを援用し、転用するかたちで、明治文学における「風景の発見」という出来事の逆説性を指摘してみせたともいえる。

さきの『アメリカン・ヘリテージ辞典』の記載が根拠あるものとすれば、オランダ語の*landschap*という語の形成は、現実から風景へというプロセスを経ており、柄谷的な意味での「転倒」など起こしてはいない。しかし、英語のlandscapeは、オランダ語からの移入というその起源に大きく干渉されて逆のプロセスをたどったのである。おそらく、柄谷行人は、日本の近代文学成立期に、ヨーロッパ起源の風景という概念の移入が起こり、英語のlandscapeの移入プロセスと類似した事態がそこに生起したと見なしたのであろう。

風景の問題を語ろうとすれば、このような「風景のパラドクス」を避けて通ることはできない。『アメリカン・ヘリテージ』の言う、「まず最初に、絵画に描かれた風景に接し、しかるのちに、実生活のなかに風景を見いだした」という逆転的なプロセス、すなわち表象から現実へのプロセスは、私たちが風景の問題を語ろうとするとき、いまもなおつきまとう問題としてある。英語のlandscapeという語が日本語で風景と訳される経緯はさておき、そのような英語的背景を抱える風景という概念は、つねに表象性と現実性のズレにおいて成立し、このズレを意識化せずには語りえない概念としてある。

一九世紀アメリカの思想家ラルフ・W・エマソンは『自然』（一八三六年）というエッセイのなかで、思いがけずこの問題に触れている（一三）。エマソンは語る。ひとは「土地」(land)

を所有することはできるが、「風景」（landscape）を所有することはできないと。「風景」を所有することができるのは誰でもない「詩人」だけだというのである。その理由は、「土地」は分割所有される「部分」でしかないが、「風景」はいわば「統合された全体」であるからだ。ひとは「土地」を購入することによってそれを私有することができる。しかし、それはあくまで部分であって、その一帯を形成している「風景」全体を私有することはできない。これはエマソン的な「個対全体」の原理の応用問題的な一節であるが、ここで巧みに使い分けられている land と landscape の二項対立は、先述した、風景という概念が内包する現実性と表象性とのズレに対応した立論だと読むことができる。

エマソンはここで風景における表象性の優位を示唆しただけではない。英語に内在するこのようなズレの存在を言い当ててみせたのである。考えてみれば、オランダ語の *landschap* が自然過程としてたどり、次いでそれを移入した英語の landscape が逆転的にたどった現実と表象の問題を経由して、エマソンは（アメリカ・ロマン派の先蹤として）改めて「風景への回帰」を指向してみせたといっていいだろう。ちなみに、W・J・T・ミッチェルは、『風景と権力』（一九九四年）において、〈風景〉という概念を記号論的に解釈し、そのシニフィアンとシニフィエについて説明をしているが、それに倣っていえば、〈風景〉ということばには、シニフィアンとして、エマソンのいう land が対応し、シニフィエとして同じく landscape が対応すると考えても差し支えないであろう（Mitchel, 5, 14-15）。おそらく、これが現在、〈風景〉という概念をめぐる基本的な了解である。

以上のような言語的事象の背後には、いうまでもなく風景画の極限的なまでの流行というヨーロッパ絵画史上の問題が大きく横たわっている。ここで改めて説明するまでもないが、美術史家ケネス・クラークの名著『風景画論』(*Landscape into Art*, 1949)の原題が指し示すように、この時代は「風景がアートになった」時代の只中であった。否、そもそも〈風景〉とはアートなのであった。その結果、風景という概念は否応なく美学的表象性の問題を回避することができなくなる。(それどころか、エマソンを初めとするロマン主義者はそれを一個の認識論的〈哲学〉として提示した。)ましてや、その美学的表象性が一種の規範として機能し、人々の目を誘導し続けたとすればなおさらである。

風景画とは、美意識の規範であり、そのような規範に「教育」された人々に、現実のなかに〈風景〉を見いだす目をもたらした。〈風景〉とはそこにただ在る存在ではなく、美意識やイデオロギーのフィルターを通して把捉される形象であり〈表象〉にほかならない。そして、今日もなお、〈風景〉をめぐる表象性の問題はけっして解除されてはいない。また、ドイツの哲学者ゲオルク・ジンメルは、エッセイ「風景の哲学」において、自然とはそもそも無限の連続体であるがゆえに、〈風景〉は本来的に自然ではないという。「土地の一角を、その上にあるものをひっくるめて、風景として眺めるとは、自然から切り抜いた一片を、それなりの統一として眺めることにほかならない。およそこれほど自然の概念からかけ離れたことはないのだ」(ジンメル、六九)

と。

その上で、課題となるのは、〈風景〉が〈表象〉に変換されるそのプロセスをめぐる問題である。〈風景〉はいつ、どのようなプロセスを経てみずからを構成するのか。この場合、若干の概念整理を施しておく必要があろう。〈風景〉が成立する以前の世界のことを〈風景以前〉(pre-landscape) と呼んでおくことにしよう。これはもちろん、すでに述べたシニフィアンとしての風景あるいは「土地」(land) のことを指すといってもよい。『アメリカン・ヘリテージ』のいう「自然の眺めや眺望」のことでもある。つまり〈表象以前〉と呼んでも同じことだが、そこでは〈風景〉として整序・構成される以前の一種のカオス的状態が存在すると想定される。それを別言すれば、より直接的で未整序な感覚＝知覚の世界である。いうまでもなく、そもそも人間の感覚世界は純粋には存在しえず、知覚と同時に所定の構造をもって受容されるという構築主義的な理解をとることもできる。少なくとも、〈風景〉がそれとして定位される前の状態すなわち〈風景以前〉との関係を明確に区分することが可能かどうかはなお議論の余地があろう。その意味では、直接的な感覚世界＝純粋感覚とはひとつの仮説、虚構である可能性を否定するものではない(2)。

ただし、このような議論の限界は、創造性 (creativity) をめぐるあらゆる議論を排除してしまう点にある。たとえば、詩人たちがレトリックの更新性によってその力量を発揮するように、定型化され様式化された〈風景〉もまた更新することが可能な存在であるはずで、またそれこそが作家や詩人の力量の証でもある。それが不可能であるとすれば、そこには自由がないといわざるをえない。文学がイデオロギー論にもっぱら回収される傾向の強い現在の批評理論では、このような自由や創造性の問題は閑却され易いが、作家や詩人の現場での営みはそれほど単純ではない。事実、アンジェラ・ミラーはその論文「遍在と非在――ナショナルな風景の形成」(一九九二年)において、「公的神話」つまり共同主観性もしくはナショナリズムに回収されない抵抗の拠点として、「自己の風景」(landscape of self) という非共同的な「自由と潜在的無秩序」の場を提起している (Miller, 221)。〈風景〉の問題は、一方で〈表象〉の問題と接しつつ、他方で〈表象以前〉の心的状況との緊張関係のなかで生きているのである。

II 自然・聖地・ナショナリズム

アメリカの自然には、「聖地」(sacred place) 性が賦与されてきた歴史がある。とりわけ一九世紀前半の風景画家集団ハドソンリヴァー派の登場はそのメルクマールとなる。「新世界アメリカの新世界たるゆえんは自然にあった」とは、ノーマン・フォースター『アメリカ文学における自然』(一九二三年) における至言だが、風景画家トマス・コールの「アメリカ風景論」("On American Scenery") とラルフ・W・エマソンの『自然』(*Nature*) が、同じ一八三六年という年に刊行されているという事実ほど、アメリカにおける自然の聖地性、さらには自然風景への関心、そしてロマン主義的思想傾向が顕著になった時代の消息を伝えるものはない (Foerster, 1)。(図9)
これは、アメリカ文学と文化がヨーロッパに対して自立的な方向へ動き出した大きな契機を語るものと考えられる。そのときに、アメリカ的な自然へと向かったこと、そのアメリカ的な自然を称揚する媒介として風景画が選択されたこと、この二つの事実にはたんに文学的、芸術的、思想的選択が内在していたと語るだけでは不足であろう。このような動向の背後には、ナショナリズムへの大いなる傾斜という政治の動向が作用したことはいうまでもない。これらこもごもの生成期をめぐって、ジョン・F・シアーズはその著『聖地』（一九八九年）において、アメリカの場合、自然への着目によって、ナショナリズムが民族性や宗教性を超える「中立性」を選択したことになると述べている（Sears, 7）。自然風景はナショナリズムの根拠もしくは形而上学となりうるのである。

そもそも、風景論がナショナリズムときわめて親和的な関係にあることは、日本における志賀重昂『日本風景論』（一八九四年）の例を挙げるまでもないだろう。アメリカ風景画の場合も当然のことながら、ナショナル・アイデンティティや国家的なセルフ・イメージの形成と深く関わっている。その意味では、風景論は、さきにアンジェラ・ミラーの論文を引きつつ検討したように、一方で個の内面世界の表出であると同時に、地域や社会そしてナショナリズムの構成因となる共同主観的アイデンティティの表出でもある。いや、むしろ後者のナショナリズムに強力に牽引されながら、個の散発的な「抵抗」による〈風景〉の解体が表現されるという見方もあり得るだろう。

他方、このような風景の問題に根底的な異和を提示している例の一つが、レスリー・M・シル

図9　アッシャー・B・デュランド,「似たもの同士」(1849年)。風景画家トマス・コール（右）と詩人ウィリアム・カレン・ブライアント（左）がアメリカの大自然を前に語り合う図。風景画と文学とアメリカ的自然の親しい関係を物語る構図となっている。

コウのエッセイ「風景、歴史およびプエブロ的想像力――ニューメキシコの高原乾燥地帯より」（一九八七年）である。シルコウはエッセイの冒頭、landscapeという英語への根底的な異和感を表明することから書き始めている。それはlandscapeということばが本質的に対象との「距離」を前提として成立する概念であること、つまり、そこでは、見る主体と見られる客体があらかじめ分離されていること、さらにいえば、主体／客体という二分法そのものが前提となって成立している概念であることを批判的に語っている。アメリカ先住民プエブロ族にその出自をもつシルコウにとって、自然の物象と人間の関係は主体／客体の二分法で成立しているのではなく、そのような「距離」や分離の存在しない一体的な関係のなかで成立しており、そもそもlandscapeすなわち〈風景〉というヨーロッパ的概念は意味を成さないのだと指摘する（Silko, 84）。

この批判には、ヨーロッパ起源の〈風景〉という概念がかならずしも普遍的ではありえず、むしろヨーロッパというローカルな場所でのみ通用する概念であるとする認識が含まれており、またその基盤として、〈風景〉概念は遠近法的な視覚体験に強力に支配されていることが指摘されている。もちろん、主体／客体というデカルト的編制がきわめて近代的なものであることも明確に意識されており、このシルコウの批判の射程は非ヨーロッパ的な座標から成されたもっともラディカルな〈風景〉批判であるといえよう。これはとりもなおさず、〈風景〉という概念を輸入した日本文化の場合にも当然当て嵌まることで、perspectiveを「遠近法」と翻訳したことじたいにいわば日本化にともなうある偏差が示されているとする指摘もある。(3)

もう一点、重要な視点を加えておきたい。比較政治学者エリック・カウフマンはその論文「〝国家の自然化〟—合衆国とカナダにおける自然的ナショナリズム」(一九九八年)という興味深い論文において、近代国民国家の成立の背後にはきわめて強力に、自然(nature)と国家(nation)を同致化する動きがあったことを指摘している(Kaufmann)。それをかれは「地理学的ナショナリズム」(geographic nationalism)と呼び、特定の風景を共同社会およびその歴史的過去に結びつけることで、ナショナル・アイデンティティの形成因としたのだとする。こうして、カウフマンは、自然=風景がいかに近代国民国家形成の大きな要因として関与しているかを説明した後、しかしじつは自然とナショナリズムの関係は大きく二つのモデルに分岐していったと説明する。第一のモデルを「フランス/イギリス型」と名づけ、第二のモデルを「スイス/スカンジナビア型」とそれぞれ名づけている。

カウフマンによれば、この二つのモデルの差異は、「野生の自然」=ウィルダネスの存否に基づいている。つまり「フランス/イギリス型」はヨーロッパにおいて一般的なモデルで、相対的に歴史が長く、自然がすでに深く風景化された文化を有し、いわば馴致された自然風景にアイデンティファイする傾向の強い国家がそれに相当する。このモデルの特徴は、「自然を国家に」同致する傾向があるとされる。「自然→国家」型である。他方、「スイス/スカンジナビア型」はまずもってその内部に「野生の自然」=ウィルダネスをより多く抱える国家だという点に特徴がある。その結果、「フランス/イギリス型」とは正反対に、これらの国家では、「国家を自然に」同致する傾向があるとされる。「国家→自然」型である。カウフマンは、「フランス／イギリス型」は、自然を国家の側に吸収・同致するという意味で「自然の国家化」をおこなうものとし、一方、「スイス／スカンジナビア型」では、国家を自然の側に同致させる「国家の自然化」という方向でナショナリズムの形成がおこなわれたとする。そして、当然のことながら、内部に充分なウィルダネスを内包するアメリカ合衆国やカナダは「スイス／スカンジナビア型」に属するものとされる。かつてアメリカ研究の泰斗ペリー・ミラーが述べたとおり、「自然国家」(nature's nation)としてのアメリカがそこに立ち現れる(Miller, 201)[4]。

注

序論　自然という他者——声と主体のゆくえ

（1）　プログラム等の詳細については、立教大学の次のサイトを参照されたい。http://www.rikkyo.ac.jp/events/2010/01/6140/　また、その際の研究報告および発表については、渡辺憲司、野田研一、小峯和明、ハルオ・シラネ編『環境という視座——日本文学とエコクリティシズム』（勉誠出版、二〇一一年）参照。

（2）　ASLE-Japan/文学・環境学会については、以下のサイトを参照。http://www.asle-japan.org/

（3）　ツヴェタン・トドロフは「コミュニケーションには二つの大きな形式がある。一つは人間対人間のコミュニケーション、他は人間対世界のコミュニケーション」だとして、近代以降、人間対世界のコミュニケーションが徹底的に抑圧された経緯を繰り返し語っている。近代人は世界＝自然を〈主体〉、つまり語る〈主体〉だとする認識を喪失したのだ。「ヒトとコミュニケートできる、話す主体に満ちた自然」（ミルチャ・エリアーデ）という認識は、しかし、ただのアニミズム志向ではない。トドロフは最近改めて語っている。自然は記号に満ちていると。語る〈主体〉とは記号性の塊のことにほかなるまい。

2〈風景以前〉の発見、もしくは「人間化」と「世界化」

(1) ハルオ・シラネ「四季の文化——二次的自然と都市化」、『水声通信』三三号、水声社、二〇一〇年。

(2) 〈風景以前〉という用語については、注(6)を参照。地理学者ジョン・スティルゴーは、「ウィルダネスの対語は風景であり、風景とは人間が形づくった土地のこと」(p.12)と述べている。

(3) 風景画家チャーチの「氷山」成立に関しては、Wilton and Barringer, *American Sublime*, pp. 224-26 参照。

(4) associationism は一般に「観念連合主義」と訳される。ジェイ・アプルトン『風景の経験——景観の美について』に、一八世紀末のアーチボルド・アリソンの「連想理論」の特徴が整理してある。

(5) 日本におけるサブライム美学の成立については、藤森清「崇高の一〇年——蘆花・家庭小説・自然主義」を参照。藤森は「自然の発見の明治三〇年代は、一面では崇高の表象に満ちた一〇年間でもあった」と指摘している(一三九—四〇頁)。ちなみに、明治三〇年代は、一八九七年から一九〇六年に相当する。『三四郎』の刊行は明治四二年であるから、藤森のいう「崇高の一〇年」の直後に当たる。

(6) 柄谷行人は「風景の発見」(『日本近代文学の起源』)において、「風景以前」の風景について語るとき、すでに「風景によってみているという背理」を指摘している(一八頁)。

(7) 中沢新一『対称性人類学』、『熊から王へ』、矢野智司『動物絵本をめぐる冒険——動物—人間学のレッスン』、『贈与と交換の教育学——漱石、賢治と純粋贈与のレッスン』など参照。

(8) 矢野智司『動物絵本をめぐる冒険』八四頁及び九九頁の注(4)参照。

(9) 渡辺京二「石牟礼道子の世界」、石牟礼道子『苦海浄土——わが水俣病』、三一一頁。

(10) 同、三〇九頁。

(11) 同、一六頁。

3　都市とウィルダネス——ボーダーランドとしての郊外

（1）「純粋自然」という用語はヘンリー・D・ソローの『メインの森』（*The Maine Woods*, 1864）に拠る。

（2）フィッシュマンは、アメリカの郊外（suburbia）は、「じつのところ文化的創造物であり、アングロ—アメリカン・ブルジョワジーの経済構造と文化的価値に基づく意識的選択であった」、つまりきわめてアメリカ的なものであることを指摘している。郊外のありかたがヨーロッパの場合とは大きく異なる点には留意しておきたい（Fishman, pp. 8-9）。

（3）土地回帰から自然回帰への転換について、シュミットは経済原理よりも精神的価値のほうが優先されたからだと述べている（Schmitt, xix）。ロマン主義的、文学的、風景美学的論理がきわめて支配的であったと考えていいだろう。ここで筆者が「理念的要求」と表現したのは、その強いアイデアリズムを明示するためである。なお、アメリカの自然観の基底にウィルダネスの思想があり、いっぽう日本では里山的な思想のほうが重視される傾向がある。そのため、両文化間の自然観の差異として強調されることも少なくないが、日本の自然観があくまで農（＝土地）の論理で語られているのに対して、アメリカのウィルダネスは自然の論理で語られ、なおかつその背後に都市／郊外の論理があるとすれば、両文化間の自然観は根本的に噛み合っていないとも思われる。

（4）シュミットはネイチャーライティング、ウィルダネス小説、児童向け小説の影響について広範に論じているが、とくに *Back to Nature* の第二章、第一一章、第一二章を参照されたい（Schmitt）。

（5）ペリー・ミラーの研究をはじめとして、アメリカ合衆国における自然とナショナリズムとの関係は多様なかたちで研究されているため、枚挙に暇がないが、近代国民国家の編制過程で自然が果たした役割に関する論文として、エリック・カウフマンの「〝国家の自然化〟——合衆国とカナダにおける自然的ナショナリズム」に言及しておきたい。カウフマンは、近代国家（nation）はかならず自然（nature）を媒介として成立することを前提とした上で、自然をナショナライズする「フランス—イギリス型」と、国家をナチュラライズする「スイス—スカンジナビア型」に類別している。アメリカ合衆国やカナダは後者に属するとされるが、その理由は、後者にはウィルダネスが存在するからである（Kaufman）。なお、この点については、第三部「5　風景の問題圏」を参照されたい。

（6）　本章における「ウィルダネス」概念はきわめて曖昧であることをお断りしておく。例えば、図5に描出されたブルックリンの緑陰が「ウィルダネス」に該当するかどうか疑問であろう。これがアメリカ南西部の砂漠地域における「ウィルダネス」とはあまりに違うことは歴然としている。それだけの差異と振幅がありながら、あえて「ウィルダネス」という概念を使用するとすれば、この概念がそれほど多様に使用されるということであり、かつ一種の理念的概念でもあるからである。郊外地区には自然保護地域（preserve）がしばしば設定され、そこが「ウィルダネス」と観念されていることについては、ダンカンの『特権的風景』の第三章および第六章を参照されたい（Duncan）。

4　『もののけ姫』と野生の〈言語〉——自然観の他者論的転回

（1）「純粋自然」とはヘンリー・D・ソロー『メインの森』(p.70) で使われている "pure Nature" の訳語である。

（2）　猩々たちがカタコトであれ人語を話すというとき、誰と話しているかという点も重要であろう。かれらが登場する場面での会話の相手はサンであり山犬の子どもたちである。つまり、この場面は動物同士の会話であって（サンも山犬の子である）、人間と動物の会話になっていない。これは、モロの君とアシタカ、乙事主とサンやアシタカとの会話場面とは本質的に区別する必要があるだろう。

（3）　言語ではないコミュニケーションとは何を指すのか。〈交感〉や「相互行為」、「対話」といった行為はいったい何なのか。ここで充分展開することができない。ただ、最低限いえることは、言語でなければコミュニケーションできないという言語主義は、コミュニケーション論の初歩から間違っているということだ。〈交感〉という概念については、拙著『交感と表象——ネイチャーライティングとは何か』および『自然を感じるこころ——ネイチャーライティング入門』を参照されたい。充分とはいえないが、基本的な概念定義は示している。

（4）　今村仁司の「人格化」と矢野智司の「逆擬人化」がどこで重なり合うか、うかがい知ることができる。他者性がその基軸となる。

（5）　矢野の引用文にあるように、センダックの英語タイトル wild things とは、かならずしも「かいじゅう」ではなく、本来的には「野生性」を示すものである。

（6）アメリカにおけるパストラリズムの重要性については、たとえば、L・マークス『楽園と機械文明――テクノロジーと田園の理想』（榊原胖夫・明石紀雄訳）を参照されたい。

（7）里山世界を描いた高畑勲監督『おもひでぽろぽろ』（一九九一年）と『もののけ姫』との差異を参照してもいいかも知れない。ウルズラ・ハイザ「宮崎駿と高畑勲アニメにおける環境と近代化」は、別の視点からこの盟友関係にある二人の監督作品を比較している。『もののけ姫』と『平成狸合戦ぽんぽこ』（一九九四年）である。ハイザは、宮崎は前近代ないし近代の視座、高畑はポストモダンの視座だとしている。興味深い分析である。さらにハイザは、『平成狸合戦ぽんぽこ』における三パターンの狸表象についても注目しているが、これは『もののけ姫』における動物表象との比較を誘うような指摘で、とりわけ他者性の問題にかかわってくるものと思われる。

（8）主に北條勝貴「〈負債〉の表現」による。

（9）他者論的転回にとって見逃せない研究として、文化人類学系の奥野克巳、山口未花子、近藤祉秋編『人と動物の人類学（シリーズ〈来たるべき人類学〉5）』および、学際系の奥野卓司、秋篠宮文仁編『動物観と表象（〈ヒトと動物の関係学〉第1巻）』所収の諸論考もきわめて啓発的である。

第二部　自然というテクスト

1　自然のテクスト化と脱テクスト化――ネイチャーライティング史の一面

（1）M. M. Sealts, and A. R. Ferguson, eds., *Emerson's Nature: Origin, Growth, Meaning* (Second Edition), Carbondale and Edwardscille: Southern Illinois University Press, 1969, p.15.（『エマソン論文集　上』酒本雅之訳、岩波文庫、一九七二年、参照）。以下、本書からの引用は本文中に著者名と頁数のみを記す。なお、以下、本稿における英語文献の引用に際して、邦訳がある場合はそれを参照したが、文脈の都合上その他の理由から、字句、訳語の変更などを加えた場合が少なくないことをお断りしておく。

（2）　環境倫理学の成果を視野に入れながら、日本近代文学における自然の問題を通史的に現在に至るまで整理した貴重かつ示唆に富む研究として、大久保喬樹『森羅変容——近代日本文学と自然』（小沢書店、一九九六年）を挙げておきたい。また、「生命主義」という暗黙のうちに私たちを支配している近代的イデオロギーを摘出した、鈴木貞美による『「生命」で読む日本近代——大正生命主義の誕生と展開』（日本放送出版協会、一九九六年）も看過できない。

（3）　ネイチャーライティング研究者ダン・シーズは、ナチュラルヒストリー（博物誌）からネイチャーライティングへの移行を、〈自伝〉的なもの（autobiography）とナチュラルヒストリーの合流に見ている。これはネイチャーライティングの本質を検討する際、重要な指標となる。Don Scheese, *Nature Writing: The Pastoral Impulse in America*, New York: Twayne, 1996, pp.22-23.

（4）　Edward Abbey, "*Emerson*," *One Life at a Time, Please*, New York: Henry Holt and Company, 1988. 以下、本書からの引用は本文中に著者名と頁数のみを記す。

（5）　D. H. Lawrence, *Studies in Classic American Literature*, Penguin Books, 1977, p. 119.（『アメリカ古典文庫12　D・H・ロレンス』酒本雅之訳、研究社出版、一九七四年、参照）。

（6）　亀井俊介「ロレンスとアメリカ」『アメリカ古典文庫12　D・H・ロレンス』一一頁を参照。

（7）　これらの類別・範疇化の基礎はエマソンのターミノロジーにあるが、それ以外の文学的風景論などの用語も参照した。なお、超越と内化が通底し合う関係にあることについては、アラン・ロブ＝グリエ「自然・ヒューマニズム・悲劇」（『新しい小説のために』平岡篤頼訳、新潮社、一九六七年）を参照されたい。

（8）　バーバラ・ジョンソン「猟犬、鹿毛の馬、雉鳩——『ウォールデン』のわかりにくさ」『差異の世界——脱構築・ディスクール・女性』大橋洋一訳、紀伊國屋書店、一九九〇年。(Barbara Johnson, "A Hound, a Bay Horse, and a Turtle Dove: Obscurity in Walden," in Barbara Johnson, *A World of Difference*, Baltimore: The Johns Hopkins University Press, 1987.) 以下、本書からの引用は本文中に著者名と頁数のみを記す。

（9）　Henry David Thoreau, *Walden*, Princeton, New Jersey: Princeton University Press, 1971.（H・D・ソロー『森の生活——ウォールデン』飯田実訳、岩波文庫、一九九五年、参照）。以下、本書からの引用は本文中に著者名と頁数のみを記す。

頁数のみを記す。

(10) E・R・クルツィウス『ヨーロッパ文学とラテン中世』南大路振一、岸本通夫、中村善也訳、みすず書房、一九七一年、四六七頁。

(11) Barton Levi St. Armand, "The Book of Nature and American Nature Writing: Codex, Index, Contexts, Prospects," *ISLE: Interdisciplinary Studies in Literature and Environment*, Vol. 4.1, Spring 1997, pp. 29-42. 抄訳として「書物としての自然——博物学的予型論」相原優子、相原直美、桑原紀子、高野一良訳。(『アメリカの嘆き——米文学史の中のピューリタニズム』秋山健監修、宮脇俊文、高野一良編著、松柏社、一九九九年、所収)。

(12) Edward Abbey, *Desert Solitaire: A Season in the Wilderness*, New York: Touchstone Book, 1968.(『砂の楽園』越智道雄訳、東京書籍、一九九三年、参照)。以下、本書からの引用は本文中に著者名と頁数のみを記す。

(13) Peter Quigley, "The Politics and Aesthetics of a Hopeful Anarchism: Edward Abbey's Postmodern "Angelic Demonology";" in Peter Quigley, ed., *Coyote in the Maze: Tracking Edward Abbey in a World of Words*, Salt Lake City: The University of Utah Press, 1998, p. 306.

(14) アラン・ロブ＝グリエ「未来の小説への道」『新しい小説のために』平岡篤頼訳、新潮社、一九六七年、二一六頁。

3 エマソン的〈視〉の問題——『自然』(一八三六年)再読

(1) John Updike, "Emersonianism," *New Yorker*, June 4, 1984. 短い解説が、Jack De Bellis, *The John Updike Encyclopedia*, Greenwood Pub Group, 2000, pp.158-159 にある。

(2) 本稿ではエマソンのテクストは次のものを使用した。以下、本テクストからの引用はすべて引用文の後に頁数のみを記す。M.M. Sealts, Jr. & A.R. Ferguson eds. *Emerson's Nature: Origin, Growth, Meaning*. Carbondale and Edwardsville: Southern Illinois Uiversity Press, 1969. なお、邦訳は酒本雅之訳『エマソン論文集』上(岩波文庫、一九七二年)を使用したが、訳文は文脈の都合上変更を加えた個所がある。

(3) F. Dewolfe Miller. *Christopher Pearce Cranch: And His Caricature of New England Transcendentalism*. Cambridge,

Mass.: Harvard University Press, 1951, p. 21.

（４）　Miller, p. 33.

（５）　エマソンは第三章「美」において、「私の家の向かいにある丘の頂上に立って夜明けから日の出まで朝の光景（spectacle）を眺めたことがある」（11）と語っている。この個所などは風景画的な視点についての解説に相当するだろう。

（６）　Jonathan Bishop. *Emerson on the Soul*, Cambridge, Mass.: Harvard University Press, 1964, p. 37.

（７）　Richard Poirier. *A World Elsewhere: The Place of Style in American Literature*. New York: Oxford University Press, 1966, p. 65.

（８）　Harold Bloom & Lionel Trilling eds. *Romantic Poetry and Prose*. New York: Oxford Uiversity Press, 1973, p. 149. 視点の「機械的な変化」という点では、ウォールデン・ポンドを描出するヘンリー・D・ソローが湖水に対して「頭を逆さまにして」、両足の間から覗くという所作を示していることも同根であろう。

（９）　『自然』執筆時点では直接的関係はありえないが、エマソンが数ある先端的テクノロジーのなかでカメラに注目していたことについては、「〈視〉のあらゆる可能性に関心を懐いていたがゆえに、エマソンは一八三〇年代後半のダゲレオタイプの発明以来、写真技術の発展に心を奪われていた」というF・O・マシーセンの指摘がある（ “Notes on the Illustrations.” F.O. Matthiessen. *American Renaissance: Art and Expression in the Age of Emerson and Whitman*. London, Oxford and New York: Oxford Uiversity Press, 1968）。また、Ralph F. Borgurdus, “The Twilight of Transcendentalism: Ralph Waldo Emerson, Edward Weston, and the End of Nineteenth-Century Literary Nature” (*Prospects*. Vol. XII. 1987, pp. 347-64）は、「透明な眼球」とはレンズであり、エマソン的〈視〉は「写真的〈視〉」であるとしている（350）。

（10）　Poirier, p. 64.

（11）　「パノプティコン的サブライム」については、次の論文を参照されたい。Allan Wallach. “Making a Picture of the View from Mount Holyoke.”*American Iconology: New Approaches to Nineteenth-Century Art and Literature*. Ed. David C. Miller. New Haven and London: Yale University Press, 1993, p. 83.

(12)　Hans Huth. *Nature and the American: Three Centuries of Changing Attitudes*. Lincoln and London: University of Nebraska Press, 1957, p. 48.

(13)　Timothy Dwight. "View from Mount Holyoke." *Travels in New England and New York* (*1821-22*). *The American Landscape: A Critical Anthology of Prose and Poetry*. Ed. Jonh Conron. New York: Oxford University Press, 1973., p. 184. *American Paradise: The World of the Hudson River School*. New York: Metropolitan Museum of Art, 1987.

(14)　Wallach, p. 80.

(15)　コールは一八三六年三月の書簡中でホリヨーク山からの風景に着手したことを述べ、そこが「有名な場所」であると語っている。*American Paradise*, p. 126.

(16)　John F. Sears. *Sacred Places: American Tourist Attractions in the Nineteenth Century*. New York and Oxford: Oxford University Press, 1989, p. 54.

(17)　Cf. *American Paradise*, p. 54; Wallach, p. 89.

4　コンコードを〈旅〉するソロー――移動のレトリック

(1)　〔　〕内は原著にはなく、訳者の判断により追加されたものと思われるため、ここではあえて〔　〕内に入れておく。

(2)　Lewis Perry, *Boats against the Current* も「ソロー作品はすべて旅の報告（travel reports）」だと見なしているほか、トラヴェルライティングを主題とする Casey Blanton, *Travel Writing: The Self and the World* もソローについて同様の見方をしている。

(3)　当然のことながら、これは「透明な眼球」の問題の一部である。エマソンにおける〈視〉の問題およびピクチャレスク美学については、前章3のほか、拙稿「〈完全な視覚〉を求めて――エマソンの眼球譚」（『〈身体〉のイメージ――イギリス文学からの試み』江河徹編著、ミネルヴァ書房、一九九一年）および「ピクチャレスク・アメリカ――十九世紀風景美学の形成」（『交感と表象――ネイチャーライティングとは何か』所収）を参照されたい。

(4)　ブラントンは、"Nature-Travel Writing" と題する一章を設け、ピーター・マシーセンを論じると同時に、ネイチャーライティングとトラヴェルライティングの親和性について論じている。

第三部　交感と世界化

1　遭遇、交感、そして対話――世界／自然とのコミュニケーションをめぐって

（1）　本稿における英語文献からの引用に当たっては、すべて原則として既訳に基づいたが、文脈の都合上その他の理由により改訳した場合もあることをお断りしておく。

（2）　「環境コミュニケーション」（environmental communication）のコンセプトは、ニューヨーク州立大学環境科学・森林学部のマーク・マイズナーによれば、以下のとおりである。参考までに訳出しておきたい。（詳細は、http://www.esf.edu/ecn/about.htm を参照されたい。）

「環境コミュニケーション」とは、環境問題に関するコミュニケーションのことである。たとえば、メディアは環境問題をどのように扱うか、あるいは環境をめぐる議論と意思決定においていかなるレトリックが行使されるか、あるいは環境問題を解決するにはいかなる言説がありうるか、といった事柄を対象とする。「環境コミュニケーション」は多様なコミュニケーション形態（対人コミュニケーション、集団的コミュニケーション、公共的コミュニケーション、組織コミュニケーション、大衆的コミュニケーションなど）に関わり、環境問題をめぐる社会的な議論に横断的に関与する。

「環境コミュニケーション」研究は、環境問題に関わるコミュニケーション・プロセスの研究である。したがって、「環境コミュニケーション」研究者は以下のような論題を対象としてきた。

・環境問題の議論におけるレトリック
・環境問題のテクストにおけるレトリック
・言語と自然体験の関係
・環境保護論及び環境教育の普及

・環境問題におけるメディアの役割
・環境問題のメディアによる扱い方
・環境問題に関する広報活動
・自然に優しいビジネス：環境関連製品の広告宣伝
・大衆文化における自然のイメージ
・大衆文化における環境問題の構築のあり方
・科学のコミュニケーション
・リスク・コミュニケーション
・環境問題意思決定に対する市民参加
・環境にかかわる仲介行動と紛争解決

2　山犬をめぐる冒険——藤原新也における野性の表象

（1）　野田研一「自然／風景をめぐる断章——ジャパニーズ・ネイチャーライティングの方へ」、『交感と表象——ネイチャーライティングとは何か』所収。

（2）　藤原はこの作品が扱う諸現象を「東京事象」という興味深い表現で語っている。（三六頁、参照。）

（3）　「この八一年七月二二日は、長いアジアの旅を終えて、日本に目を向け始めた一つの転換点の日でもあった」（二四四）と記されている。この日については、次章で詳述するが、同年一〇月発刊予定の写真週刊誌『F』（S社）に関する編集者との「話し合い」が行われた日である。

（4）　一三年にわたるアジアの旅から得たものを藤原は「原アジアが与えてくれた『視座』」と表現している（二五二）。「原アジア」とはまことに適切な言葉である。この作家が参照する〈アジア〉の理念型（ideal type）としての性格をいかにも明瞭に表示するからである。

（5）　〈外部〉としての自然という発想については、たとえば、『平成幸福《しあわせ》音頭』（一九九三年）に藤原自身の言及がある。「（しかし）日本の産業構造が大変動したここ数十年の間にその外部（自然）はとつぜん消えた。自然

がとつぜん消滅したわけではない。自然を意識し、それと交わる日常生活が消えたのである。」（同、二五五）

（6）〈犬〉への自己同一化の表現として、たとえば、「犬の側から彼らを見ているような気分」（四三一）といった言葉がある。「彼ら」とは野犬駆除準備のために肉団子を配置して回る「調査員」のことである。

（7）藤原は「毒入り団子」の写真に添えて、「ストリキニーネは明治時代にアメリカ人エドウィン・ダンがエゾ狼殺戮のために持ち込んだのが最初である」（四二七）と注記している。エドウィン・ダン（Edwin Dun, 1848-1931）は北海道開拓期に酪農振興に功績のあったお雇い外国人。日本競馬の父とも言われるが、「北海道中に生きているもののすべてを毒殺するのに十分なくらいの量を手に入れ、狼の絶滅を図った」という。

（8）『乳の海』の題材となった場所は〈東京〉ではなく、むしろ地方（たとえば、筑波、山梨県下部、「隠れ里のような雰囲気」（一〇〇）の草塩温泉、大阪など）に変化している。これはおそらく藤原自身が指摘する「全土的都市化」（一三九）という認識が作家にあるためだろう。全土的〈東京〉化である。ただし、同時にこれらの地方は〈山中異界譚〉を誘発する装置でもありうる。

3　自然／野生の詩学——星野道夫＋藤原新也

（1）星野道夫の著作は、『星野道夫著作集一〜五』（新潮社、二〇〇三年）に拠る。引用文末尾の数字は巻と頁を示している。

（2）藤原作品のネイチャーライティング的位置づけについては、野田研一「自然／風景をめぐる断章——ジャパニーズ・ネイチャーライティングの方へ」および「山犬をめぐる冒険——藤原新也における野性の表象」（本書第三部2所収）を参照されたい。

5　風景の問題圏

（1）ほかに、landscape という英語の歴史的経緯については、たとえば、John R. Stilgoe, *Common Landscape of America: 1580 to 1845* の “Landscape” の項を参照されたい。スティルゴーは landscape の反対語として wilderness をあげている。この点にも留意しておきたい。

（2）〈風景以前〉という概念については、野田研一「〈風景以前〉の発見、もしくは『人間化』と『世界化』」（本書、第一部2所収）を参照されたい。関連して、風景という概念の本質が「絵画的」(pictorial) であることとの問題、歴史的経緯、現在的課題を総覧するには Gina Crandell, *Nature Pictorialized: "The View" in Landscape History* が出色である。

（3）稲賀繁美『絵画の東方——オリエンタリズムからジャポニスムへ』（名古屋大学出版会、一九九九年）は、「第2章　透視図法の往還——徳川洋風画から西欧ジャポニスムへ」において、江戸時代の日本における風景画の展開と西欧透視図法の「日本化」の経緯を「中景の脱落」の問題として論じている。

（4）「自然国家」としてのアメリカという理解の仕方が一面的である可能性は否定できない。たとえば、Ann Farrar Hyde, *An American Vision: Far Western Landscape and National Culture, 1820-1920* は、一九世紀アメリカの風景観がヨーロッパ的風景観の模倣・再現であったとする視点から、「アメリカン・ヨーロッパ」という概念を検討している。

引用・参考文献

序論　自然という他者――声と主体のゆくえ

ディラード、アニー（金井由美子訳）『アメリカン・チャイルドフッド』、パピルス、一九九二年。

マニス、クリストファー（城戸光世訳）「自然と沈黙――思想史のなかのエコクリティシズム」、ハロルド・フロム他『緑の文学批評――エコクリティシズム』、松柏社、一九九八年。

ナッシュ、ロデリック（松野弘訳）『自然の権利――環境倫理の文明史』、筑摩書房、一九九九年。

今村仁司『交易する人間（ホモ・コムニカンス）――贈与と交換の人間学』、講談社、二〇〇〇年。

小池昌代『黒雲の下で卵をあたためる』、岩波書店、二〇〇五年。

シラネ、ハルオ（北村結花訳）「四季の文化――二次的自然と都市化」、『水声通信』三三号、「特集　エコクリティシズム」、水声社、二〇一〇年。

野田研一「〈風景以前〉の発見、もしくは『人間化』と『世界化』」、『水声通信』三三号、「特集　エコクリティシズム」、水声社、二〇一〇年。

トドロフ、ツヴェタン（及川馥、大谷尚文、菊地良夫訳）『他者の記号学――アメリカ大陸の征服』、法政大学出版局、一九八六年。

Oerlemans, Onno Dagga. "'The Meanest Thing That Feels': Anthropomorphizing Animals in Romanticism." *Mozaic*, Vol. 27,

1994.

第一部　失われるのは、ぼくらのほうだ

1　世界は残る……失われるのは、ぼくらのほうだ――〈いま／ここ〉の詩学へ

ボンヌフォワ、イヴ（阿部良雄、兼子正勝訳）『現前とイマージュ』、朝日出版社、一九八五年。

バーバー、リン（高山宏訳）『博物学の黄金時代――異貌の十九世紀』、国書刊行会、一九九五年。

ノヴァック、B（黒沢眞里子訳）『自然と文化――アメリカの風景と絵画　一八二五―一八七五』、玉川大学出版部、二〇〇〇年。

ボンヌフォア、イヴ「詩の行為と場所」（宮川淳編訳）『ボンヌフォア詩集』、思潮社、一九八〇年。

アビー、エドワード（越智道雄訳）『砂の楽園』、東京書籍、一九九三年。

ディラード、アニー（金坂留美子、くぼたのぞみ訳）『ティンカー・クリークのほとりで』、めるくまーる、一九九一年。

セール、ミッシェル（及川馥訳）『生成――概念をこえる試み』、法政大学出版局、一九八三年。

ボルヘス、J・L（鼓直訳）「記憶の人、フネス」、『伝奇集』、岩波書店、二〇〇三年。

エマソン、ラルフ・W（酒本雅之訳）『エマソン論文集　上』、岩波書店、一九七二年。

ロブ＝グリエ、アラン（平岡篤頼訳）「自然・ヒューマニズム・悲劇」、『新しい小説のために』、新潮社、一九六七年。

Miller, Angela. "Everywhere and Nowhere: The Making of the National Landscape." *American Literary History*, Vol. 4, No. 2, Summer, 1992.

Oerlemans, Onno Dagga. ""The Meanest Thing That Feels": Anthropomorphizing Animals in Romanticism." *Mozaic*, Vol. 27, 1994.

2 〈風景以前〉の発見、もしくは「人間化」と「世界化」

リード、エリック（伊藤誓訳）『旅の思想史』、法政大学出版局、一九九三年。

シラネ、ハルオ（北村結花訳）「四季の文化——二次的自然と都市化」、『水声通信』三三号、「特集 エコクリティシズム」、水声社、二〇一〇年。

太宰治「津軽」、『太宰治全集7』、筑摩書房、一九七三年。

ロペス、バリー（石田善彦訳）『極北の夢』、草思社、一九九三年。

アビー、エドワード（越智道雄訳）『砂の楽園』、東京書籍、一九九三年。

アプルトン、ジェイ（菅野弘久訳）『風景の経験——景観の美について』、法政大学出版局、二〇〇五年。

夏目漱石『三四郎』、『漱石文学全集 第五巻』、集英社、一九七三年。

藤森清「崇高の一〇年——蘆花・家庭小説・自然主義」、『岩波講座 文学7 つくられた自然』、岩波書店、二〇〇三年。

柄谷行人『日本近代文学の起源』、講談社、一九八〇年。

中沢新一『対称性人類学』、講談社、二〇〇四年。

——『熊から王へ』、講談社、二〇〇二年。

矢野智司『動物絵本をめぐる冒険——動物—人間学のレッスン』、勁草書房、二〇〇四年。

——『贈与と交換の教育学——漱石、賢治と純粋贈与のレッスン』、東京大学出版会、二〇〇八年。

梨木香歩『ぐるりのこと』、新潮社、二〇〇九年。

加藤幸子『心ヲナクセ体ヲ残セ』、角川書店、二〇〇八年。

石牟礼道子『苦海浄土——わが水俣病』、講談社、一九九四年。

渡辺京二「石牟礼道子の世界」、石牟礼道子『苦海浄土——わが水俣病』、講談社、一九九四年。

Stilgoe, John R. *Borderland: Origins of the American Suburb, 1820-1939*. New Haven and London: Yale University Press, 1988.

Abbey, Edward. *Confessions of a Barbarian: Selections from the Journals of Edward Abbey, 1951-1989*. ed. David Petersen. Boston: Little, 1994.

Wilton, Andrew and Tim Barringer, *American Sublime: Landscape Painting in the United States 1820-1880*, Princeton University Press, 2002.

3　都市とウィルダネス――ボーダーランドとしての郊外

アビー、エドワード（越智道雄訳）『砂の楽園』、東京書籍、一九九三年。

野田研一『交感と表象――ネイチャーライティングとは何か』、松柏社、二〇〇三年。

ディラード、アニー（野田研一訳）「イタチの生き方」、『フォリオａ』第二号、ふみくら書房、一九九三年。

若林幹夫「都市への／からの視線」、今橋映子編著『リーディングズ　都市と郊外――比較文化論への通路』、ＮＴＴ出版、二〇〇四年。

Duncan, James S. and Nancy G. Duncan. *Landscape of Privilege: The Politics of the Aesthetic in an American Suburb*. New York and London: Routledge, 2004.

Schmitt, Peter J. *Back to Nature: The Arcadian Myth in Urban America*. Baltimore: Johns Hopkins University Press, 1990.

Schneider, William. "The Suburban Century Begins: The Real Meaning of the 1992 Election." *The Atlantic Monthly*, July, 1992. In Nicolaides, Becky M. and Andrew Wiese, eds. *The Suburb Reader*. New York: Routledge, 2006, pp. 391-393.

Stilgoe, John R. *Borderland: Origins of the American Suburb, 1820-1939*. New Haven and London: Yale University Press, 1988.

Nicolaides, Becky M. and Andrew Wiese, eds. *The Suburb Reader*. New York: Routledge, 2006.

Fishman, Robert. *Bourgeois Utopias: The Rise and Fall of Suburbia*. New York: Basic Books, 1987.

Bailey, Liberty Hyde. *The Nature Study Idea*. New York: Doubleday, Page, 1903.

Scheese, Don. "An Etymology of Nature Writing." Unpublished.

Miller, Perry. *Nature's Nation*. Cambridge, Massachusetts: The Belknap Press, 1967.

Friederici, Peter. *The Suburban Wild*. Athens and London: The University of Georgia Press, 1999.
Kaufmann, Eric. "Naturalizing the Nation: The Rise of Naturalistic Nationalism in the United States and Canada." *Comparative Studies in Society and History*. Vol. 40, No. 4, October, 1998.

4 『もののけ姫』と野生の〈言語〉――自然観の他者論的転回

『もののけ姫を読み解く』(別冊コミックボックス②)、ふゅーじょんぷろだくと、一九九七年。

ソロー、ヘンリー・D(小野和人訳)『メインの森――真の野性に向う旅』、金星堂、一九九二年。

マニス、クリストファー(城戸光世訳)「自然と沈黙――思想史のなかのエコクリティシズム」、ハロルド・フロム他『緑の文学批評――エコクリティシズム』、松柏社、一九九八年。

小野耕世「アシタカが押し通る」、「総特集　宮崎駿の世界」、『ユリイカ』八月号臨時増刊、青土社、一九九七年。

今村仁司『交易する人間(ホモ・コムニカンス)――贈与と交換の人間学』、講談社、二〇〇〇年。

マークス、L(榊原胖夫・明石紀雄訳)『楽園と機械文明――テクノロジーと田園の理想』、研究社出版、一九七二年。

ハイザ、ウルズラ・K(塚田幸光訳)「宮崎駿と高畑勲アニメにおける環境と近代化」、生田省悟、村上清敏、結城正美編『「場所」の詩学――環境文学とは何か』、藤原書店、二〇〇八年。

「特集　エコクリティシズム」、『水声通信』三三号、水声社、二〇一一年。

宮崎駿『風の帰る場所――ナウシカから千尋までの軌跡』、ロッキング・オン、二〇〇二年。

鬼頭秀一『自然保護を問い直す――環境倫理とネットワーク』(ちくま新書)、筑摩書房、一九九六年。

切通理作『宮崎駿の〈世界〉』(ちくま新書)、筑摩書房、二〇〇一年。

北條勝貴「〈負債〉の表現」、渡辺憲司、野田研一、小峯和明、ハルオ・シラネ編『環境という視座――日本文学とエコクリティシズム』(アジア遊学一四三)、勉誠出版、二〇一一年。

中沢新一『対称性人類学』、講談社、二〇〇四年。

――『熊から王へ』、講談社、二〇〇二年。

三浦雅士「舞踊の身体のための素描」、『批評という鬱』、岩波書店、二〇〇一年。

奥野克巳、山口未花子、近藤祉秋編『人と動物の人類学（シリーズ〈来たるべき人類学〉5）』、春風社、二〇一二年。

奥野卓司、秋篠宮文仁編『動物観と表象（〈ヒトと動物の関係学〉第1巻）』、岩波書店、二〇〇九年。

Abbey, Edward. *Confessions of a Barbarian: Selections from the Journals of Edward Abbey, 1951-1989*. ed. David Petersen. Boston: Little, 1994.

第二部　自然というテクスト

2〈風景〉としてのネイチャーライティング

Abbey, Edward. *Desert Solitaire: A Season in the Wilderness*. New York: Simon & Schuster, 1968.
Abram, David. *The Spell of the Sensuous: Perception and Language in a More-Than-Human World*. New York: Vintage, 1996.
Auden, W. H. *The Enchafed Flood: or The Romantic Iconography of the Sea*. Charlottesville: University Press of Virginia, 1979.
Buell, Lawrence. *The Environmental Imagination: Thoreau, Nature Writing, and the Formation of American Culture*. Cambridge: Harvard University Press, 1995.
Lawrence, Claire. "Getting the Desert into a Book: Nature Writing and the Problem of Representation in a Postmodern World." In *Coyote in the Maze: Tracking Edward Abbey in a World of Words*, ed. Peter Quigley. Salt Lake City: The University of Utah press, 1998.
Mitchell, W.J.T. ed. *Landscape and Power*. Chicago and London: The University of Chicago Press, 1994.
Sealts, Jr., Merton M. and Alfred R. Ferguson. eds. *Emerson's Nature: Origin, Growth, Meaning*. Carbondale and Edwardsville: Southern Illinois University Press, 1979.
Shepard, Paul. *Thinking Animals: Animals and the Development of Human Intelligence*. Athens and London: The University of Georgia Press, 1978.

3　エマソン的〈視〉の問題――『自然』（一八三六年）再読

American Paradise: *The World of the Hudson River School*. New York: Metropolitan Museum of Art, 1987.

Bishop, Jonathan. *Emerson on the Soul*. Cambridge, Mass.: Harvard UP, 1964.

Bloom, Harold & Lionel Trilling, eds. *Romantic Poetry and Prose*. New York: Oxford UP, 1973.

Borgurdus, Ralph F. "The Twilight of Transcendentalism: Ralph Waldo Emerson, Edward Weston, and the End of Nineteenth-Century Literary Nature." *Prospects*. Vol.XII. 1987. 347-64.

Cooper, James F. *Knights of the Brush: The Hudson River School and the Moral Landscape*. New York: Hudson Hills Press, 1999.

Dwight, Timothy. "View from Mount Holyoke" from *Travels in New England and New York*（*1821-22*）. *The American Landscape: A Critical Anthology of Prose and Poetry*. ed. John Conron. New York: Oxford UP, 1973.

Huth, Hans. *Nature and the American: Three Centuries of Changing Attitudes*. Lincoln and London: U of Nebraska P, 1957.

Matthiessen, Francis O. *American Renaissance: Art and Expression in the Age of Emerson and Whitman*. London, Oxford and New York: Oxford UP, 1968.

Miller, F. Dewolfe. *Christopher Pearce Cranch: And His Caricature of New England Transcendentalism*. Cambridge, Mass.: Harvard UP, 1951.

Poirier, Richard. *A World Elsewhere: The Place of Style in American Literature*. New York: Oxford UP, 1966.

Sealts, Jr., Merton M. & Alfred R. Ferguson, eds. *Emerson's Nature: Origin, Growth, Meaning*. Carbondale and Edwardsville: Southern Illinois UP, 1969.（『エマソン論文集』上，酒本雅之訳，岩波文庫，一九七二年）

Sears, John F. *Sacred Places: American Tourist Attractions in the Nineteenth Century*. New York and Oxford: Oxford UP, 1989.

Wallach, Allan. "Making a Picture of the View from Mount Holyoke." *American Iconology: New Approaches to Nineteenth-Century Art and Literature*. ed. David C. Miller. New Haven and London: Yale UP, 1993.

4　コンコードを〈旅〉するソロー――移動のレトリック

リード、エリック（伊藤誓訳）『旅の思想史――ギルガメシュ叙事詩から世界観光旅行へ』、法政大学出版局、一九九三年。[Eric J. Leed, *The Mind of the Traveler: From Gilgamesh to Global Tourism*, Basic Books, 1991.]

ソーロー（神吉三郎）『森の生活――ウォールデン（下巻）』、岩波書店、一九七三年。

ソロー、H・D（飯田実訳）『森の生活（下）』、岩波書店、一九九五年。

ソロー、ヘンリー・D（酒本雅之訳）『ウォールデン』、筑摩書房、二〇〇〇年。

ソロー、ヘンリー・D（今泉吉晴訳）『ウォールデン――森の生活』、小学館、二〇〇四年。

サイファー、ワイリー（野島秀勝訳）『文学とテクノロジー』、白水社、二〇一二年。

シャーマ、サイモン（高山宏／栂正行訳）『風景と記憶』、河出書房新社、二〇〇五年。[Simon Schama, *Landscape and Memory*, New York: Vintage Books, 1995.]

エマソン、ラルフ・W（酒本雅之訳）『エマソン論文集（上）』、岩波書店、二〇〇三年。

加藤典洋「武蔵野の消滅」、『日本風景論』、講談社、二〇〇〇年。

萩原朔太郎「猫町」、『萩原朔太郎全集第五巻』、筑摩書房、一九七六年。

小池昌代『黒雲の下で卵をあたためる』、岩波書店、二〇〇五年。

ロイシュ、J／ベイトソン、G（佐藤悦子／R・ボスバーグ訳）『精神のコミュニケーション』、新思索社、一九九五年。[Jurgen Ruesch and Gregory Bateson, *Communication: The Matrix of Psychiatry*, New York: W.W. Norton, 1951.]

Thoreau, Henry D. Walden: *A Fully Annotated Edition*, ed. by Jeffrey S. Cramer, New Haven and London: Yale University Press, 2004.

Perry, Lewis. *Boats against the Current: American Culture between Revolution and Modernity, 1820-1860*. Oxford University Press, 1993.

Blanton, Casey. *Travel Writing: The Self and the World*. New York: Twayne Publishers, 1997.

Christie, John Aldrich. *Thoreau as World Traveler*. New York and London: Columbia University Press, 1965.

Adams, Percy G. *Travel Literature and the Evolution of the Novel, Lexington*, Kentucky: The University Press of Kentucky, 1983.

Spengemann, William C. *The Adventurous Muse: The Poetics of American Fiction 1789-1900*. New Haven: Yale University Press, 1977.

Korte, Barbara. *English Travel Writing: From Pilgrimages to Postcolonial Explorations*. New York: St. Martin's Press, Inc., 2000.

5　いま／ここの不在――発見の物語《ナラティヴ》としての『ウォールデン』

リード、エリック（伊藤誓訳）『旅の思想史――ギルガメシュ叙事詩から世界観光旅行へ』、（法政大学出版局、一九九三年）［Eric J. Leed, *The Mind of the Traveler: From Gilgamesh to Global Tourism*. Basic Books, 1991.］

ディラード、アニー（野田研一訳）「イタチの生き方」、『フォリオａ』第二号、「特集　アメリカン・ネイチャー・ライティング」、ふみくら書房、一九九三年。

Abbey, Edward. *Desert Solitaire: A Season in the Wilderness*. New York: Touchstone Book, 1968.（エドワード・アビー（越智道雄訳）『砂の楽園』、東京書籍、一九九三年）

Dillard, Annie. *Teaching a Stone to Talk*. New York: Harper & Row, 1982.（ディラード、アニー内田美恵訳『石に話すことを教える』、めるくまーる、一九九三年）

Dillard, Annie. *Pilgrim at Tinker Creek*. New Yrok: Harper & Row, 1974.（アニー・ディラード、金坂留美子、くぼたのぞみ訳『ティンカー・クリークのほとりで』、めるくまーる、一九九一年）

Buell, Lawrence. *The Environmental Imagination: Thoreau, Nature Writing, and the Formation of American Culture*. Cambridge, MA.: Harvard University Press, 1995.

Thoreau, Henry David. *Walden*. ed. J. Lyndon Shanley. Princeton: Princeton University Press, 1971.（ヘンリー・D・ソロー、酒本雅之訳『ウォールデン』、筑摩書房、二〇〇〇年）

White, Richard. "Discovering Nature in North America." *The Journal of American History*, 79. 3（Dec. 1992）: pp. 874-891.

Johnson, Barbara. "A Hound, a Bay Horse, and a Turtle Dove: Obscurity in Walden." In *A World of Difference*. Baltimore:

Johns Hopkins University Press, 1987.（バーバラ・ジョンソン、大橋洋一訳「猟犬、鹿毛の馬、雉鳩――『ウォールデン』のわかりにくさ」、『差異の世界――脱構築・ディスクール・女性』、紀伊国屋書店、一九九〇年）
トドロフ、ツヴェタン（及川馥、大谷尚文、菊地良夫訳）『他者の記号学――アメリカ大陸の征服』、法政大学出版局、一九八六年。［Tzvetan Todorov, *The Conquest of America: The Question of the Other*, University of Oklahoma Press, 1999.］
Lawrence, Claire. "Getting the Desert into a Book: Nature Writing and the Problem of Representation in a Postmodern World." In *Coyote in the Maze: Tracking Edward Abbey in a World of Words*. ed. Peter Quigley. Salt lake City, UT.: University of Utah Press, 1998.
Greenfield, Bruce. *Narrating Discovery: The Romantic Explorer in American Literature 1790-1855*. New York: Columbia University Press, 1992.
Papa, Jr., James A. "Water-Signs: Place and Metaphor in Dillard and Thoreau," in Richard J. Schneider, ed., *Thoreau's Sense of Place: Essays in American Environmental Writing*, Iowa City: University of Iowa Press, 2000.
Cridland, Sean. "From Simplicity to Complexity: The Two Approaches to Nature Taken Thoreau and Lopez," *Trumpeter*, 1997.

第三部　交感と世界化

1　遭遇、交感、そして対話――世界／自然とのコミュニケーションをめぐって

エイブラム、デイヴィッド（結城正美訳）「言語の果肉――感覚的なるものの魔術」、ハロルド・フロムほか編、伊藤詔子ほか訳『緑の文学批評――エコクリティシズム』、松柏社、一九九九年。［David Abram, *The Spell of the Sensuous: Perception and Language in a More Than Human World*, New York: Pantheon, 1996.］
シェパード、ポール（寺田鴻訳）『動物論――思考と文化の起源について』、どうぶつ社、一九九一年。［Paul Shepard, *Thinking Animals: Animals and the Development of Human Intelligence*. Athens and London: The University of Georgia Press, 1998（First published in 1978.）］

多木浩二、今福龍太『知のケーススタディ』、新書館、一九九六年。
ディラード、アニー（野田研一訳）「イタチの生き方」、『フォリオａ』第二号、ふみくら書房、一九九三年。［Annie Dillard, *Teaching a Stone to Talk: Expeditions and Encounters*, New York: Harper & Row,1982.］
トゥアン、イーフー（片岡しのぶ、金利光訳）『愛と支配の博物誌――ペットの王宮・奇型の庭園』、工作社、一九八八年。［Yi-Fu Tuan, *Dominance and Affection: The Making of Pets*, New Haven: Yale University Press, 1984.］
トドロフ、ツヴェタン（及川馥、大谷尚文、菊地良夫訳）『他者の記号学――アメリカ大陸の征服』、法政大学出版局、一九八六年。
バージャー、ジョン（笠原美智子訳）「なぜ動物を観るのか？」、『見るということ』、白水社、一九九三年。［John Berger, "Why Look at Animals?" *About Looking*, New York: Pantheon Books, 1980.］
フィンチ、ロバート（村上清敏訳）『ケープコッドの潮風』、松柏社、一九九五年。［Robert Finch, Common Ground: A Naturalist's Cape Cod, Norton, 1981］
藤原新也『東京漂流』、情報センター出版局、一九八三年。
――『乳の海』、情報センター出版局、一九八六年。
「特集　アメリカン・ネイチャー・ライティング」、『フォリオａ』第二号、ふみくら書房、一九九三年。
マニス、クリストファー（城戸光世訳）「自然と沈黙――思想史のなかのエコクリティシズム」、ハロルド・フロムほか編、伊藤詔子ほか訳『緑の文学批評――エコクリティシズム』、松柏社、一九九九年。［Christopher Manes, "Nature and Silence." In Glotfelty, Cheryl, and Harold Fromm, eds. *The Ecocriticism Reader: Landmarks in Literary Ecology*. Athens: University of Georgia Press, 1996.］

2　山犬をめぐる冒険――藤原新也における野性の表象

A　藤原新也作品

『全東洋街道　上・下』、集英社、一九八二―三年。
『東京漂流』、情報センター出版局、一九八三年。

『乳の海』、情報センター出版局、一九八六年。

『ノア――動物千夜一夜物語』、新潮社、一九八八年。

『平成幸福音頭』、文藝春秋、一九九三年。

B　日本語文献（訳書含む）

赤田光男ほか編『講座日本の民俗学四――環境の民俗』、雄山閣、一九九六年。

乾克己ほか編『日本伝奇伝説大事典』、角川書店、一九八六年。

宇江敏勝『山びとの動物誌――紀州・果無山脈の春秋』、新宿書房、一九九八年。

大久保喬樹『森羅変容――近代日本文学と自然』、小沢書店、一九九六年。

金子浩昌、小西正泰、佐々木清光、千葉徳爾『日本史のなかの動物事典』、東京堂出版、一九九二年。

國文學編集部編『古典文学動物誌』、學燈社、一九九五年。

小松和彦『日本の呪い』、光文社、一九八八年。

サックス、ボリア（関口篤訳）『ナチスと動物――ペット・スケープゴート・ホロコースト』、青土社、二〇〇二年。[Boria Sax, *Animals in the Third Reich: Pets, Scapegoats, and the Holocaust*. Continuum International Publishing Group, 2000.]

シェパード、ポール（寺田鴻訳）『動物論――思考と文化の起源について』、どうぶつ社、一九九一年。[Paul Shepard, *Thinking Animals: Animals and the Development of Human Intelligence*. 1978. Athens and London: The University of Georgia Press, 1998.]

多木浩二、今福龍太『知のケーススタディ』、新書館、一九九六年。

千葉徳爾『日本民俗事典』、大塚民俗学会、一九七二年。

――――『狩猟伝承』、法政大学出版局、一九七五年。

――――『狩猟伝承研究』、風間書房、一九七七年。

――――『オオカミはなぜ消えたか――日本人と獣の話』、新人物往来社、一九九五年。

トゥアン、イーフー（片岡しのぶ、金利光訳）『愛と支配の博物誌――ペットの王宮・奇型の庭園』、工作社、一九八八年。［Yi-Fu Tuan, *Dominance and Affection*: The Making of Pets. New Haven: Yale University Press, 1984.］
中村禎里『日本動物民俗誌』、海鳴社、一九八七年。
野田研一『交感と表象――ネイチャーライティングとは何か』、松柏社、二〇〇三年。
野本寛一『共生のフォークロア――民俗の環境思想』、青土社、一九九四年。
バージャー、ジョン（笠原美智子訳）「なぜ動物を観るのか？」、『見るということ』、白水社、一九九三年。［John Berger, "Why Look at Animals?" *About Looking*. New York: Pantheon Books, 1980.］
平岩米吉『オオカミ――その生態と歴史』、築地書館、一九九二年。
マニス、クリストファー（城戸光世訳）「自然と沈黙――思想史のなかのエコクリティシズム」、ハロルド・フロムほか編、伊藤詔子ほか訳『緑の文学批評――エコクリティシズム』、松柏社、一九九九年。［Christopher Manes, "Nature and Silence." *The Ecocriticism Reader: Landmarks in Literary Ecology*. ed. Cheryl Glotfelty and Harold Fromm. Athens: University of Georgia Press, 1996.］
吉田金彦編著『語源辞典　動物編』、東京堂出版、二〇〇一年。
レオポルド、アルド（新島義昭訳）『野性のうたが聞こえる』、森林書房、一九八六年。

C　英語文献

Fujiwara, Eiji. "Wildlife in Japan: Crisis and Recovery." *Japan Quarterly*, 35/1: pp. 26-31.
Nelson, Barney. *The Wild and the Domestic: Animal Representation, Ecocriticism, and Western American Literature*. Reno & Las Vegas: University of Nevada Press, 2000.
Night, John. "On the Extinction of the Japanese Wolf." *Nagoya: Asian Folklore Studies*, 56（1997）: pp. 129-159.
Shepard, Florence R. *Encounters with Nature: Essays by Paul Shepard*. Washington. D.C.: Island Press, 1999.
Shepard, Paul. *The Others: How Animals Made Us Human*. Washington. D.C.: Island Press, 1996.
Worster, Donald. "The Value of a Varmint." *Nature's Economy: A History of Ecological Ideas*（Second Edition）. Cambridge

University Press, 1994.

3 自然／野生の詩学——星野道夫＋藤原新也

バージャー、ジョン（飯沢耕太郎ほか訳）『見るということ』、白水社、一九九三年。

池澤夏樹『旅をした人——星野道夫の生と死』、スイッチ・パブリッシング、二〇〇〇年。

ネルソン、リチャード（星川淳訳）『内なる島——ワタリガラスの贈りもの』、めるくまーる、一九九九年。

野田研一「自然／風景をめぐる断章——ジャパニーズ・ネイチャーライティングの方へ」『交感と表象——ネイチャーライティングとは何か』、松柏社、二〇〇三年。

——「山犬をめぐる冒険——藤原新也における野性の表象」、野田研一、結城正美編著『越境するトポス——環境文学論序説』、彩流社、二〇〇五年（本書第三部2所収）。

藤原新也『東京漂流』、情報センター出版局、一九八三年。

国松俊英『星野道夫物語——アラスカの呼び声』、ポプラ社、二〇〇三年。

Lopez, Barry. *Arctic Dreams: Imagination and Desire in a Northern Landscape*. New York: Bantam, 1986.（バリー・ロペス、石川善彦訳『極北の夢』、草思社、一九九三年）

4 環境コミュニケーション論・覚書——交感と世界化

ボンヌフォア、イヴ「詩の行為と場所」（宮川淳編訳）『ボンヌフォア詩集』、思潮社、一九八〇年。

アビー、エドワード（越智道雄訳）『砂の楽園』、東京書籍、一九九三年。［Edward Abbey, *Desert Solitaire: A Season in the Wilderness*. New York: Ballantine Books, 1971］

フェーブル、アントワーヌ（田中義廣訳）『エゾテリスム思想——西洋隠秘学の系譜』、白水社、一九九五年。

小池昌代『黒雲の下で卵をあたためる』、岩波書店、二〇〇五年。

今村仁司『交易する人間（ホモ・コムニカンス）——贈与と交換の人間学』、講談社、二〇〇〇年。

トドロフ、ツヴェタン（及川馥、大谷尚文、菊地良夫訳）『他者の記号学——アメリカ大陸の征服』、法政大学出版局、一九八六年。

鈴木貞美『生命観の探求――重層する危機のなかで』、作品社、二〇〇七年。

サイファー、ワイリー（河村錠一郎監訳）『ロココからキュビスムへ――十八〜二十世紀における文学・美術の変貌』、河出書房新社、一九八八年。

矢野智司『自己変容という物語――生成・贈与・教育』、金子書房、二〇〇〇年。

――『動物絵本をめぐる冒険――動物―人間学のレッスン』、勁草書房、二〇〇二年。

――『意味が躍動する生とは何か――遊ぶ子供の人間学』、世織書房、二〇〇六年。

野田研一『自然を感じるこころ――ネイチャーライティング入門』、筑摩書房、二〇〇七年。

石牟礼道子『椿の海の記』、朝日新聞社、一九七六年。

三浦雅士「舞踊の身体のための素描」、『批評という鬱』、岩波書店、二〇〇一年。

北條勝貴「〈書く〉ことと倫理：自然の対象化／自然との一体化をめぐって」、『GYRATIVA』（方法論懇話会年報）第三号、四四―七二頁、方法論懇話会、二〇〇四年。

Wess, R. K. B. Journal. *Ecocriticism and Kenneth Burke: An Introduction*, Vol. 2, Issue 2, Spring 2006.（from: http://www.kbjournal.org/wess2）

Cox, J. R. *Environmental Communication and the Public Sphere*. Thousand Oaks: Sage Publications, Inc., 2006.

Buell, Lawrence. *The Environmental Imagination: Thoreau, Nature Writing, and the Formation of American Culture*. Cambridge: Belknap Press, 1996.

Carey, James W. *Communication as Culture: Essays on Media and Society*. Winchester, MA: Unwin Hyman, 1988.

5　風景の問題圏

柄谷行人『定本　日本近代文学の起源』、岩波書店、二〇〇八年。

エマソン、ラルフ・W（酒本雅之訳）『エマソン論文集　上』、岩波書店、一九七二年。

川村二郎編訳「風景の哲学」、『ジンメル・エッセイ集』平凡社、一九九九年。

野田研一「〈風景以前〉の発見、もしくは『人間化』と『世界化』」、『水声通信』三三号「特集　エコクリティシズム」、水声社、二〇一〇年。（本書、第1部2所収）

稲賀繁美『絵画の東方——オリエンタリズムからジャポニスムへ』、名古屋大学出版会、一九九九年。

American Heritage Dictionary of the English Language. Houghton Mifflin, 2004.

Mitchell, W. J. T., ed.. *Landscape and Power*. Chicago and London: The University of Chicago Press, 1994.

Clark, Kenneth. *Landscape into Art*. London: John Murray, 1997.（ケネス・クラーク、佐々木英也訳『風景画論』、筑摩書房、二〇〇七年。）

Miller, Angela. "Everywhere and Nowhere: The Making of the National Landscape." *American Literary History*, Vol. 4, No. 2: Summer, 1992.

Foerster, Norman. *Nature in American Literature: Studies in the Modern View of Nature*. New York: Macmillan, 1923.

Sears, John F. *Sacred Places: American Tourist Attractions in the Nineteenth Century*. New York and Oxford: Oxford University Press, 1989.

Silko, Leslie Marmon. "Landscape, History, and the Pueblo Imagination." In Daniel Halpern, ed. *On Nature: Nature, Landscape, and Natural History*. San Francisco: North Point Press, 1987.

Kaufmann, Eric. ""Naturalizing the Nation": the Rise of Naturalistic Nationalism in the United States and Canada."*Comparative Studies in Society and History*, vol. 40, no. 4（October 1998）, pp. 666-695.

Miller, Perry. *Nature's Nation*. Cambridge, Massachusetts: The Belknap Press, 1967.

Stilgoe, John R. *Common Landscape of America: 1580 to 1845*. New Haven and London: Yale University Press, 1982.

Crandell, Gina. *Nature Pictorialized:"The View"in Landscape History*. Baltimore and London: The Johns Hopkins University Press, 1993.

Hyde, Anne Farrar. *An American Vision: Far Western Landscape and National Culture, 1820-1920*. New York and London: New York University Press, 1990.

図版出典一覧

図1　http://www.scenicwallpapers.net/wallpaper/bedford-oak-ny-city/

図2　John R. Stilgoe, *Borderland: Origins of the American Suburb, 1820-1939*, New Haven and London: Yale University Press, 1988, p.307.

図3　John R. Stilgoe, *Borderland: Origins of the American Suburb, 1820-1939*, New Haven and London: Yale University Press, 1988, p.173.

図4　John R. Stilgoe, *Borderland: Origins of the American Suburb, 1820-1939*, New Haven and London: Yale University Press, 1988, p.263.

図5　William Cullen Bryant, ed., *Picturesque America; or The Land We Live In*, Vol.2, New York: D. Appleton & Co., 1872.

図6　William Cullen Bryant, ed., *Picturesque America; or The Land We Live In*, Vol.2, New York: D. Appleton & Co., 1872.

図7　Merton M. Sealts, Jr. and Alfred R. Ferguson. eds. *Emerson's Nature: Origin, Growth, Meaning*, Carbondale and Edwardsville: Southern Illinois University Press, 1979.

図8　*American Paradise: The World of the Hudson Rive School*, The Metropolitan of Art, New York, 1987.

図9　*American Paradise: The World of the Hudson Rive School*, The Metropolitan of Art, New York, 1987.

索引

ア行

カ行

サ行

タ行

ナ行

ハ行

マ行

ヤ行

ラ行

ワ行

あとがき

本書は、単著書としては三冊目。最初の単著書『交感と表象――ネイチャーライティングとは何か』(松柏社)を上梓したのが二〇〇三年。以来、すでに一二年ほどの時間が経過した。

本書『失われるのは、ぼくらのほうだ――自然・沈黙・他者』の校正などをひととおり終えて、ここに収めた論考類を改めて振り返ってみても、とりたてて新しいことを始めたという感触はない。基本的に自分が考えていることはさしたる斬新さもなく、大きなコンセプトとしては〈交感〉と〈表象〉のあいだをウロウロしているだけである。

それでも、あえて差異を見いだすとすれば、自然という〈他者〉とどう向きあえばいいのかという問題に少しずつ具体性を以て接近してきたとはいえるだろう。近年、「他者論的転回」

（Alterity Turn）という言葉をしきりに弄んでいる。それは「〈他者〉論を排除しない交感論」をより鮮明に志向し始めていることの表れである。もう一つ、やや潜在的だが、このところ意識化しつつあるのが〈想像力〉という言葉である。本書所収のいくつかの論考で意図的に〈想像力〉という概念を使用している。

〈他者〉と〈自己〉を架橋する概念として、改めて〈想像力〉という概念に思いがけず逢着した感じである。ロレンス・ビュエルによる本格的エコクリティシズムの書が『環境をめぐる想像力』（Environmental Imagination）と題されていた意味を、ずいぶん時間がかかったが徐々に理解できるようになった気がしている。もっとも、ビュエルのこの書物における〈想像力〉という言葉は、どちらかといえば〈文学〉という言葉の言い換えのような印象があったけれども、そのことも含めて、「環境をめぐる想像力」こそが、環境文学やネイチャーライティングやエコクリティシズムが志向しているものだと了解できた気がする。

文学は一般的に主観性や幻想や想像力など、やや非現実的な事象に属すると思われがちである。そしてまぎれもなくそのとおりなのだが、しかし、もしも主観性や幻想や想像力など、総じて〈心〉と呼ばれる領域こそがほんとうは究極のリアリティだとすれば、一般的なリアリティ概念など吹き飛ぶだろう。〈心〉をめぐる文学こそがもっとも本質的にリアリズムではないか、そういう問いを少しずつ意識化しつつある。

自然という〈他者〉をめぐる〈想像力〉。その表出形態としての〈交感〉であり〈表象〉なのだ。それにしても、〈想像力〉という概念はずいぶん古くさくて、サルトル、バシュラールの時代にもて囃されて、その後なかば消滅したかのごとき感を拭えない。しかし、自然環境をめぐる「他者論的転回」にとって、〈想像力〉という概念は容易に捨てがたい誘惑である。いましばらくは、こうした方向性を以て交感論を詰めてゆきたいと考えている。概念や理論が新しいとか旧いとか、そんなことは意に介する必要はない。

本書の原稿段階での校閲作業は、当時大学院生であった江川あゆみ氏（目白大学助手）の丁寧な異同チェックに負うところ大である。それでもまだ誤記などがあるとすればその責任はすべて私にある。また、最終段階での索引作成には山田悠介氏（立教大学大学院異文化コミュニケーション研究科後期課程）のお世話になった。エコクリティシズムを指向するお二人の大いなる助力に改めて謝意を表したい。

私の研究活動を支えて下さった方々は多岐にわたる。水声社のシリーズへの橋渡しをして下さった畏友・中村邦生氏（大東文化大学）。過去の、あるいは現在進行中の科研プロジェクトなどで共同研究を共にしている結城正美氏（金沢大学）を初めとする方々。立教大学の同僚・元同僚の方々はいうまでもないが、とりわけ、立教大学ＥＳＤ研究所の阿部治氏を初めとするスタッフの皆さん。あるいは私の授業に参加してさまざまなアイディアを提供して下さった院生の皆さん。ASLE-Japan/文学・環境学会の構成員の方々。歴史学や文化人類学など多様な異分野の研究会にお誘い下さった北條勝貴氏（上智大学）や奥野克巳氏（立教大学）など気鋭の研究者の方々。ありがとうございました。また、近年はとりわけ作家にしてナチュラリスト、加藤幸子氏と梨木香歩氏にお教えを乞う機会が少なくない。この場を借りて改めてお礼を申し上げておきたい。

本書を水声社の「エコクリティシズム・コレクション」の一書として加えていただくのみならず、退職日までに刊行できるよう全面的なご支援とご配慮をいただいた水声社編集部の飛田陽子氏には感謝のほかない。そもそも「エコクリティシズム・コレクション」というシリーズを企画して下さったのは、水声社社主、鈴木宏氏である。日本の文学批評・研究のなかにエコクリティシズムという新しいアプローチが定着し、一定の存在感を示すためのかなり危険な賭であるが、このシリーズの存在こそ、この分野で仕事を続ける研究者たちへの最大の支援である。感謝申し上げるとともに、その期待に違わぬ仕事をさらに続けたいと考えている。なお、このシリーズ初期の編集者として支えて下さった下平尾直氏にもお礼の言葉を記して感謝申し上げたい。

ちなみに、「エコクリティシズム・コレクション」は、波戸岡景太氏（明治大学）による『ピンチョンの動物園』（二〇一一年）、『動物とは「誰」か？』（二〇一二年）、喜納育江氏（琉球大学）による『〝故郷〟のトポロジー――場所と居場所の環境文学論』（二〇一一年）、そして結城正美氏による『他火のほうへ――食と文学のインターフェイス』（二〇一三年）と若手・気鋭の研究者による刊行が順調に続いてきた。本書はその五冊目となる。今後も日本のエコクリティシズムが、本シリーズを通じて陸続とその豊かな姿を現す予定である。ご期待いただきたい。

最後に、四〇年を越える時間を共有し、私の仕事の最大の支援者であり批評者であり理解者でありつづけてくれた妻・美佐子に心からの謝意を表したい。ありがとう。

二〇一六年二月二四日

初出一覧

序論　自然という他者——声と主体のゆくえ

自然という他者——声と主体のゆくえ

渡辺憲司、野田研一、小峯和明、ハルオ・シラネ編『環境という視座——日本文学とエコクリティシズム』、勉誠出版、二〇一一年。

第一部　失われるのは、ぼくらのほうだ

世界は残る……失われるのは、ぼくらのほうだ——〈いま／ここ〉の詩学へ

「特集　交感のポエティクス」『水声通信』二四号、水声社、二〇〇八年六月。

〈風景以前〉の発見、もしくは「人間化」と「世界化」

「特集　エコクリティシズム」、『水声通信』三三号、水声社、二〇一〇年六月。

都市とウィルダネス——ボーダーランドとしての郊外

笹田直人編著『〈都市〉のアメリカ文化学——シリーズ　アメリカ文化を読む　3』、ミネルヴァ書房、二〇一一年。

『もののけ姫』と野生の〈言語〉——自然観の他者論的転回

（未発表）。

第二部　自然というテクスト

自然のテクスト化と脱テクスト化――ネイチャーライティング史の一面

富山太佳夫編『岩波講座　文学　第七巻――つくられた自然』、岩波書店、二〇〇三年。

〈風景〉としてのネイチャーライティング

『英語青年』五月号、研究社、二〇〇一年四月。

エマソン的〈視〉の問題――『自然』（一八三六年）再読

『英語青年』一〇月号、研究社、一九九八年。武藤脩二、入子文子編著『視覚のアメリカン・ルネッサンス』、世界思想社、二〇〇六年に再録。

コンコードを〈旅〉するソロー――移動のレトリック

山里勝己、石原昌英編『〈オキナワ〉人の移動、文学、ディアスポラ――琉球大学　人の移動と二一世紀のグローバル社会Ⅶ』、彩流社、二〇一三年。

いま／ここの不在――発見の物語《ナラティヴ》としての『ウォールデン』

上岡克己、高橋勤編著『ウォールデン――シリーズ　もっと知りたい名作の世界　3』、ミネルヴァ書房、二〇〇六年。

第三部　交感と世界化

遭遇、交感、そして対話――世界／自然とのコミュニケーションをめぐって

『立教異文化コミュニケーション研究』一号、立教大学大学院異文化コミュニケーション研究科、二〇〇三年三月。

鳥飼玖美子、野田研一、平賀正子、小山亘編『異文化コミュニケーション学の招待』、みすず書房、二〇一一年に再録。

山犬をめぐる冒険――藤原新也における野性の表象

野田研一、結城正美編著『越境するトポス――環境文学論序説』、彩流社、二〇〇五年。

自然／野生の詩学——星野道夫と藤原新也

『ユリイカ』一二月号、青土社、二〇〇三年一二月。

環境コミュニケーション論・覚書——交感と世界化

『立教大学東アジア地域環境問題研究所最終報告』、立教大学東アジア地域環境問題研究所、二〇〇六年三月。（初出時のタイトルは、「環境コミュニケーション論のための試論」）

風景の問題圏

野田研一編著『〈風景〉のアメリカ文化学——シリーズ　アメリカ文化を読む　2』、ミネルヴァ書房、二〇一一年。

著者について——

野田研一（のだけんいち）　一九五〇年、福岡県に生まれる。立教大学大学院異文化コミュニケーション研究科教授。専門はアメリカ文学／文化、環境文学研究、環境コミュニケーション論。主な著書に、『交感と表象——ネイチャーライティングとは何か』（松柏社、二〇〇三年）、『自然を感じるこころ——ネイチャーライティング入門』（筑摩書房、二〇〇七年）、編著に、『〈風景〉のアメリカ文化学——シリーズ　アメリカ文化を読む　2』（二〇一一年）、『〈日本幻想〉表象と反表象の比較文化論』（二〇一五年）、『交感幻想——環境と想像力』（近刊、いずれもミネルヴァ書房）などがある。

装幀――滝澤和子

エコクリティシズム・コレクション
失われるのは、ぼくらのほうだ

二〇一六年三月三〇日第一版第一刷印刷　二〇一六年四月五日第一版第一刷発行

著者――野田研一
発行者――鈴木宏
発行所――株式会社水声社
東京都文京区小石川二―一〇―一　いろは館内　郵便番号一一二―〇〇〇二
電話〇三―三八一八―六〇四〇　FAX〇三―三八一八―二四三七
郵便振替〇〇一八〇―四―六五四一〇〇
URL : http://www.suiseisha.net

印刷・製本――ディグ

ISBN978-4-8010-0140-4